U0092883

歲月與真情

楊劍龍・著

歲月與真情

感悟人生

江南煙雨

目次 contents

海外掠影

人生真情

目次

contents

自序

歲月流逝　真情永在

人們說歲月如流，是說光陰似箭，在不經意中如小溪般地悄悄流逝。人們說歲月蹉跎，是說虛度時光，在無所作為中時光白白地過去。無論是歲月如流，還是歲月蹉跎，一轉眼，我已經漸漸邁入了花甲之年了。好像自己還是一個文靜的男孩，在上海的弄堂裏轔轔地滾著鐵圈；好像自己還是一個懵懂的小伙子，背著挎包登上火車去山區插隊務農；好像自己還是一個風華正茂的大學生，在教室裏認真聽課勤勉學習；好像自己還是一個風度翩翩的青年教師，在講壇上激情洋溢地講課……轉眼間，我卻早已謝頂了，不多的幾根頭髮也已花白了。

記得二十世紀八〇年代有一首歌〈年輕的朋友來相會〉，其中有歌詞曰：「年輕的朋友們，美妙的春光屬於誰？屬於我，屬於你，屬於我們八十年代的新一輩！」八〇年代的我們還屬於享有美妙春光的「新一輩」，三十年後的我們早已風光不再，因此有許多朋友就深情緬懷八〇年代了。

我們這一代與共和國同成長共患難，經受磨礪、承受苦難，大概更能夠感受到改革開放後的欣欣向榮，更能夠竭盡全力刻苦學習努力工作，曾經蹉跎歲月的我們，以加倍的努力追回逝去的年華。經歷過山村插隊務農的我，總是以農民的心態和精神努力學習、認真工作，一分耕耘、一分收穫。大學畢業後的我，最初在中文系承擔寫作課程的教學，雖然後來攻讀碩士、博士學位，轉向了中國現當代文學研究，雖然後來又從事都市文化的研究，但是寫作仍然是我的一種愛好，除了寫詩歌、寫小說以外，寫散文也就是我平時的習慣，收入在這本散文集中長長短短的文章，就是平時歲月的積累。

我將收入本文集中的文章分為感悟人生、江南煙雨、歷史煙雲、北國風光、南疆印象、海外掠影、人生真情、知青歲月、神性人性九輯，這些不同時間不同背景下撰寫的文章，記錄下了我人生流逝的歲月，這些篇章有的曾經發表過，有的卻從未面世。其中的文章，早的寫在二十世紀七〇年代末，晚的是近期寫的作品，其中呈現出的感情與風格也不同，年輕時的意氣風發，和近期的穩重樸實，成為鮮明的反差。早期的散文受到過楊朔一代散文家的影響，近期的作品卻顯得比較自由灑脫了。無論如何，我的寫作都有真情蘊涵著。

感謝秀威公司出版我的散文集（我的長篇小說《湯湯金牛河》最初也由秀威公司出版），感謝蔡登山先生的推薦，也感謝責編鄭伊庭小姐的辛勤勞作。鄭小姐囑我將原先編輯的文集一百一十六篇作品，刪減到八十篇，因此我將三十六篇文章刪去了，這樣也使這部散文集更加精練。

歲月流逝，真情永在！這是我編輯這部散文集的真實感受！我曾經對朋友戲言，我現在的心態是：縱心而不所欲，得意而不忘形，得寸而不進尺。人雖然漸入老境，心態卻依然年輕，希望仍然能夠抽暇寫寫散文，希望仍然能夠有時間繼續馳騁在文學創作的天地裏！

二〇一一年三月二日

楊劍龍　於瞻雨樓

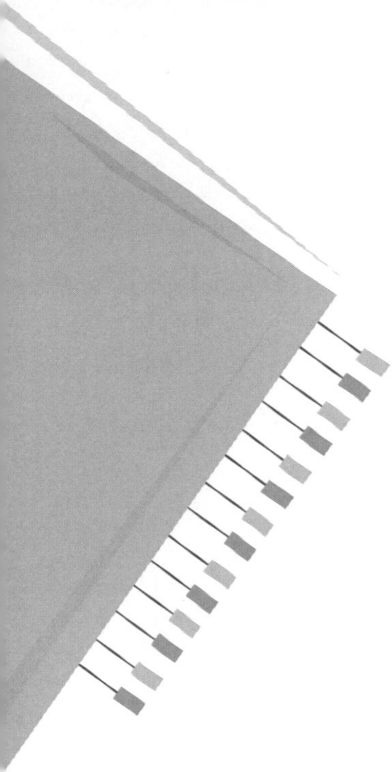

感悟人生

我們這一代中年人

我們這一代中年人是幸還是不幸？

在解放初期馬寅初的人口理論遭到否定批判時，在鼓勵婦女多生多育當光榮媽媽時，我們這些本不該來到這世上的人們誕生了。「四清」、「反右」運動中，我們許多人的家長被打入了另冊，父愛與母愛遠離了我們。「大躍進」、「人民公社」運動中，我們僅僅在公共食堂裏飽餐了幾頓後，就面臨著自然災害的磨難，每人每餐僅二兩玉米麵、幾片捲心菜的老黃葉，要知道我們正在長身體的時候呀！當時為了能夠得到刮鍋底的美事，兄弟姊妹們往往要爭執一番，得到了鍋底的興高采烈，將頭伸進了鍋子，伸長了舌頭在鍋壁上舔呀舔地，也顧不得頭髮、眉毛、鼻尖上都沾上了玉米糊糊；沒得到鍋底的垂頭喪氣，兩眼盯著舔鍋底的，涎水卻從口角悄悄漏出。

當我們想到要多學些文化知識的時候，文化革命卻風起雲湧了，在一片紅色標語的海洋中，在一陣陣震耳欲聾的口號聲中，我們崇拜的許多領袖倒了，我們以往的美好理想垮了，我們身不由己地被捲入紅色的風暴，我們義憤填膺地躋身於狠鬥走資派的行列中，我們熱血沸騰地歡呼雀躍於偉大領袖接見的天安門廣場上。我們似乎愛憎分明，我們卻渾渾噩噩；我們似乎忠心耿耿，我們卻糊糊塗塗。等到我們似乎開始漸漸有了自己的思想，等到我們似乎漸漸開始學會了思考，等到我們開始整理我們的思緒，偉大領袖的偉大號召又使我們從城市奔赴了鄉村。遠離故土、遠離親人，我們開始真正去認識人生，在繁重的體力勞動中我們的身體成熟了起來，在文化的荒漠中我們的精神卻空前地飢渴：一本捲了角的「禁書」可以在我們這些年輕人的手裏偷偷地傳來傳去，直到脫了線散了頁再也無法閱讀，那只不過是《青春之歌》、《苦鬥》、《牛虻》；一些禁唱的歌可以在我們這些年輕人嘴裏悄悄地唱，直唱到日落西山月上中天，那只不過是〈莫斯科郊外的晚上〉、〈梅娘曲〉、〈三套車〉。

當我們情竇初開之時，我們卻沒有更多的選擇，有時甚至是為了排遣山村中的寂寞，兩個同病相憐的人兒緊緊相擁，有時為了解決性的飢渴，一對孤寂落寞的異性偷吃了禁果。啊，這就是生活！愛情啊，我們不知道你姓什麼！

當我們準備結婚之時，又開始提倡晚婚晚育，大齡青年的「桂冠」不知不覺地戴上了我們的額頭。為了婚禮的傢俱能有多少隻腳，我們縮衣節食勤奮勞作。我們曾經遐想，在我們的後輩身上實現我們曾經有過卻不能實現的抱負。當我們的獨生子女從中學畢業考入大學後，大學又開始實行收費制度了。當我們籌畫著如何搬出三代同堂的陋室時，住房制度的改革又開始實施了，取消福利分房成了一種大勢所趨。當我們準備更加努力地工作，積攢些資金準備買房時，企業的不景氣使我們中的一些人又面臨著下崗的威脅。當我們逐漸向老境邁入，身體上逐漸衰老的零件功能日趨低下時，病痛常常襲來，醫療制度的改革又使我們內心忐忑。

我們總如乘坐了一輛脫班的車，接下來的就只得老是不趕趟、老是脫班了。我們總像一隻折了翅的鳥，老是不能騰飛上高高的藍天。

我們常常吟唱一首蹉跎歲月的歌，我們常常感歎人生的短暫與坎坷。

我們與中國一起經受磨難，我們與歷史一起經歷坎坷。經受過磨難的我們，可以坦然地面對新的磨難；經歷過坎坷的我們，可以勇敢地踏平新的坎坷。經受過磨難的我們，會更珍惜來自不易的幸福；經歷過坎坷的我們，會更懂得苦盡甘來的欣慰。磨難與坎坷是我們生存之路上的印轍，磨難與坎坷也是我們人生之途中的勳章。我們深記孟子所云：「故天將降大任於斯人也，必先苦其心志，勞其筋骨，餓其體膚，空乏其身，行拂亂其所為，所以動心忍性，曾益其所不能。」這大概正是對我們這一代中年人的寫照。我們中的許多人正成為各個崗位的中堅力量，我們中的許多人正努力撐起四化建設的巨大棟樑。

我們這一代中年人是幸還是不幸？

書齋易名記

文人常常好附庸風雅，為書齋取名就是文人的這種癖好之一，身為文人的我當然也不例外。八〇年代末，我剛分配到上海的這所大學工作時，住在集體宿舍，睡的是上下鋪的床，我們仨還商量著為這集體宿舍取了個雅號，名為「利男居」。妻子調來以後，我分到了一個七平方米的小房間，原來是音樂系當琴房用的，這算有了自己的窩，但是終究太狹窄，除了放得下一張床一張桌以外，幾乎放不下其他東西了，也就沒想到為這小房間取名。

一位朋友出國留學，妻子隨往，就將他的房間借給我住，有兩間朝南的房間，我欣喜若狂萬分感激。兩間房間，一間為臥室，一間就成了客廳兼書房，就有了給這書房取名的想法。在夜晚讀書的間隙中，我思考著為其取名。思索再三，我將這書齋取名為「暫寓齋」，意思是借住在他人之處暫時安身之意，也寄寓著期盼早日有自己的書齋之想，我給那位出國留學朋友寫信落款處也就用此齋名。我還請一起工作的一位博士朋友題了齋名，我買了個鏡框裝上掛在書齋裏，博士端莊流暢墨蹟給我的書齋增添了幾分書卷氣，讀書作文疲倦之時，細細品賞著博士的墨寶倒也是一種調劑與享受。後來出國留學的朋友寫信來說，他的另一位朋友也想借住，房子是他的，我當然不好反對，就將那間客廳兼書房讓了出來，這塊寫有「暫寓齋」的鏡框也就被擱在了床底下了。

九〇年代初，學校兩棟新房開始分配，我分到了兩室一廳的住房，雖然建築面積才五十平方米，但總算有了自己的居室，一間十一平方米的作臥室，一間六平方米的作了書齋，還有一間七平方米的客廳。在稍事作了裝修搬進去了以後，最令我感到愉快的是我生平第一次有了自己單獨的書齋。當晚上妻子與孩子睡下了以後，我輕輕地掩上書齋的門，在這小小的書齋裏讀書、備課、改作業，寫文章，我的精神徜徉在書山之間，我的思緒馳騁在學海之中，「書山無路勤為徑，學海無涯苦作舟」，這成為我在治學道路上的座右銘。當將小小的書齋安排停當之後，我又想到了給我自己的書齋取個名。正是清明時節，站在窗前望著淅淅瀝瀝的春雨，思來想去，我就以與原來的「暫寓齋」的諧音，將這小小的書齋取名為「瞻雨齋」，瞻雨是一種奢侈與享受，其中也富有生活的詩意。我依然請博士朋友為我的新書齋題寫齋名。朋友以遒勁流暢的筆寫下「瞻雨齋」三個大字後，又在一旁題寫道：「劍龍學兄原為暫寓齋，今遷新居改名瞻雨因囑題。」大字遒勁，小字清秀，相得益彰。在這小小的書齋裏，我的論著先後撰成出版，先是三十萬言的《放逐與回歸——中國現代鄉土文學論》，後是二十二萬字的《曠野的呼聲——中國現代作家與基督教文化》，再又撰成《現實悲歌——新現實主義小說批判》一著。

做學問就得買書藏書，「書到用時方恨少」，這是學人的經驗之談。隨著書的增多，這小小的書齋就日見擁擠，書櫥裏的書擠得嚴嚴實實地，書桌上又疊起了一個書架，也層層疊疊地摞滿了書，書桌上、書桌底下都堆滿了書。買了電腦以後，又添置了一張電腦台，這書齋裏就更擠了，電腦台底下又被塞滿了書，打電腦時，腳都難以伸展。許多新購進的書只能裝進紙盒子裏，放到朋友處寄存，這也就失去了買書的意義了。手中正在進行的國家社會科學基金項目因此而進度遲緩，心中頗為焦急，盼望著何時能夠改變這居住擁擠的現狀。在這小小擁擠的瞻雨齋裏，似乎再也找不到最初瞻雨時的雅興了。

我最近的這次遷居是作為教授住房特困戶解決的，雖然是有償分房，雖然是套出來的舊房，但是地段不錯，是在鬧市區，舊式公寓房子的加層，顯得高了一些，爬上樓挺費勁，但從窗口望去，四面高聳的賓館高樓群中，可見到對面賓館內的一方綠地，心中倒有些暢然。朝南的房間陽光充足，深秋裏的陽光已經曬得房間裏熱烘烘的了。在策劃新居的裝修時，我已經在斟酌為自己這十平方米的書齋取名了。望著四面賓館樓群，望著那明亮的陽光，我想依然按照以往書齋名的諧音，將我新的書齋易名為「蘸昱齋」，這「昱」字的意思就是日光之意，「蘸昱」是以筆蘸著日光作文之意，此中也有著幾分詩意，我依然要請博士朋友為我題寫。

從「暫寓齋」到「瞻雨齋」，再到「蘸昱齋」，我的書齋的易名，顯示出生活的空間的變化，在這種變化之中，人的精神也發生著變化。從我的書齋的變遷中，可以看出這十多年來中國知識份子生存狀態的變化，也可看出中國人生存狀態的不斷改善。

無論生活的空間發生了多大的變遷，作為學者的我總是記著當年著名學者王瑤先生對我們所說的「板凳要坐十年冷，文章不寫一句空」，在我的「蘸昱齋」中，我仍繼續朝著這個方向努力。

棕櫚贊

暮色裏，我常常愛在廣場上散步，愛在廣場鬆軟的草地上小憩，更愛在廣場前那幾株棕櫚樹下觀賞英雄城的夜景：高樓裏馬路旁那一盞盞相繼而亮的燈，湛藍的夜空中那一顆顆明星，一對對摩肩接踵的情侶，飛馳而過的車群……

每當我坐在棕櫚樹下，心裏就會湧起一種特別的感情。

記得孩提時，我家門口有一株棕櫚樹，夏天，我們總喜歡在樹下納涼。傍晚，當遠山和暮雲一起悄悄地沉入夜色裏時，一盤圓月緩緩升起，一直升到棕櫚樹上，好像棕櫚樹結了個大金果。草叢中，紡織娘和蛐蛐低一陣高一陣地鳴唱著，山前的小溪閃著粼粼的波光，夜風輕輕地吹著，送來陣陣稻菽的清香。我們兄弟幾個執著用棕櫚葉紮成的扇子，拍打著嗡嗡飛近的蚊子，纏著爺爺講故事。

事隔多年，至今我還常想起家鄉的那株棕櫚。呵，棕櫚！你莊重、正直、踏實，你質樸、無畏、無私，每當你身上留下一道傷痕，你又長高了一寸；每當你身上剝下一層棕衣，你又為世人唱出一支心曲，不管在任何艱難困苦的環境下，你總是向上向上，奮然向上，你就是這樣的一種高尚的樹、美麗的樹！

月亮升起來了，照在高高的紀念塔上，照在廣場歡樂的草坪上，也照在棕櫚樹上。望著皎潔的明月，撫摸著棕櫚樹的累累傷痕，忽然我記起兩句話。一句是法國作家羅曼・羅蘭說的：「累累的創傷，就是生命給你的最好的東西，因為在每個創傷上面，都標誌著前進一步。」另一句是馬克思的，他說：「歷史認為那些專為公共謀福利從而自己也高尚起來的人物是偉大的，經驗證明，能使大多數人得到幸福的人，他本身也是最幸福的。」呵，棕櫚，你不正是給人們這樣精闢的昭示和深刻的啟迪嗎？

棕櫚，我愛你呀，我要高聲讚美你！

鼾聲賦

歷代文人墨客感時而詠，有秋聲賦、春光賦、夏日賦、冬雪賦，我卻要寫一篇鼾聲賦。

出差開會，住進一家高級賓館，條件甚佳，價格優惠，服務周到，不亦樂乎。同住一室的是已有神交的學術朋友，雖有過書信往來卻未能謀面，手握在一起，互報姓名，相視大笑，手就握得更緊了。

稍事休息，就聊東說西，興趣相近，氣味相投，更是恨相見之晚，便就有了今後合作研究的意向和打算，說東道西地直到深夜，旅途的疲倦就漸漸如水墨畫上洇開的墨蹟般地襲了上來，我就昏昏欲睡。我剛要入夢，忽然我的同屋鼾聲大起。初似風過叢林林濤陣陣，呼嘯盤旋；又如錢塘春潮遠遠地席捲而來，澎湃洶湧；繼而像虎嘯獅吼，驚心動魄；又如電閃雷鳴，撕破夜空。這鼾聲似無規律，起起伏伏，黃鐘大呂大江東去中，又夾雜著江南絲竹之音，虎嘯獅吼後又鍥入一兩聲尖哨之聲，萬馬奔騰裏又突兀出一兩隻飛箭似的獵犬。

朋友睡得沉醉，睡得坦然，我卻在這鼾聲大作時難以入眠，輾轉反側中倒想起了有關鼾聲的事兒來。

十多年前，我還在讀碩士研究生時，曾經與導師曾先生一起到富陽參加郁達夫研究國際學術會，與先生同住一室，是夜我也領略了導師鼾聲的虎威雄風，翌日我甘冒違逆之罪，匆匆覓房間另住。後來，遇見導師的摯友范先生，他每次與會必然與曾先生同室居住。我便問范先生，您與曾先生住一室是否睡得著？他笑笑說，睡得著，習慣了。曾先生、范先生這一對被譽為文壇雙打手的摯友，在歷經坎坷的人生中，相互扶持相互鼓勵相互切磋，在意趣相投中性格互補，曾先生的穩重謹嚴，范先生的灑脫倜儻，使他們在學術研究中作出了傑出的貢獻。無怪乎范先生能夠在曾先生的鼾聲中，沉沉地睡去。

我們系裏曾經組織教師旅遊，下榻於旅館，分配兩人同居一室。翌日清早，一位老師滿眼血絲一臉倦容，他訴說同居者的鼾聲擾了他一夜，並且還擔驚受怕了一夜。他描繪同居者的鼾聲，在洶湧澎湃般的鼾聲裏，會突然有一種聲息全無的停頓，他突然害怕那同居者是否會透不過氣來而憋死，他就猛地跳下床，走到同居者的床頭，搖晃著他，呼喚著他的名字。同居者從睡夢中醒來，瞪著迷惑不解的眼望著他，問他有什麼事，他卻不知所云支支唔唔。同居者又沉沉地睡去，又開始了鼾聲大作，又有了聲息全無的停頓，又有了他的擔驚受怕，他就這般迷迷糊糊了一夜。第二天，別人都去旅遊，他卻在旅館裏睡了一天。這次旅遊他幾乎沒有出過旅館的房門，根本沒有享受到旅遊的樂趣，豈不冤哉！

在經濟日益發達的今天，人們常說：「金錢不是萬能的，但是沒有金錢也是萬萬不能的。」一有人說：「我們已經有了足夠的金錢，但是卻沒有了起碼的快樂。因為我們可以買到別墅，但是卻買不到睡眠；可以買到美貌，但是卻買不到可愛；可以買到羨慕，但是卻買不到尊敬；可以買到權勢，但是卻買不到威望；可以買到服從，但是卻買不到忠誠；可以買到器官，但是卻買不到靈魂；可以買到婚姻，但是卻買不到愛情；可以買到虛名，但是卻買不到實學……」這是切中肯綮的。這又使我想起了臧克家的詩歌〈歇午工〉，詩人以素樸的詩句寫出了歇午工人們的坦然與舒適：「放下了工作，／什麼都放下了，／他們要睡，——／睡著了，／鋪一面大地，／蓋一身太陽，／頭枕著一條疏淡的樹蔭，／這個手搭上了那個的胸膛。／一根汗毛，／挑一個輕盈的汗珠，／汗珠裏亮著坦蕩的舒服。／陽光下，鐵色的皮膚上，／開一大片白花，／粗暴的鼾聲扣著／呼吸的匀和。／沉睡的鐵翅蓋上了他們的心，／連個輕夢也不許傍近，／等他們靜靜地／睡過這困人的正晌，／爬起來，抖一下，／湧一身心的力量。」這種酣睡的境界，這一聲聲粗暴的鼾聲扣著呼吸的匀和，是那些為著私利而蠅營狗苟的人們所難以得到的。那些人或者因為收受巨額賄賂而提心吊膽難以入眠；或者由於爭權奪利而精心策劃輾轉反側；或者因為打小報告而無中生有徹夜不眠；或者由於利慾薰心絞盡腦汁而神經衰弱……他們在全力追逐私利中常常為失眠而煩惱，常常失去了鼾聲，也失去了起碼的快樂。

不知什麼時候，我在朋友沉沉的鼾聲中睡去了。早晨醒來，朋友早已在賓館的綠地上打太極拳了，那矯健的身姿沐著晨輝。呵，日落而息，日出而作，我要禮贊鼾聲，這樣坦然而真誠，沒有矯飾和虛偽，沒有做作與雕琢。我讚美鼾聲，更禮讚有著這樣鼾聲的誠實而自在地生活著的人們。

說考試

人的一生會遇到許多各種各樣的考試，並非你坐在考場裏答題就是考試。在生活中有許多無形的考場，每個人都隨時隨地在經歷考試，有口皆碑，是眾人的評說，是一種考試；說三道四，是人們對你的評點，是一種考試。人的一生就是經歷種種考試而成熟起來的。

朋友同事親戚給你介紹對象，是一種考試。

大齡青年未成家，不僅父母著急天天在你耳邊敲木魚般地念叨，同事朋友鄰居也為你操心，你卻一副無所謂的樣子，我行我素自得其樂，你說相信命運拜託緣分。同事朋友鄰居中女性們尤為熱心，阿姨、大嬸、婆婆們千方百計動員你去相親，天花亂墜地將對方說得花好桃好，簡直完美無缺。你便被推著、擠著、擁著去相親了，便經歷了一場考試。上考場前，你便被逼迫精心修飾自己，從頭上到臉上、到身上、到腳上，全副武裝煥然一新，為了考試合格，也為了不辜負別人的一番好心和熱心。尚未上考場前總有些怯陣，真的去了也就無所謂了，便抱著死豬不怕開水燙的心情。相親的場面總是有些尷尬的，本來渾身不搭界的一男一女兩個人，介紹的雙方總想方設法將他們拉扯到一起，雙方介紹人在相親的場合總是合謀般地製造一種熱絡熟悉的氣氛，好像他們原來就是好朋友，好像這兩個男女是天地般地般配，介紹人總是喋喋不休地說一些無謂的廢話，問一些莫名其妙的問題，意思倒是讓這兩位參加考試的減少些拘束，多擠出些話語。在話語的一來一去中，在問題的一問一答中，考試便開始了。往往總是由一方介紹人提問，另一方介紹人作答，或者讓當事者直接回答。雖然總是些家長里短的問題，卻往往使被考試者更為尷尬。其實，在這樣的場合，真正的考官卻是當事人自己，當事人的眼光往往最說明問題。一方如表示出給予對方「優」或者「良」的成績，往往就會用直勾勾的眼光上下打量一番對方，而且表情也會忽然間變得輕鬆了，話語也似乎多了起來；另一方如表示給予對方不合格，便常常搭拉著臉，眼角也好像不覰對方一眼。當然，也有雙方都表示對方合格的，表示可以進一步接觸或發展的，在介紹人的催促與安排下，他們便「自由活動」去了，一場考試也就結束了。

夫妻之間常常要經受考試。

當丈夫的常常要經受妻子的考試，考驗丈夫是否對妻子真心，考驗丈夫是否記住了妻子的生日，考驗丈夫在妻子生日時是否有所表示。丈夫買回了給妻子的禮物，常常又不合妻子的心意，要麼說款式不好，要麼說價錢太貴，丈夫往往通不過妻子對他的考試，往往是不合格的時候居多，久而久之丈夫為了討得妻子的歡心常常將花三〇〇元買回的禮物，說成二〇〇元，以博得妻子一笑，為了通過在妻子面前的考試。考試合格與否，只要看看妻子的表情就可以知曉，板著臉不說話就有些不滿了，撅起嘴角可掛油瓶的，就更有問題了，絮絮叨叨不停數落的，就更加嚴重了，丈夫稍有不滿回了幾句嘴的，便引起了妻子的眼淚，那麼這位丈夫便不及格了，無藥可救了，只到丈夫想盡方法讓含淚的太太一笑的，家庭的考試才算告一段落了。因此，人們常常說孩子要教、太太要騙，缺乏騙術或騙術不高明的丈夫常常在妻子面前通不過考試的。

找工作的過程也是一種考試。

你認認真真做成了一份個人資料，盡可能地將自己的優點特長「發揚光大」，將這份個人材料盡可能地做得仔細生動，封面裝幀得漂漂亮亮，像購買獎券彩票一般四處投遞。好不容易收到了一個回音，讓你某月某日去面試，你便激動萬分寢食難安，便獨自保守著秘密，怕被別人知道也去競爭，內心有些暗暗竊喜。到了那一日便精心打扮一番，早早便去了那裏，在那單位門口徘徊許久。到了時間一走上那單位的樓梯，便覺得心跳有些加快，推門進去見了任何人都恭恭敬敬地叫老師，不管是坐辦公桌的，還是打掃衛生的。終於見到了主考官，你的腰不自覺地彎了，你的腿不自覺地軟了，你的笑不自覺地堆上臉了。主考官問的每一個問題，你都努力回答，有時候你有些口吃了語塞了，考官卻十分大度地一笑，說：「別緊張，慢慢說。」你便喘一口氣，接著回答。倘若你被告知下個月到該單位實習，你便有些得意，看著許多沒被通知實習的應聘者，你會不知不覺流露出一些同情與憐憫，內心卻產生了一種考試得優秀的自豪與自傲。

你到此單位實習了，如劉姥姥進大觀園，小心翼翼，阿諛奉承，手勤腿勤，掃地倒茶，抹窗抹桌，兢兢業業，無所不幹，人前人後聽他人使喚，鞍前馬後跟別人跑，看單位裏任何人的臉色，聽單位裏任何人的差遣，誰讓你是實習生呢?!誰讓你比別人晚進這單位呢?!當兒子、當孫子也是為了進這單位當老子！三個月的實習快結束了，你終於鼓起勇氣問管事的，單位是否可以接受。回答要麼是還沒有討論，要麼是還要研究研究，甚至乾脆回答今年沒有指標，你心裏十分明白留下來根本沒戲，只有乖乖地結束實習，為此在該單位白白打了三個月的義務工，你憤憤地走出單位的大門，有時會自言自語地罵一句，有時會跺一跺腳，去單位門口的小酒店喝幾兩悶酒，算是結束了一場考試，又將簡歷投給其他單位，尋找另一場考試的機會。

考試當然也有走形式的時候：當官的坐在臺上接受下級的考評，滿耳是恭維奉承，人人說成就政績，就是提出批評時也努力從缺點中找出優點來，諸如太不注意自己身體，太不關照自己的家庭。這不是考試，而是演戲，只有當官的不在臺上了，群眾才有可能作真實的評說，好處說好，孬處說孬，才是真實的考試，其實人人心裏都有一桿秤。年終小組評獎，年年輪流坐莊，去年張三，今年李四，評上的獎金請客，得獎沒得獎的皆大歡喜，和和睦睦，歡歡喜喜，一派和氣。

人生其實每時每刻都在經受考試：當你將一口濃痰吐在街上，路人的眼光是對於你行為的鄙視；當你將座位讓給老人孩子，車廂裏人們的眼色充滿著贊許；當你在上車的時候擠痛了孩子，孩子哇哇的哭聲是對你的批評；當你為受災地區奉獻出你的捐贈，災區人民的笑顏是對你的感激……

人生每時每刻都在經受考試，是合格，是良好，是優秀，其實你自己心裏最清楚。

知青情結

我們這些在農村待過多年的知青，大多對那一段青春的歲月難以忘懷，雖然當年的磨難與苦痛依稀記得，但是，隨著歲月的流逝、年歲的增長，似乎記得的大多是明麗的山水、淳樸的鄉情，就是那些苦澀的記憶，也漸漸變幻為人生照相冊中一頁頁發黃的珍貴照片，使我們常常打開記憶的心扉，回味與咀嚼知青歲月的點點滴滴，這大概就是我們這些經歷了諸多人生坎坷的中年人的知青情結吧。

我曾經多次回到我插隊的山村，去尋覓我青春的足跡與夢幻。我當年居住的乾打壘的小土屋依然存在，雖然黑洞洞的已經許久沒人居住。村辦小學的校舍歪歪斜斜的，當年我在這兒做過一年小學教師。當年我教過的學生都已經長大了，在親熱地叫我老師的過去的學生中，竟有正敞著懷奶孩子的母親。當年的大隊支部書記早已退下，頭髮已經斑白了，他十分客氣地硬拉我去他家裏吃飯，還特意從田裏抓來一隻活奔亂跳的雞，煮了一鍋熱氣騰騰的雞湯招待我。過去的鄰居老爹，已經老態龍鍾了，熱情地端出茶點請我吃，還說起我當年用毛竹從山上接了泉水到屋後的情景。山村變化不大，除了附近山上的樹木大都被砍伐了，除了那條河道因洪水挪動了地方外，這兒仍然十分貧困，不禁令我有點兒寒心與悲哀。

當過知青的我們，大概深切感受與體會到「誰知盤中餐，粒粒皆辛苦」的真諦，無論是春耕在春寒料峭中水田裏耕耘插秧的腰酸背痛，還是夏收在烈日曝曬中稻田裏收割打穀的大汗淋漓，都使我們更加深切地體悟到這兩句古詩的涵義。因此，當過知青的我們對於糧食就特別珍惜。過去上大學的時候，看到那些從城裏來的學生們竟將吃不了的飯食成碗地倒掉，我們的心就有些像被揪著痛。現在參加學術會議的時候，看到自助餐的飯桌上有些學者竟將大半盤豐盛的食物棄留了，就忍不住要婉轉地斥責幾句，也不管他生氣與否。

當過知青的我們，大概更加關心節氣的變化、天氣的好壞。春暖時節，我們就會想農村裏的秧苗大概已經插完了吧？七月流火，我們就會說今年山村的收成不知怎麼樣了？春耕時節，倘若連綿的春雨不絕如縷，我們就會想這雨再不停，秧田裏的秧苗就會腐爛了。秋收時分，倘若狂暴的颱風突如其來，我們就會說這風再刮下去，農田裏的莊稼就要糟蹋了。農村常常牽動著我們的心，農民常常寄寓著我們的情。也許因為這，我們喜愛看農村題材的電視、電影；也許因為此，我們關心著農村傳來的信息、新聞。豐收的喜訊，讓我們格外歡欣鼓舞；水災的消息，使我們更加揪緊了心。我們從來不會罵別人為鄉巴佬，因為我們曾經就是農民！我們從來不會嫌山村貧窮，因為我們現在也不是富翁！

當過知青的我們，大概少了一點不切實際的空想，多了幾分腳踏實地的精神。種瓜得瓜，種豆得豆，一分耕耘，一分收穫，山村的生活，就曾經這樣教導著我們。安貧樂道，重義輕利，日出而作，日落而息，山村的農人，就曾經這般啟迪著我們。也許正因為有了這一段插隊的生活，我們遇到任何事情，都會用一種認真踏實的態度去對待；也許正因為有了這幾年歲月的磨練，我們碰到任何困苦，都能以任勞任怨的精神去克服。我們深深感佩孟子的名言：「故天將降大任於斯人也，必先苦其心志，勞其筋骨，餓其體膚，空乏其身，行拂亂其所為，所以動心忍性，曾益其所不能。」受到過農村生活磨練的我們，「有這碗酒墊底，什麼樣的酒都能對付」，我們更加體會出這句臺詞的意味；經歷過坎坷歲月磨難的我們，「天下無難事，只怕有心人」，我們特別感悟出這句俗語的內涵。

我們在城市裏生、城市裏長，我們經過了農村風風雨雨的洗禮，我們在農村裏身體結實了、思想成熟了。當我們回到了擁擠的城市，我們仍然忘不了那曾經留下我們青春足跡的農村；當我們漫步繁華的街頭，我們仍然牽念著那些個曾經給我們淳樸溫情的農民。這就是烙印在我們身上的知青情結，這就是銘刻在我們心底的夢裏鄉村。

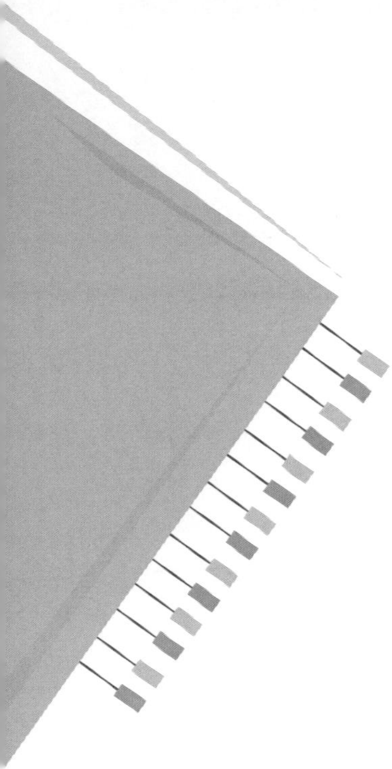

江南煙雨

烏鎮情思

苕溪清遠秀溪長，帶水盈盈匯野塘；
兩岸一橋相隔住，烏程對過是桐鄉。

暮春時節，吟頌著清代文人施曾錫描述水鄉烏鎮的竹枝詞，我漫步在水鄉烏鎮，被烏鎮深厚的文化遺韻、清麗的水鄉景色深深地吸引了：那矗立於車溪河西岸的枝繁葉茂的唐代古銀杏，那坐落於觀前街被稱為江南三大道觀之一的修真觀；那被譽為六朝遺勝的昭明太子讀書處的遺跡，那始建於梁代幾經興廢的石佛寺；那同治七年建成的立志書院，那光緒年間落成的茅盾故居……都使浙江省桐鄉市的這座千年古鎮流溢著濃郁的文化底蘊。

倘若說這些名勝古跡是烏鎮的魂的話，那麼這條自南向北縱貫全鎮的車溪河則就為烏鎮的神了，它南連金牛、白馬二塘與京杭運河相通，北接瀾溪、紫雲二港同太湖相連，東牽金塘通秀水，西經息塘連苕霅二溪，構成烏鎮四通八達的水上交通。元朝著名書法家趙孟頫遊覽烏鎮時，留下了「澤國人煙一聚間，時看華屋出林端」的詩句，描繪出了烏鎮的神韻。烏鎮的街道臨河而建、民居與水相傍，明清年代的古宅民居成為水鄉的獨特景觀：磚雕石刻古樸精巧，雕樑畫棟曲徑通幽，高牆垂簷庭院深深，朱家廳、桂家廳、周家廳、宋家廳等明清建築，呈現出磚木結構的江南民居的獨特風韻。除了別有情致的民居外，水鄉烏鎮的另一景觀就是橋了，據《烏青鎮志》記載全鎮最多時有一百二十多爿橋，素有「百步一橋」之稱。在車溪河上現保存完好的明清古橋有望佛橋、永安橋、仁濟橋、通濟橋等七座，這些古橋以其古樸秀美的身姿，與老屋、碧水、綠樹、小船等，構成了烏鎮水鄉的古樸清麗的獨特畫幅。

坐在小船上順河漫遊，在水聲櫓聲中，我細細地觀賞著烏鎮兩岸的景致：那臨河而建青瓦白牆的民居，那伸入水面的水上樓閣，那傍河的茶樓飯鋪，那橫臥的古樸石橋，那河埠頭村婦浣衣的身影，那烏鎮旗下救火隊龍兵的精壯，那古船上練武者舞刀的雄姿，那絡繹不絕遊人的歡聲笑語……讓人迷醉在江南水鄉綺麗景色中了。船過通濟橋，這座始建於明代的單孔石拱橋，如一彎圓月臥於水面，橋南側的橋聯為：「寒樹煙中盡烏戍六朝舊地，夕陽帆外是吳興幾點遠山。」橋北側的橋聯為：「通霅門開數萬家西環浙水，題橋人至三千里北望燕京。」這兩副橋聯生動地描繪出一幅充滿著清麗意境的水墨圖，將烏鎮水鄉的景色和盤托出。

船到碼頭，我拾階登岸，又來到修真觀前，就聽見鼓樂聲聲，走來了一隊古裝迎親的隊伍，抬著箱籠等嫁妝的走在前面，中間是長衫氈帽胸戴紅花的新郎，後面是一乘新娘坐的花轎，花轎後跟隨著幾個衣著豔麗的伴娘，這迎親的行列走進烏鎮石板路的小巷裏，給烏鎮平添了幾分歡鬧韻味民俗氣息。修真觀對面的古戲臺上，正在演出桐鄉花鼓戲《賣青炭》，一男一女正在認認真真地演唱著，男的長袍馬褂，女的紅褲繡襖，曲調的抑揚婉轉、戲文的諧趣輕鬆、動作的誇張幽默，使在台下坐著遠觀的老頭們、站著近視的老太們眉開眼笑忍俊不禁，也使這座始建於乾隆年間的古戲臺充滿了勃勃生機。抬眼望去，飛簷斗拱古樸莊重的古戲臺的台柱上有一副對聯：「鑼鼓一場喚醒人間春夢，宮商兩音傳來天上神仙。」一横匾為：「以古為鑒。」哦，置身於古老的烏鎮，真如身處夢境中，似乎來到了仙境，悠久的歷史、美麗的景色，引發人們的悠悠情思，在新的世紀，人傑地靈鐘靈毓秀的古老烏鎮，將會變得更加端莊秀麗，將會迎來更多的新遊客。

紹興雨中行

到江南小城，除了小橋流水、花紅柳綠、曲巷迴廊以外，最令人醉心的是江南的雨了。徜徉在稽山鏡水之間，在淅淅瀝瀝的秋雨中，偕三兩好友，各撐一把雨傘，聽著那雨打在傘頂上，打在柳枝上竹林間、船蓬上瓦屋頂、石橋上碧波裏，靜靜地觀賞著濛濛煙雨中風光旖旎的景致，如在觀賞著一幅充滿著詩意的淡墨山水畫；細細地瀏覽著蕭蕭秋風裏黑瓦粉牆間的名勝，如在聆聽著一闋浸透了古韻的悠揚古箏曲。在雨聲淅瀝中，漫步在紹興城曲曲折折的石板路上，聞著瀰散在空氣中花雕酒、梅乾菜、臭豆腐的氣息，聽著迴旋在小巷裏紹劇、越劇、蓮花落的曲調，你一定會陶醉在這小城煙雨中的。

中秋時節，我來到紹興，迎接我的是淅淅瀝瀝的秋雨，朋友覺得天公不作美，我卻感到別有情趣。我們倆打著傘，遊蘭亭，登府山，拾階禹陵，蕩槳東湖，尋訪秋瑾故居，觀覽三味書屋……，雨中的紹興顯示出一種古樸幽深的朦朧美，紹興雨中行，尚未飲酒的我卻如同酒後微醺般地陶陶然了。

步入蘭亭景區，石徑通幽、修竹婀娜、清溪婉轉、碑亭軒昂。鵝池亭中石碑上「鵝池」兩個大字筆力雄渾遒勁，顯示出這塊王羲之、王獻之父子碑的獨特神韻。亭畔鵝池的一泓碧波中，翩翩浮水的幾隻白鵝，在雨中似乎更加悠然自得。流觴亭前的曲水流觴處，疊石曲水，使人想像當年王羲之邀文人學士飲酒作樂、流觴賦詩的情景，想像當年王羲之書寫的千古名篇〈蘭亭集序〉的精美絕倫。右軍祠裏的墨華亭飛簷斗拱，在雨中古雅挺拔，右軍祠裏的墨池漣漪蕩漾，傳說為王羲之洗筆處。御碑亭裏的祖孫碑為江南石碑之最，康熙所摹寫的〈蘭亭集序〉端莊遒勁，乾隆所撰的〈蘭亭即事〉詩瀟灑飄逸。步出蘭亭，在綿綿秋雨中，耳畔傳來〈蘭亭集序〉的吟頌之聲：「此地有崇山峻嶺，茂林修竹，又有清流激湍，映帶左右，引以為流觴曲水。列坐其次，雖無絲竹管弦之盛，一觴一詠，亦足以暢敘幽情。……」令人情不自禁跟隨吟之。

撐著傘我們來到東湖，跨上烏蓬船，船夫手劃腳蹬，一葉扁舟在清麗山水間、淅瀝秋雨中輕盈前行，這正如當年陸游所繪：「輕舟八尺，低蓬三扇，占斷蘋洲煙雨。」在船夫的介紹中，我們細細地觀賞著東湖的綺麗景色。輕舟繞過筆架山，岩壁上鐫刻的詩句映入眼簾：「箬簣東湖，鑿自人工。壁立千尺，路隘難通。大舟入洞，坐井觀空。勿謂湖小，天在其中。」這是郭沫若一九六二年遊覽東湖時所賦詩句。扁舟進入一洞，四周崖石壁立，眼前水色深黛，頭頂蒼天一方，耳邊槳聲迴盪。船夫告知這是陶公洞，郭沫若的詩句就描繪了此洞的景致。烏蓬船穿過霞川橋，經過飲淥亭，眼前展現出一石屋狀的洞穴，洞中的石牆上有一桃子形的孔穴，船夫介紹曰，此為仙桃洞。洞壁兩旁刻有對聯一副：「洞五百尺不見底，桃三千年一開花。」將仙桃洞的神奇迷離生動地道出。船到寒碧亭，我們棄舟登岸，撐著傘在垂柳湖堤上漫步，環顧四周，湖綠、山綠、樹綠，那湖的粼粼碧波，那山的嶙峋峭壁，那樹的蔥蘢婀娜，再有石拱橋臥波、古亭閣兀立、烏蓬船穿行，雨中的東湖簡直就是一個巨大的山水盆景，巧奪天工歎為觀止。我靜靜地觀賞著眼前的美景，似乎自己也融入了這綠山綠水中了。

登臨府山，雪松古柏掩映中，越王殿氣宇軒昂，殿中的勾踐、文種、范蠡石像栩栩如生，「臥薪嚐膽」的匾額，讓人想起越王勾踐臥薪嚐膽洗雪國恥的故事；文種墓旁佇立，令人記起范蠡「越王為人，可以共患難，不可以共安樂」的勸說，記起文種被迫臥劍自刎的悲劇。府山西南角的風雨亭，為紀念俠女秋瑾而立，亭柱上有孫中山撰寫的輓聯：「江戶矢丹枕，感君首贊同盟會；軒亭灑碧血，愧我今招俠女魂。」佇立風雨亭前秋雨中，追思女俠壓倒鬚眉的豪情，不禁吟頌起「秋風秋雨愁煞人」的詩句。拾階禹陵，青石甬道盡頭，大禹陵碑亭靜臥，碑石上「大禹陵」三個大字雄渾古樸。進禹祠，帶笠持耒的大禹塑像佇立祠中，令人想起大禹治水的傳說。入禹廟，身著華衮頭戴冕旒的大禹立像矗立殿中，使人追思其為民治水的功績。費盡心機為自己謀利的，遺臭萬年被後人唾棄；兢兢業業為人民除患的，千秋萬代被世間讚頌。

在淅淅瀝瀝的秋雨中，我們尋訪了秋瑾故居，和暢堂的古樸寬敞，秋瑾臥室、密室的陳舊神秘，鑒湖女俠男裝照片的英姿煥發，都令人想起秋瑾「危局如斯敢惜身，願將生命作犧牲」的詩句。撐著雨傘，我們來到了三味書屋，魯迅坐過刻有「早」字的硬木書桌，書屋中的匾額、抱對、松鹿圖等，使我們想像著魯迅當年的私塾生活。魯迅故居中的鐵梨木床、小堂前、天井、廚房、百草園，令我們想像著魯迅少年時代的歡欣與沉重……

暮色中，我們來到了咸亨酒店，要了兩碗紹興酒，就著茴香豆、乾菜悶肉、清湯魚丸、紹式蝦球、白鯗扣雞等紹興特色菜對酌起來，望著酒店外仍然在下著的淅瀝秋雨，朋友吟頌起元朝詩人李孝光的〈鑒湖雨〉一詩：「越角鑒湖三百曲，雨餘曲曲添新綠。八月九月風已高，詩人夜借魚船宿。漁翁城中沽酒來，筐底白魚白勝玉。當時賀老狂復狂，乞得鑒湖此生足。」詩將紹興雨後的景致、詩人借船夜宿的灑脫、漁翁沽酒歸途的欣喜等，都簡約生動地寫出。望著酒店外如麻的雨腳，品味著美酒佳餚，我不禁想道：魯迅、秋瑾的那個苦難的年代早已過去，今天的紹興古城，更加富饒秀麗，紹興雨中行，真令人有「乞得鑒湖此生足」之想了。

諸暨街頭漫記

西施故里浙江諸暨是一個頗有古風的小城，且莫說風光綺麗的五泄，也不談典雅古樸的西施殿，就觀諸暨街頭就有一道道獨具特色的風景線。

大城市有大城市的繁華與豪奢，小城市有小城市的質樸與愜意。晨起，倘若你走上傍山臨江的諸暨街頭，街上的行人寥寥無幾，在一條悠長而開闊的浣江邊，就有著動人的風景：沿江而修的浣江公園，綠樹掩映中晨練的人們三三兩兩，在那個造型別致的暨陽亭前，在立有俞秀松、張秋人、宣中華、宣俠父、汪壽華、鄭復他等革命烈士的白色大理石雕像前，舞劍練拳、弄刀弄劍的在晨曦裏刀光劍影閃閃爍爍，打木蘭拳、太極拳的人們在音樂的伴奏下展臂伸拳身姿矯健。在浣江的河埠頭，一些婦女都先後以籃子挽著一大堆髒衣服來河裏漂洗，她們都用木棒槌槌著衣物，然後在河水中將衣物漂洗淨，棒槌聲在浣江邊此起彼伏，成為小城裏悠揚悅耳的晨樂。河埠頭，有三三兩兩的人在垂釣，將一根釣竿垂入江中，耐心地等候著魚兒上勾。江中偶然有一隻小船搖過，犁碎了一江的晨曦，給平靜的江面平添了幾分活力與生趣。

早晨，如果你沿著浣江南行，你可以見到勾踐、范蠡等人的塑像。不多久你就來到西施殿前，江岸立著一飛簷亭閣，這就是西施亭。你若拾階而下，就可見到江邊矗立著的一塊褐色山石，那為浣紗石，上面鐫刻著「浣紗」二字，筆力遒勁而敦厚，為東晉書法家王羲之手筆。相傳此處為當年西施浣紗之處，也為西施與范蠡互贈信物、訂下百年之好的地方，因此人們又將浣紗石稱為結髮石。欣賞著王羲之的題刻，望著浣江湯湯的河水，你或許會產生出諸多的遐思，眼前也許會幻現出當年西施在此處浣紗的動人身影，想像著西施與范蠡在此處締結良緣的情景，歷史早已隨著這湯湯江水逝去，而動人的故事卻一直流傳至今，它還將一代一代流傳下去。

諸暨城的白天也充滿著喧囂，街頭的時裝店、首飾店、百貨商場、小百貨市場都有各種各樣的音樂聲傳出，有時那家商店從早到晚就放著同樣一首流行歌曲，聽多了雖然使你膩煩，但卻在不知不覺中學會了一首新近流行的歌曲。街上的店面雖然裝修得也夠水準的，天熱時店裏的空調也開得足足的，但進商店購物的人卻不多。街頭的行人們大多步態悠然，不像大都市的人們總是步履匆匆，姑娘們大多皮膚白皙眉目清秀，喜歡穿白色長裙，偶爾有一兩個頗有姿色的女子在你眼前走過，令你眼睛一亮，你就會感歎：到底是西施的故里，秀山麗水出美人！街頭的摩托車、助動車甚多，靚男倩女駕車行駛於街頭，英姿勃勃給諸暨城增添了諸多的活力。街頭的計程車很多，在諸暨城裏打轉七元錢的起步費就可對付了。

諸暨城最耐人尋味的是它的晚上了，晚飯後，如果你去浣江邊漫步，登上江堤，如果是雙休日你會發現江堤邊的霓虹燈都開了，一條條醒目的霓虹燈組成的標語，描畫著諸暨美麗的遠景，這霓虹燈倒映在江中，在夜色的漣漪裏給小城增添著絢麗與神奇。遠處西施大橋在燈光的映照下如一掛長虹橫臥江上。浣江中路上，一路擺開了小商品市場，賣席子的、賣襪子的、賣衣服的、賣工藝品的，應有盡有不一而足。有不少稱體重量身高的，從路邊的電線桿上接下燈來，那台儀器會自動發出「歡迎光臨」的聲音招徠顧客，有顧客站立上去，它也就告知顧客的體重身高，並告訴你是偏胖還是偏瘦，胖的告訴你需要減肥，瘦的告訴你須增加營養，顧客就付了錢嘻嘻哈哈地離開了磅秤。路旁還有一些電子槍的攤子，以電子槍瞄準電子顯示靶，擊中與否，它都會如實地報告，並且報出你打中的環數，甚至還發出鼓勵與嘉獎的聲音：「神槍手！」「好樣的！」「你真棒！」倒吸引了不少人。這兒VCD光碟十元錢四張，大都是港臺片，如果你在那兒翻看得久了，攤主就會悄悄地問你要不要三級片，價錢要貴一些，如你說要他就會從底下抽出幾張。靠近西施大橋處，可以見到一些書攤，舊書攤上的書一元錢一本。這兒的新書不少是盜版書，厚厚的一本，書價印著四、五十元的，十幾元就能買到，買回去一翻，卻常常有不少錯字別字，你有時感到惱怒，卻又會自解自慰，十幾元一厚本畢竟便宜呀！浣江中路上的肯特雞速食店生意依然紅火，吸引著孩子與少男靚女們品嚐，美國人的生意經到底厲害，肯特雞飛遍世界。

晚上的諸暨城最有趣味的莫過於是諸暨人自娛自樂的越劇演唱會了。浣江畔的各亭子裏，只要不颳風下雨，幾乎每天都有市民們自發組織的越劇演唱晚會。在太平橋頭的暨陽亭裏，晚飯後早早地就有人在拉電線插話筒作演唱準備了。二胡、三弦、的篤板等樂手坐在亭子的一角，的篤板一敲，二胡、三弦一拉，歌手們就紛紛登場亮起嗓子來，有獨唱的、對唱的，一開口大多字正腔圓越劇味甚濃，唱《紅樓夢》，演《西廂記》，扮《打金枝》，做《梁山伯與祝英台》，雖是便裝演出，卻也認認真真，甩水袖的依舊作甩袖狀，啼哭的仍然作啼哭科，一人剛唱完，就一對接著上，另一人就在一邊等候著上場。唱的以女性為多，年歲大的有七十多歲，年紀小的才十多歲，年歲大的雖然中氣不太足，但越劇的韻味十足；年紀小的雖然調子不準，但稚氣裏透出認真。有一名五十餘歲的婦女唱得甚好，唱梁山伯，演賈寶玉，中氣十足，音色婉轉，觀眾中有知曉者云她曾經是地方上越劇團的。有一靚麗的年輕女子上臺來，唱小生，卻沒有像上臺的人們一般拿著話筒，她邊啟唇唱，邊手之舞之足之蹈之，令人眼界大開。忽然我覺得這唱的聲音十分熟悉，往暨陽亭左首一瞅，原來是那位曾經是越劇團的婦女拿著話筒在一邊唱，而這年輕女子則在亭子中央真做假唱，是在演雙簧也！暨陽亭前面擠滿了觀眾，伸長了脖子在欣賞著、評價著，觀眾大多都十分懂行，知道這是徐玉蘭調，那是王文娟腔，這一句唱錯了，那一段唱得好。有的觀眾乾脆帶一領草席鋪在暨陽亭前不遠的草地上，聆聽著一陣陣越劇唱段悠然入夢，倒十分愜意。

靠近河堤旁的浣江裏，有幾個年輕的小夥子正脫得赤條條地在沐浴，白亮亮的屁股在暮色裏十分顯眼，他們認真地將滿身的汗水洗滌乾淨，還不時地互相打趣，蹦出一陣陣笑聲。浣江岸邊走過的年輕姑娘對江心的這一幕如視而不見一般，依然走她的路。小城的充滿質樸與古風，就此也可見一斑了。浣江邊仍然有一些垂釣者在釣魚，以一盞盞紅紅綠綠的電筒照著江裏的魚竿，注意著是否有魚咬鉤。江邊的遊船出租處，不時有人租船出遊，成雙成對的遊客以腳踩著踏板，三三兩兩的遊艇緩緩地在江心遊弋，與這河堤旁的霓虹燈、暨陽亭裏的演唱聲、小商品市場的喧鬧聲等一起，組成了諸暨城多姿多彩的夜景。

諸暨，一個記載著悠久歷史、充滿著現代活力的城市，在這裏你可以回眸遠古的歷史，在這裏你可以享受現代的人生。

富春江情思

我領略過長江三峽的雄渾壯闊，我極目過百里洞庭的浩淼煙波，當我面對富春江幽靜清麗的美景時，卻不禁驚歎了。眼前的富春江像一面墨綠的古銅鏡，深沉凝重，靜臥的富春山似對鏡梳妝的少女，端莊秀麗，太陽躲進了雲層，深谷清溪籠上了一層幽冷的色調。不知是山的綠融進了水中，還是水的綠染上了山峰，我沉醉在這一片綠色的世界中了。

汽笛在山水間迴盪，遊輪犁開碧波溯江而上。連綿的群峰如一幅幅畫軸緩緩展開在我的眼前，一艘帆船順流而下，平添了幾分畫意。憑欄極目，不禁想起現代作家郁達夫的詩句：「家在嚴陵灘上住，秦時風物晉山川。碧桃三月花似錦，來往春江有釣船。」詩末有注云：「家住富春江上，西去桐廬則嚴先生垂釣處也。」此刻，遊輪正向嚴子陵釣台駛去。漸漸地遠遠看得見綠樹掩映的半山腰處高聳著的兩塊巨石和石上的亭閣了。攏岸後，我沒急於欣賞陳列亭廊裏的碑墨，也無暇細瞻祠堂裏峨冠博帶嚴子陵塑像的風采，卻興沖沖地拾階而上，登上了東釣台。相傳此為東漢高士嚴子陵垂釣處，刻有「嚴子陵釣台」的碑石兀立石亭中央。釣臺面對江水下臨深淵，真如一悠然的垂釣之地，竟有一石筍從釣台前方的深壑裏拔地而起，粗細勻稱，無榜無依，人云為嚴子陵架釣竿所用。放眼四望，錦峰繡嶺連綿不斷，幽谷清溪清麗奇絕，綠樹榛榛，芳草萋萋，令人流連忘返。

歸途中我登臨了桐君山。它位於分水江和富春江的滙流處，二水相交，一峰突兀。康有為曾贊曰：「峨嵋諸峰不如此奇。」郁達夫的遊記〈釣台的春晝〉和〈桐君山的再到〉都記下了桐君山的奇景。桐君山不高，山上古木參天林密竹茂，「山不在高，有仙則靈」。步到山頂，進桐君祠，祠裏端坐著桐君的塑像，身著直裰衫，手握藥葫蘆，長鬚髯髯，飄飄似仙，傳說桐君是一位採集草藥為民治病的草藥老人，深受百姓的愛戴。他住在老桐樹下，人問其姓名，他以手指老桐樹以示作答，人便稱其為桐君，此山就被稱為桐君山了。出桐君祠入四望亭，極目江天心曠神怡。緩緩流來的分水江和富春江，如兩條溫柔的臂膀將桐君山攬入懷中。蒼翠的遠山層巒疊嶂，傍江的屋宇鱗次櫛比，擺渡的小船正悠然離岸，其恬靜和清幽，令人有出世之感，無怪乎當年郁達夫曾有將全家、破書和酒壺都搬來桐君山的癡想了。

遊艇順江而下，遠遠地已聽得見富陽縣鐘樓的鐘聲了，望得見鸛山頂上老樟樹的身影了。我久久地眺望著山遠煙波淡的富春山水，眼前似乎出現了郁達夫自傳中描畫的那個清瘦孩子的身影，他久久佇立在半山的大石上，望著寬闊的水面、澄碧的天空、上下的船隻而遐想著。啊，富春江，正是你秀麗的山水哺育了這位文學家，他作品中流動著濃郁的詩情，不正緣於對美麗故鄉、古老中華真摯的愛嗎？

船兒慢慢攏岸了，一聲汽笛在富春江上久久迴響……

洞中乾坤　塵寰仙境

瑤琳仙境，位於浙江省桐廬縣境內，被譽為「全國諸洞冠」。據縣誌記載：「瑤琳洞，在縣西北四十五里，洞口闊二丈許，梯級而下五丈餘，有崖、有地、有潭、有穴，壁有五彩，狀若雲霞錦絹，泉有八音，聲若金鼓笙琴，人語犬聲，可驚可怪，蓋神仙遊集之所也。」金秋時節，我興致勃勃地遊覽了瑤琳洞。

從富陽縣城坐長途汽車，一個半小時後，就望見半山腰掩映在綠樹叢中黃瓦紅柱的亭閣了。我隨著人群向前走去，來到一個石砌的拱形洞口，洞額上鐫刻著「瑤琳仙境」四個大字。沿石階而下，過一個長長的石砌廊道，眼前豁然開朗。千姿百態爭奇鬥豔的石筍、石柱、石簾、石瀑在五彩燈光的輝映下，一下撲入眼簾，使人眼花繚亂目不暇接。靜下心來環顧四周，又令人目醉神迷，真好像踏進了一個虛幻迷離的神仙世界，正如宋朝詩人柯約齋詩中說的：「仙境塵寰咫尺分，壺中別是一乾坤。」

隨著講解員的指點，我看到了聳立在眼前名曰「獅象迎賓」的兩尊巨石，左如振鬣擺首的雄獅，右如垂鼻扇耳的大象，神態逼真維妙維肖。過巨石，來到被譽為天下奇觀的「銀河飛瀑」。一堵十多米寬的巨瀑，從洞頂飛瀉而下，閃著銀光，濺起朵朵潔白的水花。這令人驚歎的壯觀，竟是一堵景石，大自然的鬼斧神工，令人歎為觀止。循著石梯橋緩緩向前，左顧右盼間又見一根兩丈多高的大石筍拔地而起，如桅杆高聳，像巨椽筆立，這一奇景被稱作「瀛州華表」，那石柱上千百萬年積澱的疊疊層層的跡痕，真似巧匠雕琢成的盤繞的九龍。抬頭望去，石洞頂端「石幔垂台」的奇觀，在華燈的妝扮下，以一屏巨大的紫色絲絨帷幕悄悄地低垂著，一個個倒掛的鐘乳石，如精緻的蓮花宮燈。或許，這凝重的大幕頃刻間會徐徐拉開，獻上仙女們翩翩的舞姿哩！

走在瑤琳洞裏，眼前怪石叢生，奇景迭出，每一個洞，每一塊石，每一滴泉，都可以引起你無限的遐思與幻想。我離開講解員獨自慢慢觀賞，細細地玩味，不知不覺，來到了第二洞廳。過龍宮殿，望桃源村，來到群獅廳。一塊高聳的巨石上，凹凸起伏，如雕著一群正在玩耍嬉戲的小獅子，令人想起中國傳統的舞獅子。我在廳內的石凳上歇了歇腿，飲著清涼的「仙水果子露」，我向女營業員問起了瑤琳洞的歷史。她告訴我，遠在隋唐時期，瑤琳洞就是遊覽勝地，明清年代還有過文字記載，在近百年的歲月裏，進入「仙境」的通道堵塞了，才使它與世隔絕湮沒無聞。後來，村民們發現這裏有一個桌面大小的洞口，一到冬季常常噴雲吐霧，被傳為「妖氣」，便用一盤石磨蓋住，以鎮妖魔。七九年，桐廬縣政府組織人員，舉著火把，戴著礦燈，入洞勘探，瑤琳仙境才重見世人。

緩步洞中，不時可見一潭潭清池，池中倒映著彩燈、鐘乳，洞中洞，石上石，恍然間，彷彿下面又是一個幽深不可測的去處，定睛細看，才知水不盈尺，不覺啞然失笑。竟有一姑娘脫了鞋襪，走下池去照相。轉眼間來到最大的第三洞廳。只見一根巨大的石柱凌空矗立，上撐洞頂，下拄洞底，儀態非凡氣勢恢宏，似乎是它牢牢擎住了九千四百平方米的巨大洞頂，這一塊寶，被稱作「玉柱擎天」。登「四望台」，過「曲橋通幽」，又來到「海獅接水」處。一隻巨大的海獅仰起脖子，正在吸飲頭頂冰凌般的石鐘乳上滴下的水滴，叮咚的泉水聲和遊人的笑語聲伴著我們向前。「看，瑤琳玉峰！」是誰喊了一聲。只見前面一柄上大下小棒槌樣的石筍聳立洞中，精巧奇特，這十分少見的石筍，被定為瑤林仙境的標記。遊客們攝相機的閃光燈一閃一閃，更給瑤林仙境增添了幾分奇幻的色彩。

要出洞了，我轉過身環視巨大的洞廳，在璀璨的燈光輝映下，那千姿百態的石筍石柱的奇巧幽幻，那層層疊疊的鐘乳石的宏偉壯觀，那淙淙流動的泉水的錚錚作響，令人留連忘返，真是「神仙世界，樂遊忘歸」了。

步出洞口，陽光燦爛。我不禁想，在時代和歲月的風雲變幻中，美，有時也曾被埋沒，被遺忘，但那只是暫時的，美，是不會泯滅的，美，是永存的！在洞口我買了一塊玲瓏精巧的假山石，小心翼翼地捧著，帶回瑤林仙境一段美的回憶。

諸暨斗岩行

西施故里諸暨是一個歷史悠久山清水秀之地，勾踐、范蠡、王冕、西施等歷史人物成為諸暨人的驕傲，五泄、越山、楓橋、西岩、西施殿、湯江岩、白塔湖、東白山等都為諸暨的旅遊勝地，斗岩風景區是其中一個頗具特色的遊覽佳境。

盛夏時節，從諸暨城關驅車沿杭金公路南行約十五公里，就來到斗岩山麓，遠遠望去巍峨的千佛岩高聳入雲，在雲罩霧障中有如一頂碩大的斗笠覆蓋在暨陽大地上，為這片充滿生機的大地遮風擋雨。我們沿著一條寬闊的機耕道往景區而行，離千佛岩越來越近，斗岩群峰的面目就越來越清晰。突然，我看見了趺坐在群峰中斗岩大佛雄姿的側影，這座高八十多米被譽為中國第一天然彌勒大佛掩映在蓊郁的山林之間，慈眉善目俯視大千世界，臉帶笑意鳥瞰芸芸眾生，我們不禁加快了腳步。

進入景區，我們拾階而上，登崇儀亭，過翠竹橋，一路松林參天，鳥語啁啁，怪石嶙峋，清泉琤琤。登上圓形的石亭「心印亭」，抬眼望去斗岩大佛正安坐在我們面前，那渾然天成的坐姿，那垂眼含笑的面容，歷歷在目。大佛旁的山崖上鐫刻著由趙樸初題寫的「諸暨大佛」幾個大字，筆力遒勁，黃色的字體在蒼綠的山崖間顯得分外醒目。亭中幾位賣香燭的婦女一個勁兒地兜售香燭，望著石亭上「心印亭」的字體，我不禁想這大概出自於佛家之語「以心印心，心心不異」。回首見心印亭的對面聳立著一根拔地而起高聳的岩柱，沿人工搭就的步天梯小心翼翼拾階而上，登上被稱為瑤台仙境的岩柱頂，白色的廊亭邊一副對聯赫然入目：「步天梯瑤台赴宴，列仙班西天朝佛。」抬眼南望，諸暨大佛近在咫尺；回身北視，千佛岩上怪石叢生。這千佛岩上的怪石正如一尊尊羅漢，前前後後擠擠挨挨參差地趺坐於青天下，正如人所云：「諸暨斗岩聳雲天，金剛累石聚羅漢。」千佛岩的山腰間古寺白雲禪院掩映於莽莽山林之間，龍王殿、大雄寶殿、白雲亭、禮佛亭的飛簷斗拱、紅牆綠瓦，在蒼蒼古樹的掩映中透出幾分神秘的意味。站瑤台扶欄邊伸頭下探，懸崖峭壁雜樹叢生深不可測；放眼遠眺，遠遠的山腳下的農田屋舍依稀可辨。佇立於瑤臺上四顧良久，眼前這慈眉善目的諸暨大佛，頭頂這千姿百態的石聚羅漢，山腰那歷史悠久的禪院古寺，山下那郁郁蔥蔥的田園阡陌……我如身處於一個神仙的境界中了，昂首我面對千佛岩長嗥一聲：「大佛，您好！」山谷間竟傳來了響亮的回聲，這回聲在這千佛岩的山崖深壑間迴盪。

步下瑤台，過「群蛙爭鳴」、「驚雷劈石」、「神樟裂岩」等景點，我鼓足勇氣往千佛岩頂攀去。來此處的遊客甚少，路面上不時可見青苔，偶爾有一條青蛇「哧溜」一聲竄過路面鑽入草叢。前面來到「千步雲梯」，在兩面山崖之間，有一條非常狹窄陡峭的山路筆直而上，那石階僅能容一人踏足，我一步一步地往上攀登，就想起李白的「蜀道難，難於上青天」的詩句，我不時地扶住兩邊的岩壁以保持身體的平衡，不多時我已經氣喘吁吁了，登上千步雲梯汗水已將我的T恤衫濕透了，脫下衣衫竟然能夠絞出水來。在千步雲梯上稍事休息，我便向頂峰攀去，爬過險峻的「鯽魚背」，攀上陡峭的「壁立岩」，鑽過幽深的「仙鬟洞」，終於登上斗岩絕頂，眼前豁然開朗，極頂浮雲一覽眾山小，騁目遠眺山野一望收，山風獵獵，白雲嫋嫋，心曠神怡，留連忘返。

沿登攀之路下山，不知不覺間腿肚子有些打抖，小心翼翼不敢大意，一步一步穩穩地走，稍稍大意一腳踏空就會滾下山崖粉身碎骨。步下千步雲梯，拐向白雲禪院。眼前來到一石牌坊前，在雕有雙龍戲珠的牌坊石簷下鐫刻著「金井龍潭」的字體，兩邊的石柱上有「金井龍王府，白雲仙人家」的對聯。見石壁下泉水汩汩流出，此泉曾經為明太祖朱元璋封為「金井龍潭」，泉水長年不斷久旱不涸，清澈甘甜晶瑩剔透，掬起一捧泉水飲之沁人心脾。潭水右側，塑起了一尊端莊的觀音像，纖纖玉手中所持的淨瓶中，聖水長流，大約也是引龍潭之水入瓶。依岩而築的白雲禪院中佛道毗鄰，大雄寶殿與龍王殿相鄰，供奉著如來、觀世音、地藏王、龍王等佛與道的像，這座建立於元代的禪院古木森森歷史悠久，龍王殿為明太祖所封，此處為佛教曹洞宗的禪定之地。站大雄寶殿前的平臺小憩，見禪院前老樟數株曲杆虬枝掩天蔽日，萬竿綠竹搖曳生姿。小憩中，見一長鬚髯髯的老者在為一妙齡少女看相，那老者扳住那少女的纖纖玉手，一五一十地算來，算婚嫁，算前程，算壽命，算家庭，那老者口中念念有詞，那少女則細心聆聽，不時還認真地詢問一二。那老者神秘兮兮地對她說她應該找一個屬馬的丈夫，那少女說那他不是要比我小三歲嗎？老者手捋長鬚一笑說，女大三，黃金堆成山嘛！望著那少女十分認真的神情，我不禁為她擔憂起來，倘若她以老者之語按圖索驥般地去尋覓對象，能夠找到幸福的生活嗎？

走出禪院，沿山路前行，見怪石嶙峋，「天鵝孵蛋」如一隻巨大的天鵝兢兢業業地孵著一枚石蛋，生趣盎然；「靈龜登臺」似一隻巨龜緩緩往石臺上登攀，妙趣橫生。步入雙層石亭「禮佛亭」，縱覽斗岩風光，那峻岩幽谷，那茂林修竹，那諸暨大佛，那古寺禪院，盡收眼底，斗換星移，江山依舊，歲月更迭，風景依然，無怪乎那些皈依佛門的弟子們都在山林深處建廟築寺，修身養性，天人合一，占盡自然美景，此中樂趣，可以見之。

下山時，見茂林修竹間，蝴蝶翩翩起舞，竟見一藍一紅一對蝴蝶，一前一後形影不離，令人想起梁山伯與祝英台的傳說。細觀奇岩怪石，竟都為無數大大小小的鵝卵石堆砌而成，這座碩大的千佛岩就如同剛剛從海底崛起，我想大概是千萬年以前的地殼運動，造就了斗岩風景區的綺麗景致。我們向趺坐在叢山之間的諸暨大佛頻頻回首，將大佛與千佛岩的雄姿深深地烙入心底。

五泄記遊

來到西施故里諸暨，登西施殿，攀斗岩山，訪千柱屋，踏湯江岩，給我印象最為深刻的則是遊覽風景名勝五泄了。

荷花盛開的季節，我們從諸暨城關出發，驅車往西郊二十公里處的五泄風景區而去。陪伴前去的小楊告訴我們，五泄風景區面積大約五十平方公里，五泄山水久負盛名，一千四百多年前，北魏著名地理學家酈道元就尋訪了五泄，在他的《水經注》裏就記述了五泄的雄姿。唐朝年間五臺山高僧靈默禪師來到五泄，建起了五泄禪寺，使五泄名聲大噪。後來旅行家徐霞客、畫家徐渭、清朝宰相劉墉、江南才子唐寅等都先後遊覽此處，題詩作畫，撰寫遊記，為五泄增光添彩。說話間，車子已經來到五泄景區，一塊高約百米的巨石雄距路旁，它由層層疊疊的石塊自然堆砌而成，巨石上雜樹生花秀色可餐，這就是「疊石勝景」，它成為五泄風景區的一道天然屏障。

前面來到五泄水庫大壩，長一百二十六米、高四十三米的大壩兀立於五泄青山綠水之間，雄偉壯觀，正是枯水季節，水庫下游的河床裏沒有多少河水。小楊告訴我們，如果遇到五泄湖漲水，湖水溢過大壩一瀉而下，形成一個寬三十五米、高三十八米蔚為壯觀的大瀑布，飛流直下排山倒海聲震寰宇，這種壯景一年之中僅幾次，遊客難得一遇。我們循著長長的紫藤廊架拾階而上，這傍山而建的長廊別致雅麗，我想倘若紫藤花開時，廊架上掛下一嘟嚕一嘟嚕紫色的紫藤花，那一定更加有趣。登上大壩，眼前豁然開朗，五泄湖如一匹碧綠的錦緞坦現在我們面前，青山青翠欲滴，綠水波光瀲灩，令人讚歎不已，就想起「一折青山一扇屏，一彎綠水一古琴」的詩句。

我們登上遊艇，遊艇犁開碧綠的湖水往天一碧碼頭駛去，導遊小姐指點江山，說著一個個動人的故事。她指著右首屹立於湖側的岩峰說：「這是夾岩峰，高兩百多米，古人曾有詩形容它：「皮瘦石骨透，兀立千仞壁，遊屐阻攀躋，猿猱競跳躑。」夾岩峰有如一隻巨大的雄象，以其長鼻吞吐五泄湖之水，高十六米的夾岩洞像巨象的鼻孔。」在夾岩峰的峭壁上，鐫刻著「五泄勝景」四個大字，由當代書法家沙孟海所題，筆力遒勁端莊，給五泄湖平添了諸多風采。導遊小姐告知，這四個大字，每個字都大約有一百平方米，請石工整整刻了大約一年。

左前方的山崖頂，有一塊巨石形如寺廟裏垂掛的銅鐘，導遊小姐說那被稱為「倒掛金鐘」，等遊艇駛過山崖，回望此石又如一隻緩緩上攀的甲魚，那伸長的脖子，那圓形的脊背，真有些神似，被稱為「上山甲魚」。遊艇繼續前行，導遊小姐指著左前方的崖頂說，五泄名傳四海，因為有著這山崖頂上的鎮山之寶，遠遠望去那山崖頂上的巨石真如同一隻碩大的元寶。導遊小姐說，傳說許多心懷叵測之徒千方百計想盜走此寶，佛門就派了一和尚守住這寶物，循著小姐的手指望去，那元寶下方處兀立的山石，真像一個摩頂放踵的和尚，兢兢業業地守護著這鎮山之寶。遊艇駛過這老僧峰，回眸翹望，矗立於山崖頂端的兩根石柱，如同對面相向的一大一小兩個合掌膜拜的和尚，渾然天成，妙趣橫生。遊艇已漸漸靠近天一碧碼頭，導遊小姐指著右首的山崖說，這像一隻巨掌的山峰是仙掌峰，在山崖的峭壁上有一個洞穴，洞口長著一株千年白牡丹。抬眼望去，果然在那幽深的洞邊懸掛著一株翠綠的植物。導遊說，明代文學家袁宏道有「紺岩開老沉香花」的詩句。此花已經有四百多年的花齡，幾年開一次，花香異常，傳說能夠延年益壽。曾經有一財主，命樵夫去挖白牡丹，從山崖上懸繩捫崖而下，卻不幸墜落山崖而亡，此後再也沒人敢去冒險。

踏上天一碧碼頭，有抬轎者抬一杆杆大紅的竹轎迎上前來兜攬顧客，鮮有人坐轎。我們沿石路前行，見古木參天，綠水蕩漾。坐電瓶車進入桃源景區，銀杏樹、楓楊林列隊道旁，清澈溪水潺潺而流。我們過五泄山莊，登五瀉禪寺，沿著一條蜿蜒的小路前往，見此處大大小小的飯店大多以龍命名：雙龍賓館、回龍飯店、金龍飯莊……

遠遠傳來沉悶的隆隆聲，折過小路，眼前豁然開朗，見一瀑布從高聳的懸崖上狂奔而下，如蛟龍出海翻騰飛躍，像銀蛇狂舞銀光閃爍，在落差為三十多米的懸崖上排山倒海一洩而下，跌入幽深的東龍潭中，騰起陣陣的雪霧，激起逼人的涼風，真有「一道銀河破九天」之壯觀。清朝周師濂曾有詩贊曰：「龍湫瀉下第五泄，橫空飛出千山雪。」十分生動逼真地勾畫了第五泄的雄姿。在第五泄兩側壁立的涵湫峰與碧玉峰的石壁上有諸多歷史名人的題刻：唐伯虎的「飛瀑」樸拙遒勁，劉墉的「俯瞰龍湫」秀氣婉轉，陳定庵的「東龍湫」清秀挺拔，卜乾元的「龍吟」端莊勁健。佇立於第五泄前，觀賞著飛瀑的雄姿，品味著石壁上的題刻，耳聞飛濺瀑布的聲如滾雷，少男少女們嬉戲的笑語聲，我的心底升騰起一種不可名狀的激越的情感，那種欲征服一切、壓倒一切的陽剛之氣，那種不甘屈服、有所創造的浩然之氣。見石壁上另有明代錢德洪的詩刻：「五泄懸傾百尺流，半空雷動玉龍浮。來人莫惜攀登力，不到源頭不是遊。」詩在描繪了五泄的英姿後，鼓勵人們奮勇登攀。

我們循著第五泄左邊的石階往上攀登，不時駐足從不同角度觀賞第五泄的身姿。沿蜿蜒的山路奮力攀上，第四泄的身影呈現在眼前，它從右上方的崖壁上破壁而出，騰越翻滾，跌宕奔瀉，跌落於崖石上捲起千堆雪，竄入深潭裏激起怒吼聲。第四泄雖沒有第五泄那般壯觀，雖不似第五泄如蛟龍出海，但那飛瀑奔騰、水花飛濺的雄姿也如一頭振鬣咆哮的駿馬，故人們稱其為「烈馬奔騰第四泄」，明代文學家王思任形容第四泄「聲怒、勢怒、色怒」，因此第四泄的觀瀑亭以「三怒亭」命名。在第四泄迎面的石壁上鐫刻有孫中山先生「破壁而去」的題詞，雄渾樸拙的字體十分傳神地描繪出第四泄的雄姿。在第四泄前的綠潭中，有青年男女撐著一隻小小的竹排，奮力往石崖前的飛瀑撐去，那飛瀑濺起的水花灑落在紅男綠女的身上，濺起一陣陣驚叫與歡笑聲，給壯觀的飛瀑增添了幾分歡悅。一塊塊間隔著的石塊構成了渡過第四泄的石橋，石橋的兩邊是鐵索欄杆。第四泄的水滙聚而下，就構成了壯觀的第五泄。用紅色的糖果紙折一隻小船，放入水中。剎那間小船就被捲入激流中隨飛瀑跌下懸崖。小楊告訴我，此處的石橋原來並無欄杆，有一年水勢甚大，一前來遊覽的小學生過橋時不慎踏空，被水捲走，另一學生伸手去救，也被帶下水中，人們眼睜睜地看著他們被激流捲走，捲入直瀉而下的第五泄，隨飛瀑跌下懸崖而一命嗚呼。以後，這裏就加上了鐵欄杆，以防不測。步過石橋，回眸探視，見第四泄的騰越怒吼，見第五泄的飛流直下，想著那被捲入飛流中的小學生，心中倒有些不寒而慄了。

拾階而上，就來到第三泄了，此處的觀瀑亭命名為「觀雲亭」，我正琢磨著此中的涵義，抬頭觀如從天際浩浩蕩蕩蜿蜒飛濺而下的瀑布，我恍然大悟，這飛流直下捲起千堆雪的瀑布不就像出岫的白雲，佇立這亭中觀瀑，不就如同身處天際觀覽這千姿百態的雲河嗎？第三泄雖然不像第四泄、第五泄那般飛流直接跌下懸崖，但瀑布的跨度較長，飛瀑在幾十米長的山壑中蜿蜒騰越、奔瀉跌宕，那蜿蜒婀娜的身姿似西施浣紗時的一匹白紗，又如飄蕩於晴空裏的一長縷白雲，我想如果說第四泄、第五泄充滿了男性的陽剛之氣的話，那麼這第三泄就呈現出女性的陰柔之美。瀑布隨著山壑的走勢奔流飛瀉，時分時合千姿百態，如古人所贊「傾者、滾者、跌者、沖者、突者、圈者，無奇不有」，這第三泄奔騰流瀉，然後跌下懸崖，就成為第四泄。古人有詩贊這第三泄曰：「雷奔電激趨神靈，天開咫尺通幽冥；岩頭好借一勺水，六合盡洗塵埃清。」詩十分生動地描繪出瀑布雷奔電激的壯觀景象，也透露出詩人企望在此自然風光中洗盡塵世的煩惱。

離第三泄不遠，我們來到第二泄，此處瀑布的落差僅為七・一米，下落的瀑布被突兀的岩石逼成兩半，像珠簾飄逸，如雙龍出遊。古人有詩贊曰：「兩龍爭壑不知應，一石橫空不渡人。」此處的觀瀑亭就取名為「雙壑亭」，飛瀑下方形成一片平坦的水潭，有青年男女赤足在淺潭處嬉戲。清代文學家余縉在遊記裏描述：「二泄峽中白虹垂澗，水鳥群立，飛石震之不動，崖石益陡險，蒼紫萬狀，俯首視千峰拱揖受命矣。」我們坐在第二泄下方平坦的石坡上，掬一捧山水於臉於足，涼意頓生，暑氣全消。第二泄在此處以輕鬆瀟灑的步伐，潺潺地向第三泄流去。

第一泄的瀑布如一匹短小的白練，在山石中悄然而瀉，跌落在一個直徑約一・五米的石洞裏，石洞甚圓，四壁光滑，人稱為「小龍井」，俗稱為小腳桶潭。古人寫詩記之：「龍井鑿石灘，圓勻如截竹；登波落纖埃，照見鬚眉綠。」詩句將小龍井的形狀、詩人與大自然美景的融為一體都十分生動地勾畫了出來。瀑布下方有一黝黑的深潭，直徑約五米，深不見底，俗謂大腳桶潭。第一泄的兩旁古松參天郁郁蔥蔥，使第一泄呈現出陰鬱之氣，有人遊第一泄時記之「樂聲幽咽，萬松颯然，隔岸秋花爛漫，禽聲甚樂」，將第一泄掩映在松林百花中的幽咽，十分傳神地道出。

在稍事休息之後，我們又拾階而下，循來路反觀五泄，又與上行時的感受不同，心竟似隨著那飛瀑騰越跌宕而下，別有一番情趣。人稱：「五泄五龍赴，泄泄各迥異：一泄雋秀奇巧，二泄珠簾飄灑，三泄千姿百態，四泄烈馬奔騰，五泄蛟龍出海。」這將五泄各自的特徵描出。我琢磨著各泄的不同，恍然間，我想從第一泄至第五泄就不正像一個人的生命歷程嗎？第一泄的稚兒蹣跚學步小挪小移，幽咽聲中充滿了幼兒的新奇與稚氣；第二泄的少年不識愁滋味，珠簾聲裏洋溢著少年人的活潑與好動；第三泄的初生牛犢不怕虎，奔瀉跌宕中呈現出年輕人的莽撞與無拘無束；第四泄而立之年的堅定與執著，烈馬奔騰中顯示出成年人的節制與成熟；第五泄知天命之年的追求與氣魄，橫空飛瀉中展示出成功者的老到與光彩。第五泄後，就如同人的進入老年，那般平和沖淡，那般溫文而雅，沒有少年人的遐想，沒有青年人的激越，沒有成年人的執著，卻平平淡淡波瀾不驚，卻溫溫和和不劍拔弩張，潺潺流水、和風細雨，進入一個新的境界。我將此想法對陪同遊覽的小楊說，小楊深以為然，他淡淡地說，人一生的自然規律無法抗拒，但人的一生總應該有所追求，不為任何艱難險阻所懼怕，遊覽五泄大概也給了我們這樣一種啟迪，倘若五泄之水屈服於這高山絕壁之阻，悄悄地沉潛於地底，那就不會有五泄的雄姿，也就不會有所成就了。

當我們乘上遊艇飛馳在五泄湖中時，我仍然在琢磨遊覽五泄帶給我的深深啟迪。

周莊之魅

被譽為「中國第一水鄉」的周莊，充滿著古鎮迷人的魅力，她雖然沒有黃山的險峻雄奇，沒有三峽的雄渾壯美，卻有水鄉的柔美愜意，黃山集山岩之奇，三峽匯江河之俊，周莊則聚水鄉之魅。倘若說水是周莊的血脈，橋是周莊的骨骼，民居是周莊的肉體，古跡則是周莊的精魂，這水、這橋、這民居、這古跡，共同構成了周莊之魅。

江南的美是與水相關的，處於眾多湖泊環抱之中的周莊，成為一個島中之鎮。水脈流經古鎮的各處，不僅家家皆枕河，且形成「轎從前門進，船從家中過」的奇特景觀，將周莊譽為東方威尼斯是恰如其分的。到周莊遊覽，坐船是必須的。僱一隻有深藍色布蓬的木船，三兩好友憑舷而坐，船娘笑容可掬，藍布包頭青布褲，大襟短襖琵琶扣，士林藍布百褶裙，小船輕搖櫓聲欸乃，悠哉悠哉風光無限。舟楫往來波光橋影，粉牆黛瓦依河而築，街衢喧嘩吳儂軟語，牌樓塔影樹影婆娑。其景其境正如古牌樓上的柱聯：「萬頃碧波水光瀲灩晴方好」，「百尺凌雲塔影橫斜景亦奇」。小船沿蜿蜒港汊曲折前行，便攤開導遊圖，尋覓周莊八景的蹤跡：全福曉鐘、指歸春望、缽亭夕照……，船娘卻淡淡一笑，說那已是老皇曆了，老八景現在可見的不多了，新的景致到處都是，何必再尋舊的呢？便有些愕然，半晌不語。船娘忽然張嘴唱起了《四季調》，土語土嗓別有情趣，歌聲在綠波上、橋洞間蕩漾，心也便隨著酥酥地蕩漾著。

周莊坐船，最值得看的是橋，船娘如數家珍般地介紹，周莊有十多座自元明清以來的古橋，最老的已有八百多年的歷史了。在咿咿呀呀的櫓聲中，小船搖過一座座石橋，拱橋橫臥碧波，形影相照，畫出了一盤盤圓。拱橋上行人如織，紅男綠女佇立留影，卻也成為船上遊客的風景，與高低錯落青瓦粉牆的民居、河埠頭洗菜洗衣的村婦、石板路上嬉戲玩耍的孩童，形成了江南古鎮的獨特風情。導遊告訴說，這座石縫裏長著藤蔓的太平橋，曾進入日本女畫家橋本心泉的畫中。雙橋由石拱橋世德橋和石樑橋永安橋組成，兩橋面一橫一豎、橋洞一方一圓，當地人稱之為「鑰匙橋」，雙橋因陳逸飛的油畫而享譽海內外。最有特色是富安橋，這座建於元代的古橋，四角各有飛簷樓閣，是目前江南僅存的橋樓建築。以周莊古名貞豐裏命名的貞豐橋，拱橋橫跨古意盎然，磨石斑駁雜樹叢生，與岸邊酒樓「迷樓」橋樓互襯。遊覽周莊，一座橋是一幅畫、是一種情、是一首詩，書法家邱正平曾書寫「橋重水情」的條幅，表達了頗有意境的觀感。座座古橋歷經滄桑斑斑駁駁，忍辱負重默默無言，它們構成了周莊的脊樑。

遊覽周莊，民居的魅力可在漫步中體悟。倘在霏霏細雨中，撐一把油紙傘，徜徉在周莊的小巷長街裏，如夢如幻中會感受到幾許詩意。且不說張廳、沈廳這些富豪宅院，就是諸多臨河而築的民居，那些古樸的青瓦粉牆也會讓人流連忘返。周莊的民居中，明清、民國時期的建築占百分之六十以上，其中有近百座古宅院第、六十餘座磚雕門樓。置身於僅一跨之隔「依樓可談情」民居的街巷中，在古樸的磚雕、獨特的騎樓、奇異的水牆門中，感受古鎮的獨特韻味和風情。熱鬧的文化街琳琅滿目的商品中，茶館、酒肆、藥鋪、鐵匠鋪，充滿著小鎮的獨特情韻；捏面人、製木器、紡棉花、編竹器、寫書法，手藝人各顯神通，構成了古鎮獨特的景觀。倘若走得乏了，踅進一家小酒店，登上樓閣，憑窗而坐，窗下小橋流水，遠處古塔寺廟，心曠神怡。飲一碗青花瓷蓋碗的阿婆茶，沽一碗周莊萬三白酒，點幾個特色菜肴：醃菜尖、熏青豆、童子黃瓜、三味圓、萬三蹄，既飽口福，又享眼福，其樂無窮。

周莊的名勝古跡，充滿著耐人尋味的魅力。且不說殿宇森嚴的澄虛道院、水中佛國的全福講寺，也不談風鈴高懸的全福塔、精雕細琢的古牌樓，從花木扶疏雕飾精良的張廳，感受明代建築的精雕細刻，咀嚼玉燕堂對聯「家居亦以古為鑒；事過始知天勝人」的韻味。從前廳後堂構思獨特的沈廳，感受富豪巨宅的闊綽風流，在沈萬三由貧而富「既盈而覆」的遭際中，感悟世事艱難命運叵測。在葉楚傖故居毫無奢華之氣的清式建築裏，感受投筆從戎參加辛亥革命葉楚傖的品格，「星斗羅於胸中，風雷動於腕底，文則雄健，詩則高古」。歷史悠久的周莊文人薈萃：以詩文罵世的王大覺、愛國民主人士沈體蘭、博學善文的名師諸福坤、立志報國的建威將軍費毓卿、辭官返鄉的文學家張翰、編撰周莊首部鎮志的章騰龍等，都誕生於這個古老的小鎮。周莊清麗的景色，也吸引了諸多文人騷客寓居此地，唐代詩人劉禹錫、陸龜蒙等曾寓居周莊，吟詩賦詞於小橋流水之間；南社成員柳亞子、陳去病、王大覺等人多次聚會「迷樓」，飲酒吟詩鼓吹革命，「小樓轟飲夜傳杯」。多姿多彩的名勝古跡，使古鎮流溢著濃濃的文化韻味。

回到全福路的仿古牌樓前，莊重古樸仿明建築上，墨綠色的柱聯吸引了人們的目光，「貞堅不貳攀日康莊有道路」，「豐衣足食向陽桃李自逢時」，這不正道出了周莊人民在奔小康路上使古鎮更加充滿魅力的事實嗎？不知哪裡唱起了〈周莊好〉的新歌謠：「人人都說周莊好，九百年風情情未了……」是呵，古老的周莊魅力無窮，正以其未了之情續寫新的華章。

漫步南昌城隨想

我是南昌的女婿，太太戀家，每年春節都要回家探望父母，因此我幾乎每年都要陪伴太太、孩子回南昌。每年回到南昌，都為城市環境的髒、亂、差而深感不滿，都希望南昌市的環境有所改變。

今年回到南昌，漫步南昌城，我十分驚訝，驚訝這一年來南昌市的巨變：馬路變寬了，城市變亮了，市容變得整潔了……，南昌正發生著驚天動地的變化，南昌正大步邁向現代化。

漫步南昌城，我最大的感受是馬路變寬了，各條馬路都被疏通了，有不少馬路被拓寬了，使南昌市變得四通八達了。夜晚漫步南昌城，明顯地感覺到南昌城變得明亮了，馬路邊的路燈一排排的，將馬路照成如白晝一般，高架橋欄杆上的裝飾燈在夜色裏描出一條條優美的弧線，商場大廈上的霓虹燈五彩繽紛閃閃爍爍，將英雄城妝點得格外絢麗。漫步勝利路步行街，我有身處上海的南京路之感，那整潔的地磚鋪就的路面，那裝飾雅致的鋪面櫥窗，那琳琅滿目的商品，那色彩絢麗的霓虹燈，那舒適典雅的座椅，那摩肩接踵的遊人，都使人感受到現代消費社會的輕鬆與愜意。漫步沿江路，那精心栽種的花草樹木，那雅致的亭臺樓閣，那寬敞的庭院綠地，那一座座如彩虹般的橋樑，那河對岸拔地而起鱗次櫛比的摩天大樓，那造型別致的博物館，與滕王閣的飛簷斗拱遙遙相對……，令我又聯想到上海的外灘。漫步八一廣場，那巍峨的八一起義紀念碑高聳雲天，綠草茵茵的廣場上風車陣氣勢恢弘，千萬架紅色的風車將廣場裝飾成了紅色的海洋……

漫步南昌城的街頭，已不見了小攤小販隨意擺設的攤頭，卻見到許多清掃垃圾的清潔工，見到許多撿拾垃圾的勤雜工，還見到了袖帶臂章的衛生監察員，南昌市的城市管理正在加強，南昌人的環境意識也逐步提高。

南昌城漫步，我也仍然看到一些不能盡如人意的地方：沿江路的地下通道，過馬路的行人卻很少行走，卻仍然在馬路上穿行；十字路口的紅綠燈，行人們卻熟視無睹隨意穿越馬路；江邊的石像石欄，被人用塗改液胡亂留言：「愛你一萬年！」「我此生最大的錯誤就是愛了你！」……馬路邊樓上的窗口裏，冷不防會拋下一袋垃圾，令路人嚇一跳。行人的亂拋果皮紙屑煙蒂，讓清潔工們掃不勝掃、撿不勝撿。居民住房樓道的牆壁上，被人用毛筆橫七豎八地塗寫上蠻橫的廣告：「開鎖大王」、「裝修名家」……

南昌城正發生著巨大的變化，南昌市投資環境的變化一定會帶來經濟的騰飛，但是南昌人的文化修養與精神品格須儘快地得到提高。

漫步南昌城，南昌城的巨變使我感到由衷的高興，南昌城的新貌使我留連忘返，南昌城的明天將會更加美麗。

走進候鳥的樂園
——天香園紀遊

來到英雄城南昌度假，春節期間走親訪友禮尚往來，爆竹聲聲此起彼伏，人們都沉浸在熱鬧祥和的氣氛中。喜愛清靜的我，卻為這種都市的喧鬧擾得五心煩躁。想出門旅遊，怕節日期間遊人如織交通不便，又怕在摩肩接踵的人流中難以與大自然親近。內弟提議說南昌新闢了一個景點：天香園，是觀賞候鳥的佳處。我有些將信將疑，心想這南昌城會有候鳥駐足？

我們一行數人坐車往南昌市東南方向的天香園而去。車行約二十分鐘，我們來到南昌市青山湖南大道的候鳥樂園——天香園。步入天香園朱紅色的大門，夾道的杜鵑花盆景粉紅雪白令人感受到一些山野的氣息。我們向鴕鳥園走去，遠遠地望見鴕鳥高大灰褐色的身影，那高昂的脖頸、強健的雙腿，使人想起它在沙漠裏飛馳的雄姿。突然，我身後的妻子驚叫了起來，回首一看，只見不遠處的叢林間密密麻麻地停滿了成千上萬隻大大小小的候鳥，每一株樹上幾乎都停滿了，中間一株樹葉落空了的大樹上，每一枝每一丫上都停著一隻隻候鳥，真可謂無樹不鳥、無枝不棲。孩子目不轉睛地望著眼前的奇景，脫口而出地說：「這樹上怎麼長了這麼多的鳥兒？」一個「長」字將眾多候鳥棲息在樹林間的奇異景致道出，那棲息著的一隻隻鳥兒，就如同樹枝上結出的一顆顆豐碩的果實。

我仔細地觀賞著那一隻隻棲息在樹枝上的候鳥：雪白的身體，黑色的長喙，明亮的雙眸，鵝黃的雙足，雪白的羽翼上幾抹孔雀藍，使這一隻隻候鳥顯得十分可愛。天香園裏的服務員小姐告訴我，這些候鳥是夜鸛，此園中最美的候鳥為白鶴，一般在四、五月份來到此地。天香園是候鳥種類甚多的地方，已經引起國際上有關研究機構的注意。此時，也許近處的一群候鳥被驚了，撲楞楞地展翅騰空而起，在叢林的上空盤旋翻飛，寬大的羽翼在湛藍的天穹中劃出一條條優美的線條，不一會兒它們又紛紛落腳於稍遠的樹枝上，並引頸長鳴發出一聲聲歡快的鳴叫聲，這兒真是候鳥的樂園！

轉身我們來到天香園的園中之園——余苑，迎面見人工築就的假山石上瀑布飛濺，飛瀑前的綠池中一尾尾紅鯉魚怡然自得地遊動著，給這小小的余苑增添了不少生氣，這兒成為不少遊客駐足留影的佳境。余苑裏左首矗立著一尊高高的銅鑄彌勒佛像，眉開眼笑坦胸露肚，真是大肚能容天下難容之事。佛壇前的綠地裏，紅梅白梅正綻開，暗香浮動沁人心脾。余苑裏右首怡心亭、樂佛亭小巧玲瓏，歇腳於亭子裏，聽瀑觀梅心曠神怡。出余苑，入盆景園，見園內盆景景致萬千，將奇山異景呈現於尺幅之間，把大千世界微縮於眼前，那勁松虯枝，那古柏老桑，那奇花異木，經過園藝師的精心培育，或在古樸老幹中現出生命的倔強與執著，或於盤枝虯幹中呈出雕琢的匠心與慧眼，林林總總形態各異，鬼斧神工歎為觀止。在一盆羅漢松的盆景前，我突然發現羅漢松盤曲的虯幹上被鐵絲勒出的深深痕跡，我不禁為人工強行造就的情狀而不滿，我想這一盆盆經過人工扭曲的盆景，在被造就的過程中會忍受多少苦痛呀！步出余苑，走入茶藝廳，坐入由樹根雕就的椅凳上，聆聽著幽雅別致的中國古樂，在這古樸雅致的茶藝廳品嚐香茶一杯，又別有一番情趣。出茶藝廳，我們又來到一寬敞的木屋，這是天香園裏為遊客準備的吃速食處，桌椅齊整，卻沒有食品供應，不知是尚未開張，還是因過年遊客稀少。板壁上張貼著候鳥的照片吸引了我，一張張視角獨特構圖新穎的彩照，將種種候鳥的英姿展示在遊客的眼前：有鳥窩中嗷嗷待哺的幼鳥，有在晨曦中展翅騰飛的白鶴，有悠然自得地站立於牛背上的夜鸛，有嬉戲玩耍的候鳥母與子……，瀏覽這些照片，更加深了我對天香園候鳥的印象。

告別天香園前，我又回眸觀望著在叢林間棲息翻飛的候鳥，我想這裏濱臨湖水田地平曠古木森森，造成了適宜候鳥生存獨特的自然環境，這才使候鳥鍾情於城市的這方天地，年年飛去又飛來，成為它們生息繁衍的樂園，使天香園裏有了城市中難得一見奇特的自然景觀。人類社會在走向文明的途中常常加強了都市化，在造福於人類的同時又往往給人類自己帶來的種種潛在與顯在的威脅，對於人類生存環境的破壞是現代社會最大的危害之一，工業的污染、環境的惡化等，都不僅使動物遠離了人類，而且使人類的生存品質也受到了極大的威脅。人類必須要有清醒的環保意識，愛護自然環境應如同愛護自己的生命一樣，讓候鳥的樂園不僅留存於偏僻的村野裏，而且出現在每個城市的角落間，我們只有一個地球呀！

離開天香園登上歸程的汽車，我被喧鬧節日所擾亂的心情似乎已經變得寧靜而恬淡，我情不自禁地吟成小詩一首：

青山湖畔天香園，
珍禽異鳥舞翩翩。
白鶴晨曦迎日出，
夜鸛暮色喚月圓。
佛堂觀音喜聞香，
余苑彌勒笑聽泉。
最是冬盡春盛時，
百鳥聚會樂無限。

二〇〇二年二月十五日寫於南昌

葛洲壩的濤聲

在萬里長江第一壩葛洲壩工地上，不論是在霜露滿天的清晨，還是在月明星稀的深夜，你都能聽到一陣高似一陣的濤聲，比三峽的激浪還要動魄，比錢塘的春潮還要雄壯，她拍擊著中國大地，也拍擊著你的心窩。

夜，燈光把葛洲壩工地照得如同白晝，兩岸彩旗飄揚，標語旗高聳入雲，這是緊張的截流合攏最關鍵的時刻，江中，拖輪、水文船在小心地巡逡，燈光在江心拉長了身影。江兩岸，一輛輛滿載的礦車風馳電掣，接連不斷地把幾十噸重的巨大混凝土石塊，成噸的土石瀉入波濤洶湧的江裏，濺起幾丈高的雪浪。大壩在江兩岸迅速地向江心延伸靠近。當奔騰咆哮的巨龍終於被葛洲壩人降服時，冬夜的工地上一片歡騰。人們笑著、跳著、叫著。有的站在高高的推土機頂上、礦車頂上，有的放起了鞭炮，歡笑聲、鞭炮聲驅走了嚴寒，在冬夜的江面上迴盪。人們並沒有過久地陶醉在截流的勝利中，不一會兒，推土機又吼起來了，礦車又開動了，為了將堤壩加高加厚，為了爭取今年六月通航，七月發電。望著這一輛輛接連不斷飛馳著的礦車，我想起在三三零職工版畫展中看到的一幅畫。畫面上黑沉沉的夜，風急雨猛，一對礦車前前後後在濃重的雨夜中顛簸、急駛，像一匹匹碩大的駿馬在風雨中撒腿狂奔。畫下面題著兩個字：鐵流。是的，眼下這接連不斷來來往往的礦車，不就是一股能移山填海的鐵流嗎？而這一陣陣馬達的轟鳴，不就是鐵流翻捲雄壯的濤聲嗎？

夜深了，工地上飄起了雪花，雪花在燈光的照射下更顯得潔白晶瑩，舞姿翩翩。望著風雪中飛馳的礦車，我想起了我剛到葛洲壩時為我帶路的那位司機。那是一個清冷的冬晨，我剛下車，太陽還未升起，屋簷上、吊塔上都鍍了一層厚厚的白霜。我不知工地往哪兒走，就問在我身邊勾著頭走的一位年輕人。他打量了我一眼說：「跟我走就是。」我跟著他沿著長長的鐵軌往前走。他披著件油蹟斑斑的大棉衣，腳蹬一雙翻毛大皮鞋，挎著一隻白帆布工具包，噔噔噔大步流星地走著，好像是匆匆趕去第一個迎接太陽似的。我緊趕幾步，與他攀談起來。「您是在壩上工作的吧？」「從葛洲壩開工起我就在這兒了。」話語中流露出無限的自豪。他告訴我說，大壩這些天就要截流了。我問：「我能上大壩看看嗎？」他儼然像一位葛洲壩工地的全權代表，說：「能，能呵。」談吐中，我知道他是司機，家離此地百多里。他又說：「工地忙，我不常回去，好在也習慣了。」是的，在這沸騰的水電工地上，有多少人為了葛洲壩早日通航早日發電，放棄了家庭的溫暖，每天每日頂風冒雨地幹著。和他分手時，我竟不記得問他的姓名，只記得他是葛洲壩第一代工人，只記得他那結實的身影、自豪的神態。

此刻，我抬起頭在湍急的鐵流中尋找他的身影，轉而一想，何必呢，這位年輕的司機不就是這滾滾鐵流中一朵小小的浪花嗎？他同千千萬萬葛洲壩人一樣，正用自己的青春和熱血，為中國的水電事業發出自己的熱和光。

當天深夜，躺在床上望著玻璃窗外撲騰的雪花，聽著工地上鐵流奔騰不息的濤聲，我久久不能入睡。我想，這濤聲不正是水電大軍向四化明天飛奔的腳步聲聲嗎？在這一陣陣濤聲中，我彷彿聽見億萬個嗓音在呼喊：「快些呀，再快些……」

廬山西海觀湖

當你面對綺麗秀美的風光、壯觀恢弘的景色，你常常會為之興奮、為之讚歎，在流連忘返中為大自然的鬼斧神工而沉醉，在目不暇接中為人世間的巧奪天工而癡迷。當我站在一瀉千里雷霆萬鈞的尼亞加拉大瀑布下，當我面對奇松怪石秀峰嶙峋的黃山層巒疊嶂前，我曾經驚訝了、讚歎了，人間仙境、世外桃源似乎也難以道出其美、說出其俊。

當我登上廬山西海觀湖島紅頂雙塔的七層，面對水天一色千島如珠的浩淼風光時，我的呼吸急促了，我的心跳加快了，這是真的嗎？如夢似幻，似畫如歌，真應了「天上雲居、夢幻西海」之說，這美景真可譽為天下湖光第一景！

八月下旬，在廬山參加了幾天會議，朋友劉先生建議下山後去廬山西海一遊，他說西海位於廬山西麓，處於永修、武寧兩縣境內，原名雲居山——柘林湖風景區，是國家重點風景名勝區。雲居山上的真如寺始建於唐代，白居易、蘇東坡等文人曾在那裏題詩作畫。柘林湖是一九五八年破土動工的大型水庫，水域面積達三〇八平方公里，有三畝以上島嶼一六六七個，那裏的山光水色別具一格。二〇〇七年四月，溫家寶總理曾經為這綺麗的景致題下「山水武寧」的題詞。

會議結束後，我們便往廬山西海進發，九十公里的路程近兩小時才抵達。途中停車遠眺亞洲第一土壩，這座讓高峽出平湖的大壩聳立在山峰之間，劉先生告訴我們大壩高七五・二米、長六三〇米、底寬四二五米，是二十世紀七〇年代初集中全省十萬築壩大軍肩挑背扛建成的，是亞洲第一、世界第二大的攔河土壩。午飯後，坐遊船上觀音島遊覽，島上有高三十七米的石雕觀音像一尊，屹立於巨大的蓮花座上，端莊祥和慈眉善目，左手握淨瓶，右手作拈花狀，拈花一笑布甘霖。島上另有三米高的觀音石像三十四座，島上綠樹掩映香煙嫋嫋。當晚，下榻於武寧景山酒店。

早飯後，我們登上遊船前往觀湖島，西海有名的島嶼有觀音島、觀湖島、楊梅島、燕子島、猴子岩、茶島、百島迷宮等，湖島上的景致有雙塔輝映、南山溢秀、燕嶼臥波、百島千姿、港灣迷徑、象型墨斗等。觀湖島坐落於楊洲景區，遊船犁開萬頃碧波破浪前行，眼前長橋臥波、古塔矗立、水天一色、煙波浩淼，觀音島上掩映在綠林叢中的觀音石像鍍上了一層金色的晨光。佇立船尾，湖風獵獵，大大小小的島嶼星羅棋布，有幾隻白鷺翻飛於島嶼上的綠林間，婀娜多姿幽雅靈動，與藍天碧波綠島構成了一幅別有情趣的山水畫。

遊船行駛半個多小時後，遠遠望見綠森森的島嶼上矗立著的兩座紅色尖頂的塔影了，它們並肩佇立雙塔輝映，紅色的塔頂在碧波綠樹中格外醒目。遊船靠岸後，我們幾個匆匆拾階而上，在山麓上觀覽湖光山色後，我一馬當先又往雙塔而去。經過一條羅馬柱支撐的拱廊，我獨自登上了七層的塔頂，眼前豁然開朗，廬山西海美景盡收眼底：遠山連綿萬里無雲，湖水碧綠無風無浪，藍天碧波水天一色。「千山鳥飛絕，萬徑人蹤滅」，藍天上沒有一隻鳥飛動，碧波上沒有一艘船航行。藍天一碧如洗，如一塊剖開了的巨大翡翠，沒有絲毫的瑕疵；碧波玉液瓊漿，似一匹熨平了的墨綠綢綴，沒有任何皺折。整個世界好像凝固了，時間鐘擺好像停止了，想起「淡泊明志、寧靜致遠」的佳境，這是一種徹底的寧靜，這是一種絕對的靜謐！用人間仙境也道不出其美，以世外桃源也說不盡其幻，其秀麗如青翠竹林，其浩淼如無垠大海，其純潔如恬靜處子，其奇幻如神奇夢境；鄱陽湖沒有其秀麗，洞庭湖沒有其浩淼，千島湖沒有其純潔，太湖沒有其奇幻，真可謂天下湖光第一景！

我沿著雙塔頂上的環形觀景台四處觀望，美不勝收目不暇接心曠神怡，騁目遠眺湖光山色盡收眼底：近處如冠似蓋的島嶼上叢林密佈，在明鏡般的碧波上投下婀娜的倒影，一座紅頂白牆的圓形避暑山莊十分醒目。遠處的島嶼星羅棋布，或大或小，或長或圓，令人想到「大珠小珠落玉盤」的佳句。面對著綺麗的美景，恍然間好像是誰用如椽巨筆在水面隨意點染，近處像潑墨濃淡相宜，遠處如行草行雲流水，我置身於如此美景中，似夢似幻、如癡如醉了。

同行的劉先生、小潔、小芳也登上了塔頂，首次登塔的小潔、小芳面對如此美景流露出無比驚訝興奮的神情。劉先生告訴我們，西海屬國家一級水體，平均水深四十五米，能見度逾九米，近年來在水域中發現了國家瀕危野生動物桃花水母，這種如人手指甲大小的桃花水母，是地球上最原始最低等的無脊椎動物，其對水環境的要求極高。

擅長歌唱的小潔情不自禁地唱起了捷克作曲家德沃夏克歌劇《水仙女》中的詠歎調〈月亮頌〉，小芳隨著歌聲翩翩起舞，在這觀湖島雙塔頂上，在這水天一色的美景前，上演了一幕獨特的歌舞劇：「星夜的天空上銀色月光，你的光芒照耀遠方，／你盡情地漫遊全世界，注視這人們的窗戶！／啊，月亮留下吧，留一會兒吧！／告訴我，我愛人在哪裡？／啊，月亮留下吧，留一會兒！／告訴我，我愛人在哪裡？……」《水仙女》是流傳於歐洲的民間故事：大森林的湖中住著水仙女魯薩爾卡，她愛上了一位英俊的王子，她求助於女巫讓她變成人與王子相會，女巫滿足了她的要求，但是她必須成為啞巴，倘若她失去了王子的愛，就必須永遠生活在湖底深處。水仙女來到人間與王子相愛，王子卻在婚禮上愛上了鄰國的公主，失去了愛情的水仙女悲傷地回到湖水深處。不久被公主拋棄的王子四處尋覓水仙女，最後王子死在了湖邊。〈月亮頌〉是三幕歌劇《水仙女》第一幕中水仙女與王子失之交臂後在月色中所唱，作曲家德沃夏克以宛轉悠揚的曲調，抒寫出月的皎潔、情的真摯，充滿著無限眷戀、無限嚮往，抒發了一種情真意切出自肺腑的情懷。小潔的歌聲悠揚婉轉，如月光汩汩流淌；小芳的舞姿婀娜流暢，如綢帶臨風飄動。我聽著歌、觀著舞、望著景，我被這美妙的境界陶醉了，我想如果此時美麗的水仙女從西海中悠然升起，我們並不會感到驚奇，我想只有這澄澈如瓊漿的西海才能讓水仙女安逸棲居。

我們在觀湖島塔頂流連忘返，我們在廬山西海忘情歌舞。我忽然想到：廬山西海之美是美在其自然質樸，廬山西海之美是美在其純潔無瑕。保護地球、保護生態、保護環境，讓廬山西海這樣的美景不被破壞、不被玷污，這是我在歸途中心底裏真誠的呼喚。

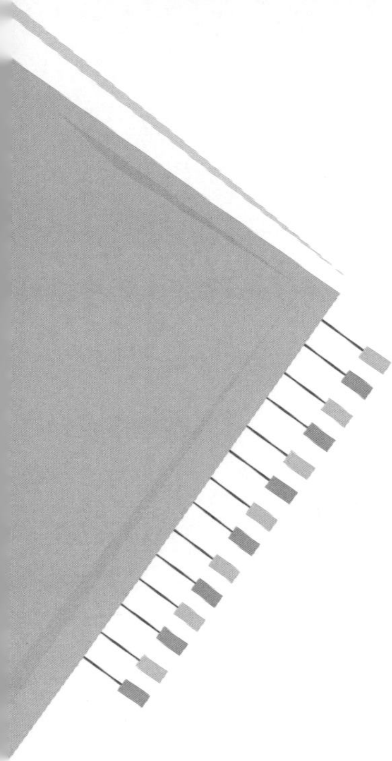

歷史煙雲

風雪岳陽樓

吟誦范仲淹的〈岳陽樓記〉我深為文中描繪的岳陽樓壯景而動情。隆冬季節，路過岳陽，我特意下船尋訪了岳陽樓。

那是一個風雪天，紛紛揚揚的大雪給大地披上了一件銀裝。踏著積雪，登上堤岸，我興致勃勃地往岳陽樓而去。岳陽樓的前身是三國時期吳國魯肅在洞庭湖訓練水兵的閱兵台。唐開元四年，中書令張說在閱兵台舊址建一樓閣。定名為岳陽樓。至宋慶曆四年，滕子京謫守巴陵郡時，重修此樓，並請范仲淹作記，其氣勢非凡情景交融的〈岳陽樓記〉，使這一巴陵勝景名聲大振。現在的岳陽樓是清朝同治六年（西元一八六七年）重建的。

沿著馬路走不遠，來到岳陽樓景點處，見門楣上刻著「巴陵勝狀」幾個醒目大字。兩邊分別鐫刻著「洞庭天下水，岳陽天下樓」的門聯。也許是早晨，又是下雪天，門口冷冷清清的。賣票姑娘繫著一條雪白的圍巾，在票房裏烤火，臉被烤得紅撲撲的。

見我要買票，她抬頭忽閃著大眼睛問：「下雪你也進去？」

我說：「下鐵我也進去！」

她笑了。

走進大門，雪地上平展展的，像一床新鋪的棉絮，使人有些不敢下足。庭院內杳無人影，路旁佇立的棕櫚樹墨綠色闊大的樹葉上壓滿了雪，沉沉地垂了下來。女貞子的每一片小葉子都堆著雪，像一個個舀滿了雪的小綠勺子，紛紛揚揚的雪花還在一層層地蓋上去、蓋上去。四周靜極了，只有我的腳踩在雪地裏發出沙沙的聲響。

沿著石階而上，經過一個鏤著「南極瀟湘」的石砌門楣，來到庭院中，眼前三個綠瓦紅柱的亭閣巍巍然地兀立在風雪中。跨進仙梅亭，見描金鏤花的亭閣中立著一塊大石碑，碑上刻著一柱古梅，枝幹蒼勁，花朵清麗，使人想起林逋的「疏影橫斜水清淺，暗香浮動月黃昏」的詩句。碑上鐫刻的幾行手跡，告知仙梅亭的由來：相傳建岳陽樓時在土中掘得一石，石上有紋影似古梅，人謂之仙梅石，後即建仙梅亭。此亭則是乾隆年間重新修葺的。

走出仙梅亭，跨進三醉亭，這兩個亭閣在岳陽樓一左一右像兩個衛士。三醉亭正面壁上有一幅圖，一青衫古人醉臥，衣冠不整醉眼朦朧，酒葫蘆傾斜。畫上有詩曰：「朝遊北越暮蒼梧，袖裏青蝕膽氣粗，三載岳陽人不識，浪吟飛歌洞庭湖。」看門的老人告訴我，這是呂洞賓醉臥圖，詩也是呂洞賓的。我恍然大悟：「這三醉亭大概就因呂洞賓三醉岳陽樓而起的名吧？」老人點點頭。畫兩邊的樑柱上刻著對聯：「對月臨風有聲有色；吟詩把酒無我無人。」是呵，岳陽樓的風光太美了，無怪乎連仙人呂洞賓也常年流連於此開懷暢飲浪吟飛歌了。

出三醉亭，來到岳陽樓前。抬頭見樓正中一紅框黑底的匾額上有三個筆力遒勁的鎦金大字：岳陽樓。為郭沫若一九六一年所題。樓前左右兩根圓柱上一副對聯發人深思：「四面湖山歸眼底，萬家憂樂刻心頭。」為清朝巴陵邑宰陳大綱所撰，化用了〈岳陽樓記〉的意境。岳陽樓為三層盔頂純木結構，琉璃碧瓦，朱紅廊柱，飛簷屋脊上金鳳舞長空，遊龍臥綠波，雕花鏤金古樸精美，氣勢雄偉別具風采，它坐鎮在洞庭湖畔，與八百里洞庭交相輝映。

雪花依然悠悠地飄著，跨上臺階，步入樓閣。見廳堂正壁上懸掛著七八塊長長的黑漆木牌，上面鐫刻著范仲淹的〈岳陽樓記〉，字體是綠色的，充滿著生氣。兩側的壁上懸著許多對聯，也刻在木牌上，字體有的龍飛鳳舞，有的端莊遒勁，有的蘊藉深沉，有的明麗清秀。其中一聯曰：「十五年勝地重遊雲外神仙應識我；八百里長天一覽湖邊風月最宜秋。」另一聯曰：「呼來風月招來神仙詩酒重逢應識我；流盡興亡淘盡豪傑江湖放蕩此登樓。」啊，岳陽樓，在你漫長的歷史中，你的身旁留下多少江湖行者遷客騷人的足跡，在你雄偉的樓閣上，又有多少人望江天風月看山河烽煙抒發了多少肺腑之情。多少人懷才不遇，滿腹壯志付東流，鬱鬱情腸此登樓，憑欄遠眺臨風把酒，在這浩淼的洞庭風光中排遣內心的愁緒，寄託鬱積的情志。

登上岳陽樓，推開雕花窗扉，放眼望去，煙波浩淼的洞庭湖上，雪花在雲天中織起了一道白色的帷幕，使人覺得如此幽奇虛幻深不可測。一彎湖堤旁，一字兒停泊著大大小小的船隻，白身綠舷的長江輪不時拉響汽笛，一隻隻漁船正升起白帆駛入茫茫洞庭煙波之中。風雪中，還隱約可見城左那尊聳立湖畔的唐朝建造的慈氏塔古老身姿。這一切都籠罩在神奇迷離的風雪之中。恍然間，我彷彿覺得岳陽城就像一艘巨大的古艦，岳陽樓則是這艘古艦高高昂起的船頭，它正劈開浩淼煙波，向歷史的深處駛去。

出岳陽樓，拾階而下，穿過刻有「北通巫峽」字樣的門楣，見左邊不遠處立著一個綠瓦紅簷的四角亭，匾額上書有「懷甫亭」三個大字，為朱德所書。亭柱上兩塊黑漆牌聯上兩行綠字，我伸手輕輕抹去積雪，露出一副對聯：「舟繫洞庭世上瘡痍定有淚；魂歸洛水人間改換已無詩。」沁出悲涼淒清之意。亭中豎一石碑，碑上刻著憑欄遠眺的杜甫像，風拂青衫長鬚髯髯，面露憂戚之色，顯得清臒而蒼老。碑上鐫刻著杜甫晚年漂泊荊湘所作的〈登岳陽樓〉一詩，「親朋無一字，老病有孤舟，戎馬關山北，憑軒涕泗流」，正是他當時生活的真實寫照。在感慨其潦倒身世時，詩人仍然關切著祖國的命運。為了紀念這位偉大的詩人，一九六二年，在洞庭湖濱岳陽樓畔建成了懷甫亭。

此刻，在這靜靜的雪天雪地裏，我彷彿聽到了詩人發自肺腑的心音：「嗚呼，何時眼前突兀見此屋，吾廬獨破受凍死亦足！」呵，詩人，你有多麼寬廣的胸襟啊，這不正是〈岳陽樓記〉中「先天下之憂而憂，後天下之樂而樂」的胸懷嗎？啊，岳陽樓，你不正是一面鏡子，現出歷史，也照著每一個登樓者。

雪依然飄飄揚揚地灑著，當我踩著積雪出門時，看門姑娘看著我，「噗嗤」一聲笑了，我低頭一看，原來渾身上下都被雪花描白了，連眉毛嘴唇上也綴著白白的雪花，彷彿剛才我是走進那古老的年代裏去了。

夷陵三遊洞行

浩浩長江千百年來在中國山川莽原上滾滾流淌，她寫下了千年古國的文明史。假如你沿江踏遍兩岸的名勝古跡，會覺得似在翻閱一卷卷文明古國的璀璨詩章，三遊洞就是其中瑰麗的一頁。

三遊洞坐落在湖北宜昌市西北十公里西陵山的峭壁上。相傳唐元和十四年（西元八一九年），詩人白居易由江州（今江西九江）司馬調遷忠州（今四川忠縣）刺史，與其弟白行簡同行，路遇詩人元稹，三人會於夷陵（今湖北宜昌），同遊此洞中，各賦詩一首，白居易作〈三遊洞序〉，書於洞壁，三遊洞因此而得名。人稱「前三遊」。至宋朝，文學家蘇洵、蘇軾、蘇轍父子三人於嘉祐元年（西元一〇五六年），途經夷陵，亦遊於此洞中，各題詩一首於洞壁，人謂「後三遊」。

深秋時節，我來到三遊洞。過下澇溪大橋，折下傍山石階，一個古色古香的門楣呈現在眼前：石砌的門框，石鑿的飛簷，兩扇朱紅的大門，門楣上「三遊古洞」四個大字赫然醒目。穿過大門，我彷彿進入了一個古老的世界。迎面藤蔓叢生的岩壁上鐫刻著兩個大字「靈區」，筆力端莊遒勁，為明朝萬曆年間李鴻所題，當年李鴻道經夷陵，與友人同遊此洞，見「層嵐如畫流水鳴琴俯仰低回悠然有出塵想」，而題曰「靈區」，可見三遊洞景致之美，連古人見之都有離卻凡塵之想了。

傍山石前行，忽見一堵丈見方的石壁上刻滿了字體大小不一的條幅詩文。有光緒甲申年間錢塘人陸應琪題詩：「赤壁遨遊事欲仙，不聞能賦第三篇。我來重息風塵磯，願與江山結後緣。」有民國七年禾川人所書對聯：「一洞凌虛佛自在，萬方多難我重來。」中間一首光緒年間所題的長詩占了半堵石壁，字體娟秀清晰，文筆流暢生動，詳盡地描述了三遊洞的綺麗風光和詩人的真切感受。在石壁上眾多的詩文中，有一幅風格與眾不同，好像是漫步在綠草地上恬靜閒適的鹿群中突然站起一頭振鬣咆哮的雄師。字刻在石壁頂端：「是誰殺害了我們同胞的父母和兄弟？」語悲憤氣激昂，筆筆帶血，字字噴火。一邊還刻有四個大字：「不共戴天。」落款為「民國二十八年四月馮玉祥」。透過字裏行間，我彷彿看到日寇搶掠燒殺的熊熊火光，看到倒臥在血泊中的婦女和孩子，也看到叢山峻嶺中舉起的大刀和長矛。當時馮將軍登臨三遊古洞，面對中國秀麗山川，眼望鮮血流淌的中原大地，能不義憤填膺憤然疾呼嗎？「是誰殺害了我們同胞的父母和兄弟？是誰？是誰？……」這聲音彷彿至今還在群山岩壑中江濤雲空上迴響。

我漫步前行，見前面的石壁上露出一個一人高的洞口，洞上刻著「鬲凡」二字，可能是隔離凡塵之意。扶著石雕欄杆拾階而下，眼前豁然開朗，好一個洞天府第！剛想細瞻洞中景致，錚琮作響的溪流聲吸引了我。憑欄一望，不禁叫絕。重岩絕壁下，下澇溪悠然地在千丈深壑中蜿蜒曲折潺潺流去，如一條碧綠的緞帶輕輕飄動，綠得那樣清新凝重，宛如滿溪流動的是香醇的青梅酒。兩岸對峙的山峰間，一掛長橋如虹橫跨碧波，多麼寧馨雄奇的景色呀！

憑欄許久，四望古洞，三根撐起的鐘乳石將洞隔成前後兩室。前室巨大的岩頂如飛簷，簷上枯藤倒懸，洞頂「洞天石古」四字為洞室更添幾分古意。洞右矗立的石碑上刻有蘇東坡的畫，兩幅梅花，一正梅一倒梅；兩幅菊花，一正菊一倒菊，線條優美流暢，筆力蒼勁傳神。梅花蒼枝虬幹，花蕊中似透出絲絲春意；菊花金枝玉葉，芳叢中似沁出縷縷秋香。畫面上幾塊玲瓏山石幾枝嫵媚綠竹將梅菊烘托得栩栩如生。另有兩塊一人高的青石板上分別鐫刻著白居易和蘇東坡的像，白居易眉清目秀顯得雋逸深沉，蘇東坡長鬚髯髯顯得曠達瀟灑。洞左立著的四塊石板上鐫刻著蘇東坡的手跡，字體流暢瀟灑，雋秀中而現剛勁。「吾來陽羨，船入荊溪，意思豁然，如愜平生之欲。逝將歸老，殆是前緣……」東坡居士置身於奇山秀水間樂也融融。

抬眼見洞壁刻有一律詩：「洞府淩虛突兀開，訪碑聯騎雨中來；文章自古多憎命，天地何心不愛才。萬里炎荒垂老別，一門風雅勝遊陪；灘江泛罷煬江接，頭白今年放棹回。」一詩為光緒三十一年六月何逢時所題。詩中流露了滿腹悲涼感慨之情，失意於宦海而寄情於山水之間。洞正中一塊一人多高的石碑上，刻著白居易的〈三遊洞序〉全文，詳盡地記載了當時遊洞的佳趣，勾勒了三遊洞的綺麗風光：石「怪者如引臂，如垂幢」，泉「奇者如懸練，如不絕線」，「但水石相薄，磷磷鑿鑿，跳珠濺玉，驚動耳目」，至「峽山昏黑，雲破月出，光氣含吐，互相明滅，晶瑩玲瓏，象生其中；雖有敏口，不能名狀」，白居易將古洞風景繪得如此栩栩如生。

洞的後室顯得幽深奇奧。跨入後室，見洞長約三十米，寬約二十米，高約三米許。抬眼四望，洞內石鐘乳千姿百態，有的像懸著的吊燈琳琅滿目，有的如出土春筍茁壯清新，正如蘇老泉〈三遊洞〉詩中所寫的「洞中蒼石流成乳」，眼前的石鐘乳都像稠稠的乳汁在流動。洞裏有一座一人高的石壇，壇上有一錦袍蟒帶的士大夫的石像正襟危坐，我想這大概是白居易像吧。洞左石壁上有北宋文學家歐陽修的題記，字跡依稀可辨：「景祐四年十月十日夷陵歐陽永叔判官丁。」此洞有「天鐘地鼓」之說，人以石塊投岩頂聲若懸鐘，而石塊落地則其響如鼓。洞右壁上有一個一人見方的耳洞，攀上石壁進入耳洞，洞中撐起一石鐘乳，洞頂水珠濺玉，洞裏頗滑，小心翼翼扶壁而行，過丈餘，眼前豁然開朗。

步出三遊洞，同去的朋友告訴我，土地革命時，三遊洞是共產黨地下交通聯絡站，當時洞中的道士是黨的地下交通員。又說，一九五八年三月一日，為了三峽水利工程和壩址的選擇，周恩來總理沿著陡峭的山路，親臨三遊洞勘察岩石溶洞，給這古老的洞穴增添了光輝。我站在山崖邊，望著腳下的三遊洞，我覺得眼前是歷史詩章瑰麗的一頁在閃光。

辛棄疾故居瓢泉行

閒時吟誦稼軒詞，常見詞中有瓢泉二字。詞中將瓢泉寫得十分甘美清冽：「記得瓢泉快活時，長年耽酒更吟詩。」彷彿一個瓢泉給辛稼軒的閒居生活帶來無窮樂趣。仲夏時節，我興致勃勃地尋訪了古跡瓢泉。

瓢泉位於江西鉛山縣河口鎮東三十公里處，原名周氏泉，辛稼軒得而名之。辛棄疾一生堅持抗金不畏權貴，曾兩次被南宋朝廷削官賦閒於上饒和鉛山兩地達二十年之久。自慶元二年（西元一一九六年）他在上饒帶湖的住宅失火後，舉家遷居鉛山期思渡，在瓢泉度過了近八年的歲月。當年辛稼軒尋訪到周氏泉時，不勝欣喜，曾作〈洞仙歌〉一首詠之：

> 飛流萬壑，共千岩爭秀。孤負平生弄泉手。歎輕衫短帽，幾許紅塵，還自喜，濯髮滄浪依舊。人生行樂耳，身後虛名，何以生前一杯酒。便此地，結吾廬，待學淵明，更手種，門前五柳。且歸去，父老約重來，問如此青山，定重來否？

詞中看破宦海紅塵、寄情山水杯酒之意躍然紙上。

自縣城東行，車行約半小時，在公路邊樹陰裏停下，朋友指著右邊山腳下一陳舊板屋，說瓢泉就在屋的附近。循小路繞屋舍前行，見傍山岩蓊郁的綠枝碧葉下，袒露一塊丈多直徑的巨石，石上有兩汪差不多大的清碧泉水，兩泉中有一渠相通，似人工鑿就，實乃天然。據《鉛山縣誌》載：「其一規圓如臼，其一規如瓢。周圍皆石徑，廣四尺許，水從半山噴下，流入臼中，而後入瓢。其水澄渟可鑑，大旱而不涸。」抬眼見山泉徐徐傍山入臼，叮咚作響，記起稼軒題瓢泉詞句：「聽風清珮瓊瑤些，明月鏡秋毫些。」臼用以飲，瓢用以洗物。暑天路遠，熱汗涔涔，口乾舌燥，匆匆於瓢中洗臉濯手，涼意頓生。俯身於臼，水草參差水清見底。置唇泉面，吮泉於口，真有「繞齒冰霜，滿懷芳乳」之感了。飲足甘泉，坐於石上，涼風習習，聞頭頂青樹翠蔓中鳥鳴聲聲婉轉動人。見一巴掌大花蝶翩然而來，繞泉翻飛，顧影自憐，戀戀不捨地離去。隨一陣輕盈腳步聲，泉邊芭蕉叢中閃出一村姑，提一水桶款款至臼前，以一木瓢舀臼中水入桶，嫣然一笑提桶而去。

朋友告訴我，辛棄疾除了曾作題瓢泉〈水龍吟〉二首外，還有〈祝英台近〉、〈浣溪沙〉等詞寫瓢泉。《稼軒詞編年箋注》中「瓢泉之什」裏就有詞一百七十三首。瓢泉附近還有蛤蟆塘、花園壟等古跡。蛤蟆塘是稼軒居此時將買來的蛤蟆放生於屋前一塘中，以蛙聲自娛而名之；花園壟是稼軒親手植花之處，如今都有名無實了。當時辛稼軒雖寄情於山水杯酒之間，看「茅簷上，松月掛雲，脈脈石泉逗山腳」，「總把平生入醉鄉」，但他是「只因買得青山歸，卻恨歸來白髮多」，「醉中只恨歡娛少，無奈明朝酒醒何」！他依然殷切地關注著國家民族的興亡，始終嚮往著有朝一日能再馳騁疆場，實現一統中國的願望。他賦閒瓢泉之日，是寄情青山憂更憂，舉杯澆愁愁更愁。開禧三年九月十日（西元一二〇七年），愛國詞人辛棄疾終於壯志未酬鬱鬱情腸卒於瓢泉附近的屋舍中。

離開瓢泉前，我又俯下身去，掬一捧瓢泉的玉露，啜一口清涼的泉水，恍然間我覺得這泉水似乎不如先前那麼甘甜了，也許其中還有辛稼軒的珠淚吧！

此文為江西人民廣播電臺一九八三年二月二十二日《江西各地》節目播送

徐光啟墓前的憑弔

上海的徐家匯已經成為遠近聞名繁華的商業區，徐家匯名字的由來與中國明代著名科學家徐光啟相關，一六三三年十一月八日，明朝文淵閣大學士徐光啟逝世，一六三四年被賜葬於上海浦匯塘、法華涇和肇嘉浜三水的匯合處，後其子孫就定居於此，此地遂被稱為「徐家匯」。今年是徐光啟逝世三百七十週年，上海市徐匯區政府出資三百萬元，對位於徐家匯南丹路十七號光啟公園內的徐光啟墓修葺一新，對市民和遊客免費開放。冬至時節，我專程來到徐家匯，憑弔了這位近代上海發展史上最有影響的人物。

在徐家匯漕溪路與南丹路交叉路口，在上海市氣象局門口有一尊徐光啟的石雕像，在蒼翠松樹的環繞中徐光啟的石像正襟危坐，雙目凝視長鬚髯髯，呈現出科學家的深沉深刻的神韻。基座上刻有：「明代科學家徐光啟（一五六二～一六三三），徐匯區人民政府立，一九九四年九月。」徐光啟，字子先，號玄扈，上海縣人。他二十歲時進縣學，三十五歲時中解元，四十二歲時中進士。後在翰林院作了個小官，在仕途上很不得志，明朝天啟年間在朝庭三進三出，雖官至禮部右侍郎，卻受到宦官魏忠賢排擠不被重用。徐光啟一六〇〇年赴京應試途中結識了傳教士利馬竇，後受洗入教。從萬曆到天啟年間，徐光啟與利馬竇來往密切，一起研究數學、天文、曆法以及地理、水利等學問，並合作翻譯了《幾何原本》、《泰西法》、《測量法義》等著作，徐光啟成為中國介紹西方科學的先驅者。一六二九年，崇禎皇帝繼位後，委派徐光啟負責重修曆法，他起用西方傳教士龍華民、鄧玉函、羅雅各、湯若望等推算曆法，四年間組織編成了一百三十多卷的《崇禎曆法》，為中國曆法的一次重大改革，徐光啟以淵博的中西天文學知識，使該曆法向近代天文學和數學邁進了一大步。徐光啟還有《測量異同》、《勾股義》等學術著作，尤其是其費時幾十年撰寫的《農政全書》，「嘗躬執耒耜之器，親嚐草木之味，隨時採集，兼之訪問，綴而成書」，這部約七十萬字的著作從墾田、種植、農事、水利、農器製造、樹藝、牧養，一直講到除蟲、荒政，是對於中國傳統農業科學技術的全面研究和總結，被後人譽為農業百科全書。徐光啟是我國科學史上是一位優秀的科學家。

漫步來到南丹路上的光啟公園，只見新修葺的公園煥然一新。門口兩根石雕華表一左一右如衛士般佇立，方形華表上安坐於蓮花上的石獅、飛翔於祥雲中的仙鶴栩栩如生。左邊的一塊石碑刻著幾行字：「全國重點文物保護單位　徐光啟墓　中華人民共和國國務院一九八八年一月十三日公佈　上海市人民政府立」。在綠樹掩映中，新造的石橋、牌坊格外引人注目。過拱型石橋，見四柱花崗岩石牌坊氣宇軒昂，牌坊由長十米、高八米的整塊石料打造，每根石柱頂端一石球如朝日出海，柱身上仙鶴展翅於祥雲之間，正中牌坊上在蛟龍逐日的浮雕環繞中刻著「文武元勳」四字，左右分別為「王佐儒宗」、「熙朝元輔」，是對徐光啟身份的嘉譽，而牌坊石柱上的對聯：「治曆明農百世師經天緯地，出將入相一個臣奮武撰文」，是對徐光啟功績的推崇。過石牌坊，一條寬闊的水泥路導向徐光啟墓，路兩旁佇立著石羊、石虎、石馬、石翁仲共八件，如衛士守衛著徐光啟的陵墓。在一個花崗岩的基座上矗立著一個高十二米的漢白玉十字架，上鐫刻著「十字聖架百世瞻依」的金字。基座上的五塊漢白玉上，刻有光緒二十九年為徐光啟墓建立大理石十字架的碑文，為天主教會於一九〇三年為徐光啟墓重修牌坊建大理石十字架時所撰。徐光啟墓後來因無人管理遂成了菜園。一九五六年上海市政府將徐光啟後裔捐獻的陵墓重新修繕，文化革命中墓地竟成了露天倉庫。一九八三年，墓地重建碑廊，墓前小路拓建成一百五十平方米花崗岩石墳台，新建徐光啟半胸官服花崗岩石雕像，墓道、牌坊、華表等並未恢復。而今，徐光啟的墓地雖不見徐光啟石雕像，其他都按照原貌恢復。十字架後不遠即徐光啟墓，占地三百平方米的橢圓形墓穴葬著徐光啟夫婦和四個孫子，墓地上的青草青翠碧綠，墓前豎有石碑，上書「明徐光啟之墓」六個大字，為現代著名數學家蘇步青的手書。

佇立於徐光啟墓前，思索著這位科學家的執著人生。徐光啟為官三十餘載，憂國憂民，官守清廉，公而忘私，他強調「富國必以本業，強國必以正兵」的主張，將發展農業看作富國之本，因此他潛心於農業科學實驗，甚至在天津購地試種水稻、葡萄、藥材等，撰成《宜墾令》、《北耕錄》等有關農業的著作，並在多年學習研究和實踐基礎上，他編撰成《農政全書》。徐光啟多次抨擊名理之儒不通科學和生產，反而「土苴天下之實事」，強調學習借鑒西方科學知識。在東西方文化的交流中，徐光啟成為向西方尋求科學知識的先驅者，他的功績與盛名千古流芳。

在光啟公園裏漫步，樟樹、松樹四季常青，曲徑、座椅幽靜恬適。墓東側有徐氏手跡碑廊，陳列著鐫刻有《幾何原本序》、《葩經嫡登序》等五篇部分手跡的石碑。碑廊背面石刻是明末清初學者查繼佐所撰《徐光啟傳》，及現代著名畫家程十髮臨摹的徐光啟畫像。墓西側有石馬一匹，有圖文並茂介紹徐光啟生平故事的宣傳欄。從梅隴遷來南春華堂與徐光啟墓相鄰，已有五百多年的歷史，係明代張姓顯宦告老所居，將成為光啟陳列館。修葺後的光啟公園，已經成為上海市一道亮麗的文化景觀；修葺後的徐光啟墓，已經成為徐家匯一個雅致的旅遊景點，公園裏還要開闢外語角、知識角和讀書角，這裏將成為市民們休閒讀書的勝地。

在光啟公園漫步，在徐光啟墓前憑弔，回溯徐光啟的坎坷人生，思索徐光啟的卓越成就，我想：人類創造的文明屬於全人類的財產，只有面向世界充分汲取人類文明，人類才會不斷發展，社會才能不斷進步，在汲取與接受域外的科學文明時，結合本國本地的實際，在引進接受中有所創造、有所發現，這是徐光啟這位向西方尋求科學知識的科學家給予我們的深深啟迪。

古琴台漫步

觀覽文物古跡是一樁趣事，站在那些經過漫長歲月風侵雨蝕而殘留下來的文物古跡面前，會牽起你許多悠悠的思緒。

初冬的一天，我搭車前往古琴台。古琴台是武漢市著名的古跡，它坐落在月湖之濱龜山腳下，相傳是伯牙鼓琴子期聽琴之處。車沿著武珞路駛過武漢長江大橋，在鸚鵡大道停了下來。一下車就望見路對面綠樹叢中露出的紅柱碧瓦，我穿過馬路向那裏走去。不一會兒，一個古色古香的門楣矗立在眼前，綠瓦粉牆紅匾金字，這就是古琴台了。門的兩邊立著一對威風凜凜的石獅子，顯示著石匠巧奪天工的技藝。一踏進門眼前是一座富麗堂皇的古式殿宇，飛簷斗拱紅柱紅扉，碧瓦鑲金窗櫺鏤花。屋脊的兩邊各臥著一條黃龍，那神態似乎瞬然間就會向著碧藍的蒼天騰空飛去。門上是一塊大紅匾額，上面有四個鎦金大字：高山流水。筆力蒼勁而又流暢，是出自郭沫若的大手筆。門前幾株蒼松，像一把把巨大的撐開著的綠傘。離松樹不遠，矗立著一塊一人多高的漢白玉碑石，上面刻有「琴台」二字。石碑四周圍著石雕圍欄，圍欄都是整塊的石板，上面刻著一些古樸雅致的花紋，外面是一幅幅浮雕，有風雨泊船，有月下撫琴，有子期聽琴，有伯牙摔琴，生動地勾勒出了琴台的故事。

我圍著石欄細細地看著，一位正在散步的老漢走到我身邊，指著浮雕熱心地向我講起琴台的故事來。他說：「那是在春秋戰國時期，楚國人俞伯牙在晉國做官，晉國國王派他出使楚國，他在楚國料理完公事就乘船回鄉探親。中秋夜在漢陽江口遇到大風大雨，船不能行，泊於龜山腳下。不多時雨住雲開明月當空，伯牙對月撫琴，卻有一樵夫在岸上聞琴而歎，他就是隱居在此的鍾子期。伯牙請他上船，伯牙撫琴意在高山，樵夫贊道：『美哉，洋洋乎，大人意在高山也。』伯牙又鼓，其意在流水。樵夫又贊道：『美哉，湯湯乎，志在流水。』伯牙喜遇知音，兩人遂結為兄弟，並相約次年中秋再會。第二年，當伯牙前來相會時，子期卻早已病故。伯牙悲痛萬分，在子期墳前鼓琴作歌，歌罷割弦摔琴以謝知音。」我問：「為什麼要摔琴呢？那多可惜呀！」老人沒直接回答，卻念起伯牙做的一首詩來：「摔破瑤琴鳳尾寒，子期不在對誰彈；春風滿面皆朋友，欲覓知音難上難。」老人念完詩停了停，接著又說：「不過，這是過去。現在你看！」說著老人把手一指。我順著老人指的方向望去。

琴台那邊是漢陽區工人文化宮，只見一個造型美觀的大舞臺，一排排齊齊整整的露天座位。老人告訴我，近年來省市常常在這裏舉行琴台音樂會，觀眾多得擠都擠不下呢。我感謝大爺的講述，說：「大爺，您記性真好。」他捋著鬍鬚樂哈哈地說：「也沒什麼，多講幾遍就熟了。」原來他老人家還是個義務講解員呢！

告別了老人，走出古琴台，登上龜山，我回望月湖那一潭碧水，那枕湖傍山的古琴台的綠瓦紅簷，和工人文化宮層層屋脊，不禁想，呵古琴台，你已不是過去的古琴台了，今天，你是能找到許許多多知音的，今天人民是需要豐富多彩的生活的，讓古琴台為我們的時代奏出更多更美的新曲吧！

康有為荒塚前的沉思

來到旅遊勝地青島，上嶗山觀景，下黃海暢泳，給我留下最為深刻印象的卻是康有為的荒塚，和那雜草叢生中的孤寂與荒寒。

清晨，接連下了幾天雨的青島住了雨腳，雖然天空仍然霧濛濛的，空氣卻格外清新。我獨自步出下榻的青島大學的後門，沿著寧德路往青島市委黨校後面的康有為墓而去。寧德路兩邊的新公寓鱗次櫛比，遠處的山影在晨霾中顯得十分朦朧。已有晨練者在跑步，溜達著的一隻狗追逐在地上覓食的麻雀，驚得一群麻雀撲楞楞地飛起，擾亂了清晨的寧靜。

提到康有為，自然會想到公車上書、戊戌變法等晚清重大的歷史事件，這位著名思想家、政治家、改良派領袖，在中國近代史的軌跡上留下了深深的印痕。毛澤東曾在〈論人民民主專政〉一文中說：「洪秀全、康有為、嚴復和孫中山，代表了中國共產黨出世以前向西方尋找真理的　派人物。」康有為的陵墓被安置在浮山南麓，我循著一晨練者的指點，來到了康有為的陵墓前。沿著層層石階而上，呈現在我面前的，居然是雜草叢生藤蔓擋道的荒寒景象，康有為先生就靜靜地長眠於此處。

踏著荒草，撥開藤蔓，我來到康有為的墓前。墓前劍麻叢中一左一右有兩塊石碑，一為一九八二年青島市人民政府所立市級重點保護單位的碑，碑後鐫刻的〈康有為先生墓重修記〉，敘述了康有為墓的設立、文革遭破壞及重修的經過；一為劉海粟所撰〈南海康師遷墓記〉，字跡已模糊不清，大約記載了康有為的生平功績和遷墓的經過。踏上幾級石階，荒草叢中康有為的墓塚掩映在幾株翠柏中，墳塋前的石碑上刻著「康有為先生之墓」幾個端莊遒勁的大字，落款為「一九八五年青島市人民政府立　弟子劉海粟書年方九十」，墓碑後鐫刻著〈南海康公墓誌銘〉，以文言簡約地描述了康有為慷慨激昂跌宕坎坷的一生。

康有為一八五八年出生於廣東南海，在西學東漸中受到西方思想影響，萌生了向西方學習改革中國社會制度的思想，清光緒年間他曾七次上書光緒皇帝，擬定以君主立憲為主體的救國方案，要求變法圖強。甲午戰爭失敗後，他聯合會師舉人一千二百人上書，提出「為安危大計，乞下明詔，行大賞罰，遷都練兵，變通新法，以塞和款而拒外夷，保疆土而延國命」，要求拒和、遷都、變法，被稱為「公車上書」。後他又發起強學會、保國會、聖學會，創辦《萬國公報》、《強學報》等。一八九八年，他與譚嗣同等依靠光緒皇帝發動「戊戌變法」運動，百日維新失敗後逃亡國外，開始長達十六年的海外流亡生涯，卻始終沒有停止尋求救國救民道路的努力。康有為於一九一三年回國，在上海主編《不忍》雜誌，發表提倡「大同主義」的文章，一九一九年集為《大同書》出版，提倡人人平等、發展生產、重視教育、婚姻自主的大同社會。雖然，康有為晚年思想日趨保守，創立保救光緒皇帝的保皇會，提出「尊崇皇室，擴張民權」的主張，發表反對共和保存國粹的言論，甚至支持張勳復辟，但是康有為先生向西方尋求真理、宣導維新變法，在中國近代史上功不可沒彪炳千秋，毛澤東將他稱為「先進的中國人」，並將戊戌變法視為近代中國民主革命準備階段的環節之一。

清晨的浮山顯得十分寧靜，佇立在康有為的墓前，我似乎聽得見自己的心跳，偶爾有一兩隻鳥飛過，留下一兩聲鳥鳴。環視康有為的陵墓，墓園裏藤蔓纏繞，墓塚上雜草叢生，墓旁一塊民國十八年所立的墓碑上「南海康先生之墓」中的幾個字，不知誰用墨胡亂塗抹。墓後不遠的浮山上，一架高壓電線的鐵塔昂首兀立。

佇立在康有為先生的墓前，我想像著當年戊戌變法失敗，譚嗣同等六人在北京菜市口遇難後，康有為被追捕九死一生僥倖逃脫的情景，他漂泊海外十六年，在加拿大、英國、比利時、德國、瑞典等國都留下他的足跡。康有為在第一次上書變法未得上達後，曾作〈出都留別諸公〉五首，其中有「眼中戰國成爭鹿，海內人才孰臥龍。撫劍長號歸去也，千山風雨嘯青鋒」的詩句，慷慨激昂的憂國憂民之心躍然紙上，顯示出一位改革家的宏闊胸襟和豪邁氣概。

康有為將美麗的青島擇為頤養天年之地，他的晚年與嶗山相伴、與黃海交心，與諸多文化要人往來，並潛心研討書藝。從一九一七年下榻青島，至一九二七年三月廿一病逝，康有為在青島度過了近十年的歲月。有關康有為之死，有傳說為刺客暗害而死，云康有為在上海過完七十大壽返回青島後不久，早年奉慈禧太后密令追殺他的刺客暗中在他赴宴時下了毒，次日康有為便七竅流血而死。我卻贊成〈南海康公墓誌銘〉中之說：「公博學善文，擅詩書精鑒賞，力主革新，然軍閥橫行志不得酬，鬱鬱終於青島。」憂國憂民的胸懷，變法維新的抱負，大同社會的理想，終因政局的險惡、社會的動盪而不能付諸實施，歷經坎坷壯志難酬，怎不會抑鬱而終？

康有為孤寂地臥在浮山南麓，荒草萋萋鮮有人涉足；康有為靜靜地臥在黃海之濱，日出月落有幾人關顧？我想當年康有為墓重修立碑時，達官貴人剪綵、少年兒童獻花，是何等熱鬧？而今卻雜草叢生冷冷清清！我想起青島啤酒節上摩肩接踵的人群、震耳欲聾的音樂、敞懷狂飲的場景，那裏的熱鬧喧囂與這裏的孤寂荒寒構成了多麼鮮明的對比！當年康有為流亡瑞典斯德哥爾摩郊區的住處，被當地華僑引以為榮地稱為「康有為島」，而青島康有為的墓地卻幾乎如被棄之履無人問津。我不禁感慨：無視過去的，也不會重視現在；忘卻歷史的，也就不關注未來；僅僅重視經濟，文化就會走向衰敗！輕視文化建設精神創造的，民族將受到制裁！

離開康有為墓前，我在叢生的雜草中採摘了一束腥黃的野花，恭恭敬敬地供在墓前，並向康有為先生的墓深深地三鞠躬。

北國風光

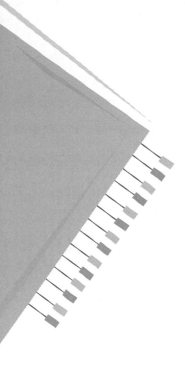

龍門石窟行

洛陽，是中國歷史上著名的六大古都之一，龍門石窟，是與雲崗石窟、敦煌莫高窟並稱為佛教藝術的三大寶庫。麥收季節，我來到位於洛陽市南郊的龍門，拜謁了約有十萬餘尊佛像的石窟，為氣勢恢宏巧奪天工的石窟造像而驚歎不已，為剛健質樸精妙絕倫的碑林鐫銘而歎為觀止，也為耗費巨大人力財力的歷史遺跡而沉思良久。

龍門石窟位於伊水之畔，與葬有白居易墓丘的香山隔水相望。伊水大橋橫臥東西，將西山龍門山與東山香山連為一體。在龍門石窟入口處伊水橋的石壁上，鐫刻著陳毅元帥所題的「龍門」兩個大字，端莊遒勁、瀟灑古樸。踏進龍門石窟景區，見一邊山奇林郁、千龕飾壁，一邊楊柳依依、伊水潺潺。清澈的伊水往北流去，喃喃細語似乎在訴說著龍門石窟悠久的歷史。佛教自西漢末年、東漢初年傳入中國後，最初僅被視為神仙道術，並未引起官府的注意。到三國時期，中國佛教的中心北為魏都洛陽，南為吳都建業，佛教的傳播活動以譯經為主。自天竺僧人曇柯迦羅來洛陽傳教後，中國漢族地區按戒律規定受戒度僧自此而始。至東晉時期，朝廷官員大都奉佛，佛寺建築盛極一時，佛教造像勃然興起，佛教石窟藝術就始於此時。龍門石窟自北魏孝文帝太和十八年（西元四九四年）遷都洛陽前後開始鑿建，歷經東魏、北齊、西魏、北周、隋、唐、五代、北宋，歷時四百餘年，其中以北魏和唐代營造的規模為最。龍門現留下石窟一千三百餘個，佛龕七百餘個，造像十萬餘尊，題記、碑碣近三千塊，佛塔四十餘座。唐代詩人韋應物在〈龍門遊眺〉中有「精舍繞層阿，千龕鄰峭壁」的詩句，形容龍門石窟的壯觀景象。營造石窟佛龕者有皇帝皇后，有王公貴戚，還有仕宦民眾，可見當時信佛之風之廣、鑿龕之舉之盛，真如明代詩人彭綱在〈龍門行〉一詩中所說「當時錘鑿斫民脂，萬金不恤窮妖奇」。斫民脂窮妖奇的信佛鑿龕之舉，雖然留下了歎為觀止的石窟遺址，卻也滋長了盲從盲信之風。

在導遊小姐的引導下，我參觀了魏代石窟古陽洞、賓陽洞、蓮花洞。古陽洞是王公貴族們為孝文帝而建，洞內四壁琳琅滿目，大小佛龕分為三層排列，佛像雕刻線條細膩、姿態生動。最令人驚奇的是洞內的造像題記，有的刻在洞頂，有的鐫在洞壁，大大小小面目不一，被稱為龍門二十品的碑刻，有十九品都在此洞之中。碑文字形端正大方，筆勢剛健質樸，布白疏密相間，刀法鋒芒畢露，被贊為「字形大小如星散天，體勢顧盼如魚得水」，這成為魏碑體書法藝術的精粹。賓陽洞是宣武帝給孝文帝和文昭皇太后「追福」所刻，營造賓陽三洞歷時二十四年之久，洞中的佛像典雅富麗，中洞南洞之間有五米高的摩崖巨碑一塊，被稱為伊闕佛龕之碑，碑文一千六百餘字，岑文本撰、褚遂良書，為初唐楷體，端莊遒麗古拙清奇。蓮花洞是北魏後期所刻，洞頂石壁上刻有一朵浮雕巨大蓮花，線條優美，造型典雅。窟外崖壁上有伊闕銘碑一塊，刻有「伊闕」兩個大字，為宋真宗趙恒所撰寫，楷體端莊遒勁，與伊闕佛龕之碑一起被譽為千古碑英「唐宋雙伊」。在魏代石窟的欣賞中，在石窟營造的忠和孝意蘊中，我卻看出了阿諛逢迎驕奢淫逸的意味。

在唐代所建造的石窟中，萬佛洞、潛溪寺、奉先寺為其中之代表。唐朝永隆元年營造的萬佛洞，因其窟內石壁上刻有一萬五千餘尊小佛像而名之。洞內主佛面相豐滿圓潤，神情靜穆安詳，結跏趺坐於蓮花座上。其後壁兩側雕有五十四枝蓮花，每枝蓮花上坐一姿態不同的菩薩。洞中另有舞伎、樂伎的浮雕，姿態幽雅線條流暢。一尊觀世音菩薩像表情端莊造型優美。南北石壁上密密麻麻的小佛像，其精巧玲瓏令人讚歎。唐高宗年間建造的潛溪寺為龍門西山北端第一大窟，被稱為「西方三聖」的佛像栩栩如生神情各異：阿彌陀佛袈裟博帶坦胸盤膝安坐於須彌座上，面相端莊神態靜穆；左右觀世音、大勢至兩尊菩薩雙目俯視逸麗典雅。

當我登上唐代傑作奉先寺露天大龕時，我被眼前的壯觀景象所震驚了，一尊尊高大的佛像或盤腿而坐、或巍然屹立，「雕飾奇偉，冠於當世」，此為龍門石窟之勝，也是中國石窟藝術的一大奇觀。端坐在正中的高十七米的盧舍那佛像豐滿端莊慈祥睿智，方額廣頤螺形髮髻，兩耳垂肩微露笑意，身披袈裟跏趺而坐，目光安詳俯視眾生。導遊小姐介紹說這尊佛像其頭高四米，耳長一・九米，據說是武則天的模擬像，其含蓄而奇特的笑容，可與蒙娜麗莎的永恆的微笑相媲美。佇立於盧舍那佛像兩邊分別為謙和有禮的供養人、孔武碩莊的天王、神情端莊的菩薩、面目猙獰的護法力士，與大龕石壁上大大小小的石窟中的佛像一起，形成了龍門石窟規模最大、水準最高的石刻佛像群，從衣飾到面容、從姿態到神情，都雕刻得生動形象惟妙惟肖精美絕倫，真可謂巧奪天工今古奇觀。奉先寺石窟為唐代所開鑿，歷時三年九個月，耗費人力、物力不計其數，而造像銘上則載「皇后武氏助脂粉錢二萬貫」，為企圖當女皇的武則天樹碑立傳。從武則天的模擬像，到武皇后的造像銘，歷代統治者總是費盡心機地樹立自身的形象，總是千方百計地鞏固自身的地位，但是在「皇后武氏助脂粉錢二萬貫」的造像銘上，卻透露出武則天的驕奢淫逸，顯示出武皇后的勞民傷財。石窟造像並不能讓武則天的形象輝煌起來，真正的碑文是刻在百姓的口碑上的，只有真正為民眾謀利造福的，歷史才不會忘卻他。

龍門石窟不僅是帝王所為，王公貴戚、仕宦民眾的參與，使石窟形成了「精舍繞層阿，千龕鄰峭壁」的景象，雖然統治者的思想總是代表著某一歷史時期的思想，但是，我想王公貴戚的阿諛逢迎助紂為虐、仕宦民眾的愚孝愚忠盲信盲從，豈不是助長了當時社會的某一種奢靡行為、形成了當時社會的某一種頹敗風氣嗎？佇立於奉先寺露天大龕前，我沉思了良久、良久……

正定隆興寺觀感

瑞雪飄飄的季節，與會石家莊，抽暇尋訪了位於正定縣的隆興寺。隆興寺因有一尊二十一．三米的銅鑄千手觀音而又被稱為大佛寺。

這座始建於隋開皇六年（西元五八六年）名為龍藏寺的寺廟，經唐代改名為龍興寺，清朝康熙年間改為隆興寺。踩著皚皚積雪，漫步古柏森森殿閣重重的寺廟，我不禁為隆興寺裏絢爛的壁畫、高聳的木雕像、奇特的轉輪藏、雄偉的大佛、精巧的毗盧佛而驚歎，在隆興寺內細細觀賞著一件件藝術精品佳作，驚訝、驚歎、驚喜中，為中華文明古國悠久的歷史與文化而自豪。

步入雄偉壯觀的摩尼殿，吸引我的不僅為莊嚴凝重的釋迦牟尼坐像、雙手抱拳的迦葉像、雙手合十的阿難像、五彩秀麗的觀音像，令我感到震撼的卻是殿裏四百多平方米的壁畫，以佛經故事為題材的精美壁畫，生動地描述了釋迦牟尼降生、出家、苦行、成道、涅槃的的過程，雖然不少處已經班駁脫落，但是現存的明清壁畫以其壯觀的場景、謹嚴的構圖、絢麗的色彩、流暢的線條，令人歎為觀止。東牆的「西方勝境圖」六十餘平方米，想像豐富色彩絢麗，正中盤腿而坐的西方三聖彌陀、觀音、大勢三尊佛像端莊慈祥，菩薩、羅漢、樂伎、聖眾駕雲騰霧一派祥和，衣袂飄舞環佩叮咚，百花爭豔祥雲生風，以四百餘各色人物將虛無縹緲的極樂世界描繪得神奇浪漫。東抱廈的「大悲尊天」、「鬼子母天」都保存得相當完好，前者中雍容華貴的神態、騰雲駕霧的仙姿；後者中活潑好動的孩童、慈祥端莊的菩薩，都令人流連忘返。

出摩尼殿見慈氏閣與轉輪藏閣東西相對稱，邁入慈氏閣，身高七・四米的彌勒菩薩宋代木雕器宇軒昂令人仰目而視，這尊用獨木雕成的未來佛在閣內頂天立地，頭戴五佛冠，身穿五彩衣，金色面容慈眉善目，一手置於胸前，指天昭示未來，一手自然下垂，示地導引現世，其身後鳳羽型木雕飾物，圖案精緻，色彩絢麗，其衣袂飄帶線條流暢疏朗逼真，巨大中見細膩，獨特中現珍奇。走進轉輪藏閣，見閣中安臥著直徑七米的木製轉輪藏，這八角形轉輪藏為宋代製作，如一八角亭閣精巧異常，飛簷斗拱均以木雕構成，簷下雕著遊龍祥雲，每一柱礎處雕有蓮花。該轉輪藏中間為一軸心可以轉動，合佛教法輪常轉之意。我面對著這轉輪藏，想像著這它載著經文轉動時，那種壯觀與奇妙，應和了佛法如車輪輾轉相傳永不止息之意。

跨進五簷三層的大悲閣，我為矗立著二十一・三米的千手觀音像而震撼，這座始鑄於宋開寶四年（西元九七一年）的巨型銅鑄觀音像，其佇立於巨型蓮座上俯瞰芸芸眾生，四十二臂分別執日、月、星、辰、裳帶、香花、寶劍、寶鏡、銀拂塵、金鋼杵等法器，顯現出解救世間一切苦難眾生的威力。我沿著大悲閣的木樓梯攀緣而上直至頂端，見大銅佛寬頤大耳，表情恬靜慈祥慈悲為懷。大佛除當胸合十的兩臂為銅鑄外，其餘四十隻銅臂均被人鋸去，後以木易銅彰顯氣象。導遊告訴我，大佛當年鑄造時採用泥塑屯土澆注之法，全身分七段接續鑄造。站在閣頂，面對大佛，我想像著當年鑄造大佛的壯觀景象。拾階而下，來到大佛跟前，見石須彌座上浮雕精美絕倫：幾尊力士雕像力拔山兮氣蓋世，赤膊袒胸肌肉突起，以背負座蹙眉瞠目；幾名樂伎演奏樂器千姿百態，各執箜篌、琵琶、笙、笛等，似乎婉轉動人的樂曲迴盪在大悲閣裏。

出大悲閣入毗盧殿，寬大的殿中供奉著一尊造型獨特的銅鑄佛像，佛像分為三層，計高六・七二米，每層有四尊毗盧佛像，頭戴五佛冠，手作智拳印，結跏趺坐於蓮臺上，分別面四方，佛像自下而上依次縮小。三層蓮座上鑄有千葉蓮瓣，每葉蓮瓣上均鑄雕一坐式小佛像，表情千姿百態，形成「千佛繞毗盧」的奇異格局。導遊告訴我，毗盧佛為明神宗與慈聖皇太后御製，此像構思巧妙造型獨特，技藝精湛令人讚歎，計大小佛像一〇七二尊，為國內現存最精美的銅鑄佛像，也堪稱海內外佛教藝術珍品。

隆興寺內康熙乾隆碑亭、隋龍藏寺碑、懸塑觀音像、銅鑄雙面佛，與壁畫、慈氏閣、轉輪藏閣、千手觀音立佛、毗盧佛一起，被譽為大佛寺九絕。漫步大佛寺，我在這些佛教精品前瀏覽觀賞，這些佛教珍品不僅以其年代久遠造型獨特形成奇觀，而且在巨製與精巧、古樸與巧妙、雄渾與流暢的調和中，顯現出古代佛教藝術的鬼斧神工匠心獨運，蘊涵著中華文明的源遠流長博大精深，展示出中華民族的歷史悠久與藝術精湛。

這棵大樹好陰涼

——訪馮驥才先生的大樹畫館

楊花似雪的盛春時節，我赴天津參加中國小說學會二〇〇〇年度中國小說排行榜的評議，在極其認真緊張的研討期間，我們幾個抽暇參觀了中國文聯副主席、小說學會會長馮驥才先生的「大樹畫館」。

畫館坐落在南京路繁華街道的民居中，巷口除了有一鞋匠攤外，與天津大多數的巷子一般，巷子口的壁上貼著一些諸如醫治性病、家居裝修等的招貼廣告。走進巷子，見有四個八旬老人正聚在一起下象棋，對弈者聚精會神，旁觀者出謀劃策，使這條普通的小巷透出幾分閒適氣，馮驥才先生的大樹畫館就在這個並不起眼的普通民居的底層。門楣上是冰心所題的「大樹畫館」幾個纖秀俊逸的繁體字。走進畫館，我的眼睛一亮，這哪是畫館呀？明明是一個文物博物館！大樹畫館由一間陳列室與一間客廳所組成。走進大樹畫館，我看到了牆上掛著一幅幅馮驥才先生的畫，那幅題名為〈衝破雲層〉的畫，奇詭深邃，以抽象的畫面展示出一種不甘屈服的力量，在外力的擠壓下的掙扎與湧動。那幅畫著層層疊疊蘆葦的畫幅，蘆葦絢爛的色彩與幽暗的背景構成鮮明的反差，突出了蘆葦在烈風中的堅強與執著，充滿了對生命的謳歌與禮贊。那幅小屋雪景圖，則將西洋的手法融進國畫的技巧中，在冷色調的雪景中，突出了小屋中充盈的溫馨，構圖的穩重與筆調的靈動，使畫幅充滿了勃勃生氣。那幅畫著叢林的畫幅，以獨特的紅色渲染出秋的深邃與美麗；那幅畫著村間小路的畫，以灰綠的背景突出小路的幽深靜謐……。在陳列室的一邊的幾個玻璃櫃裏，陳列著馮驥才先生的各種各樣的著作，小說集、散文集，國內出版的、被翻譯成各種外語的，真可謂琳琅滿目著作等身。陳列室靠牆還擺放著一些文物：古樸的雕花櫥櫃、線條渾厚的陶罐、形態樸拙的石像……，令人目不暇接。放在一堆畫框旁的一個繡跡斑斑的枷鎖引起了我的注意，以厚重的木為底，再罩以鐵皮，那一個個鐵釘整齊地排列，那枷住兩手與頭部的窟窿，那一對帶鎖鏈的鐐銬，都使人想到古裝劇中的枷鎖。畫館的工作人員告訴我，這是真品，已經有年頭了。

當我們剛在大樹畫館的客廳裏落座，馮驥才先生來了，他熱情地與我們一一握手，他渾厚的嗓音使客廳裏突然好像生動了許多，他高大的身影使客廳似乎驀然矮了一截。馮先生的客廳是一個文物展示廳，陶罐、石像、木雕、瓷瓶等，都一一陳列在客廳的四周。落座後的馮先生，指著這些他心愛的寶物分別一一向我們介紹，如數家珍。他指著牆角的一隻大陶罐對我們說起它的奇異來歷：在一個雨天，回到畫館的馮先生看到房門口等候著一個陌生人，他問明眼前的就是馮驥才先生，就將手裏捧著的用布嚴密地包裹著的東西遞給馮先生，馮先生接過這個不小的東西，覺得挺沉，就問他到底什麼意思。那人說想用這個換馮先生的一幅畫，並要馮先生先看了東西再說。馮先生拿進屋裏打開一看，是一隻古陶罐，陶罐上畫著的一隻栩栩如生的鳳凰，令他眼睛一亮，有著多年收藏文物經驗的馮驥才知道這是個真品，他就將他自己認為畫得比較得意的一幅畫給了他，這陌生人拿著畫就走了，從此再也沒有出現過。我們仔細地觀賞著這隻精美的陶罐，畫著的那隻鳳凰筆觸的古拙中透露出靈動、渾厚中呈現著細膩，那張開的羽翅、那生動的鳳冠，如在浩瀚的天際自由地騰空翱翔。馮驥才先生指著客廳右首桌上的一尊關公的木雕，細細地敘說其獨到之處。他說這尊關羽像頭部與身體的比例大約為一比二，這誇張的頭部看起來卻並不覺得比例失調。關羽眉眼間的神色尤其生動，那丹鳳眼的上挑與有神，令這尊像具有別樣的神采。馮先生說他曾經將這像開光，即打開了其背部的小方孔，從中取出碎金、蠍子等物，他說這些東西可以煎服治病的。說著，他將這尊高約一尺半的像轉過身，在像的背部果然有一個兩寸見方的孔，有一塊小木板封著。我們仔細地觀賞著這尊威嚴的木雕，那紅彤彤的臉龐、那飛揚的丹鳳眼、那真實的鬚眉，都顯示出這尊民間木雕的藝術價值。坐在沙發中的馮先生又指著他身邊那個放電話機的木墩，說起他買到此木墩的經歷。這兩尺直徑的木墩是由整塊樹椿雕刻而成，上半截保持著樹椿的原始樸拙意味，而木墩的四個腳卻用細膩靈巧的刀工，雕出四個身負木墩的孩童雕像，那背負木墩的沉重與調皮，都在眉眼間、姿態上顯露了出來，使樸拙的上半截與細膩的下半截構成了鮮明的反差，充滿著生動的趣味與審美的內涵。馮先生說起他買此物時的經過，如何砍價、如何實行心理戰術。他說在購買古玩時，你必須要取一種無所謂的姿態，不能讓賣主知道你十分喜歡此物，甚至你指點東西時不能用手，只能用腳去點點想買的物品，在心理上占得上風是十分重要的。他說他買這些東西一般不去古玩市場，而去找那些古玩的原主。但是，有些狡猾的古玩商也常常故意打扮成農民，作偷偷賣古玩狀，吸引你將其視為原主。馮驥才先生感歎說，古玩市場非常複雜，弄得不好就會受騙上當，他說他在這方面也是有過教訓的。在馮先生的客廳裏，有一尊無頭的石雕像，那衣帶線條的飄逸與靈動，那人物體形的勻稱與生動，都顯示出遠古年代石雕的技藝。客廳裏還有一尊漢代的馬車石雕像，雖然那馬斷了一條腿，但那馬的雄健的體魄、那馬車的古樸的裝飾、那馭者的生動與渾厚，顯示出漢代石雕的莊重明快的風格。馮驥才先生客廳裏的每一件文物都有著一個動人的故事。馮驥才先生的一一介紹，令我們如上了一堂十分具體生動的文物課，大開眼界獲益非淺。

馮驥才先生搬出了幾本有關天津老街的畫冊，說起他近些年為保護天津城市文化遺產所作的努力，他曾經在天津街頭向市民們宣傳保護天津老街的意義，他曾經組織了一支有多位攝影師組成的保護天津文化遺產的攝相小組，深入天津的每一個角落，將具有文化遺產意義的街道、樓宇等，一一攝入鏡頭、編印成冊，以引起有關方面的重視與保護，他曾經親自帶頭捐獻文物，發動天津居民參加捐獻，建立了全國第一個由市民們捐獻而構成了民居博物館。翻閱著馮驥才先生主編的數本大型影冊，聆聽著馮驥才先生近些年來為保護天津城市文化遺產而做出的努力與貢獻，想著他所撰寫的有關保護城市文化遺產的系列文章，我不禁對馮驥才先生肅然起敬。

馮驥才先生興致很高，侃侃而談了一個多小時，他將我們送出畫館時，走廊裏擺著兩隻石像的巨大頭顱令我們十分驚訝，馮驥才先生說這一為文官、一為武官，他說他收藏的這些石像頭顱，只要有地方石像的身軀與此頭顱吻合的，他會不要任何代價地將頭顱送回。望著站在大樹畫館門口馮驥才先生謙和的笑容、偉岸的身軀，使我突然想起了一句話：這棵大樹好陰涼！是的，馮驥才先生的文學創作、文物收藏、美術創作、老街保護等，是為了繁榮我們民族的現在，也是為了我們民族的未來，前人栽樹、後人乘涼，我們每個人都應該做一些造福子孫、造福後人的有益工作，而不應該為了個人的利益、為了自己的所謂的政績，而去毀壞我們民族的文化遺產，那將是歷史的罪人、民族的罪人！

哦，馮驥才先生，哦，大樹畫館，這棵大樹好陰涼！

黃山道中

今年暑假，一腳踏進黃山，好像走進一個神奇的仙境：松風陣陣，流泉叮咚；雲霧飄渺，奇峰高聳，我的心都醉了。

第二天一早，我們就興致勃勃地上山了。過半山寺，越天門檻，登天都峰，下小心坡。從玉屏樓歇腳出來，已是下午三點了。不知什麼時候，一團團雲霧悄悄飄起，慢慢散開，漸漸裹住了山巒，纏住了老松。抬頭，蓮花峰像漂浮在白浪中一朵盛開的蓮花，俏麗而又挺拔；回首，牛鼻峰像嬉戲在波濤中的一頭水牛，只露出一隻牛鼻。我只顧貪看著眼前的奇景，不小心踩脫了前面人的鞋跟，我趕緊道歉。那人彎下腰拔起鞋跟，轉過臉用生硬的普通話說：「沒關係，沒關係。」他笑著，從金邊眼鏡裏透出慈祥的目光，和藹地望著我，我們都笑了。

交談中，我知道他在香港當國語老師，乘暑假獨自前來遊玩。我告訴他我也是當老師的，於是他的話多了。當聽說他每星期要上三十多節課時，我驚訝了。他把兩手一攤說：「有什麼辦法呢？為了生活。」話語中流露出處世的艱辛。老人是個有見識的人，他誠懇地說：「不要以為香港一切都好，它只不過是一尊擁擠的小塔，中國內地才是寬敞美麗的大廈。在香港我們常常擔心有被解雇的危險！」前面翻山了，我默默地思索著老人的話語。

過了蓮花峰腳，左邊道旁有兩塊大石，那臥著像烏龜的是龜石，那盤著如巨蟒的叫蛇石。轉眼到了「石步雲梯」，層層石階穿過陡峭的石縫筆直而下，我們小心翼翼地走著。霧在身邊簇擁，我們就像踏在天梯走下人間。老人拄著拐棍，竟一步一步走完了七百多級雲梯，像一個從沙場凱旋而歸的勇士。坐在鼇魚洞口回望百步雲梯，雲梯如一條玉帶從雲端飄然而下，又如一掛瀑布從天直瀉峰腳。

踏上石級大道，腳下寬敞了，老人竟吟起李白的詩句：「連峰去天不盈尺，枯松倒掛依絕壁。飛湍瀑流爭喧豗，砯崖轉石萬壑雷。」當我們登上光明頂時，太陽出來了，她輕輕地推開霧簾，羞怯地露出了笑臉，雲霧急速地躲藏著。不遠處坐在岩石上背朝著我們的一對青年男女，撐開了一把花傘，遮住了太陽，也遮住了他倆依偎的身影。置身在如此美麗的景致中的人們，誰的心中不湧起更多更濃的深情呢！

我忽然看見老人彎下腰從地上採了一把墨綠的小草，我問他幹嘛。他笑著說：「我把這些蘭草帶回去種。」我仔細一看，不是蘭草。我告訴他，老人半信半疑，想了一會兒，說：「管它什麼草，總是黃山的草。」說完，掏出一塊手絹將它輕輕包上。

山上的天氣也奇，太陽還掛在山頂，卻下起了細雨，濛濛的細雨落在身上涼絲絲的真舒坦。不知誰興奮地尖叫了一聲：「看！彩虹！」應聲回首，只見在蒼綠的煉丹峰和鼇魚峰中間，凌空飛架起一條七色彩虹，把雄偉壯麗的山河妝扮得更加瑰麗多姿。

雨住了，虹消了，我們又繼續上路了。雖然前面的路還很難走，但老人依然帶上了那把不知名的黃山小草，伴著他對黃山對中國的一腔深情，興致勃勃地走在黃山道中。

黃山金針花

風景勝地黃山在我心中烙下深刻印象的，除了奇松怪石雲海綠潭外，就要算黃山金針花了。

那天，也許我們到得晚了些，服務台前已沒有幾個人了，一個女服務員正埋著頭給遊客辦理登記手續。她可能剛洗過頭，一頭烏髮用一條潔白的手絹一紮，披在肩頭像一掛瀑布。我用新奇的眼光打量著眼前的一切，無意中發現桌上一隻朱紅的長頸花瓶裏插著幾枚嬌黃的花兒，每朵花六瓣，瘦瘦的花瓣兒開著，像一隻精巧雅致的金喇叭，那嬌黃的花瓣上，還嵌著幾線細細的紅脈，在幾葉碧綠的狹線型葉片的襯托下，那花兒顯得分外嬌美。我失聲讚歎道：「呵，真美！」我問服務員這是什麼花，姑娘抬起頭，淡淡一笑，說：「金針花，黃山到處都是，你喜歡，明天上山就能採到。」

第二天，登上黃山棧道，慈光閣前眺缽盂峰、蛤蟆峰，半山寺裏望「金雞叫天門」、「老鷹抓小雞」……奇峰怪石雲霧飄逸，峭壁石罅奇松崢嶸，我不覺得把金針花的事兒全忘了。登上天都峰頂，只覺得天開雲低，視野廣闊，雲霧飄渺，江河一線。腳下，層層山巒、株株奇松掩映在雲霧之中；遠眺，耕雲峰就像一架巨犁耕耘著滔滔雲海；近望，峭石高聳中幾株青松蒼郁，虯枝簇擁著一塊圓圓的尖頂大石，煞像一隻巨大的桃子——那是仙桃石。忽然，我看到兩隻美麗的蝴蝶在這海拔一千八百一十公尺的天都峰頂翻飛著，也許是被姑娘們身上絢麗的色彩吸引了吧。它們追逐着從我身邊一前一後翩然而去，在不遠的山岩上落了下來。猛地，我眼前一亮：那對蝴蝶的落腳處、那一朵朵盛開的不正是美麗的金針花嗎？看她頑強地生長在懸崖峭壁上，櫛風沐雨，霧纏雲繞，用她嬌黃的花瓣，點綴著蒼蒼的青山。多美啊！我真想伸手摘下那朵又大又美的花兒，但夠不著，我只能「望花興歎」了。

當晚我下榻在北海賓館。第二天清早觀日出回來一看，我不覺得樂了，賓館的房前屋後、溪门道邊，這一簇那一堆，長著一叢叢的金針花兒，有的含苞欲放，有的開得正盛。纖纖碧葉、灼灼紫花在晨風中搖曳著。我欣喜地疾步上前，彎下腰輕輕地摘下一朵，嬌黃的花瓣上還綴著幾顆晶瑩的露珠。我捧著花兒，聞著那淡淡的清香，心都醉了。下山那天，我居然採到一莖開有兩朵並蒂花骨朵的金針花。

到黃山的人，沒有不去溫泉的。從溫泉澡堂出來，彷彿身上卸掉個包裹似的輕鬆了許多。眼前碧綠的桃花溪歡快地流著，叮咚作響，溪旁一塊塊被溪水磨得無棱無角的大青石上，攤曬著紅紅綠綠的花裙衫，姑娘們有的就著溪水搓洗衣服，有的在溪邊追逐嬉戲，使我想起天都峰頂那對翩翩起舞的蝴蝶。一個小夥子正在給一個姑娘照相，姑娘肩頭撐著一把橘紅的尼龍傘，坐在青石上，手中握著幾枝金針花，把一雙白皙的玉腿伸進碧生生的溪水裏，濺起一堆雪沫。就在這桃花溪畔，偶然間我遇到了中學時代的同學小劉，一別十多年了。他告訴我，他插隊以後被調到黃山來工作已有好幾年了，現在是黃山療養院的廚師，他熱情地邀我們去他屋裏坐坐。

他的屋子坐落在桃花溪畔的一片竹林裏，枕溪傍竹十分幽靜。進門，只見牆上掛著一幅黃山迎客松的畫，使屋裏增添了一種清雅峻逸的氣氛。房裏的傢俱油漆一新，櫃上的一隻花瓶裏插著幾支金針花。我正欣賞著房裏的陳設，門開了，閃進一個秀眉秀眼的姑娘——她不就是那位為我登記的服務員嗎？經小劉的介紹，我才知道，她是小劉的未婚妻。我問什麼時候吃他們的喜糖，小劉笑笑：「快了，快了。」姑娘卻轉過羞紅了的臉，不自在地擺弄著金針花的花瓶。

中午，他們留我吃飯。到底是廚師，小劉炒出來的菜，色、香、味俱全。最後端上一盤菜，小劉說：「嚐嚐我們黃山的黃花菜。」「黃山還產黃花菜？」我問。姑娘笑著說：「不就是金針花嘛！」小劉接著說：「它不僅是一盤好菜，還是一味好藥呢！它的學名叫萱草，還叫金針菜、夏無蹤。它的根入藥能消食明目，安胎利肝，消腫散毒，解熱止咳，聽說對吸血蟲病還有顯著的療效呢！」他滔滔不絕，儼然是個藥物學家了。姑娘用筷子點了點菜盤說：「別聽他瞎吹，吃菜，吃菜呀。」

飯後，泡上一杯黃山毛峰茶，清香撲鼻。我問起他們在這兒的工作。小劉說：「初到這裏不太習慣，忙的時候忙，閒的時候閒，像現在每天要接待幾千遊客，到冬天卻寥寥無幾。這裏生活也比較艱苦，連蔬菜都要去山下運，現在我們也習慣了。」他呷了一口茶，接著說：「七九年夏天，鄧副主席上黃山時親切地接見了我們全體工作人員，和我們一一握手。他對我們說，旅遊事業很重要，並勉勵我們努力工作，為中國的旅遊事業作出貢獻。」說到這裏，他的眼裏閃著興奮的光彩。姑娘又說：「黃山那座賓館大樓是新建的，黃山管理區還計畫在黃山腳下造一些樓舍，從山頂到山腳還要架一條纜道，以後，黃山會一天比一天更美好。」

是的，在向四個現代化邁進的今天，黃山會一天比一天更美好，中國會一天比一天更美好！

告別黃山時，他倆前來送我。我坐在車上，透過車窗望著紅磚碧瓦的賓館大樓、雲纏霧繞的摩天群峭，望著小劉他們倆相互依偎的倩影，我忽然想起一件事，轉身拿起下山時採的那莖並蒂的金針花，遞到他倆的眼前，說：「祝你們幸福！」他倆都抿著嘴笑了。小劉向他的未婚妻遞了個眼色，她點點頭，伸手接過花兒，輕輕地說：「謝謝！」臉上卻飛起兩朵紅霞。

車啟動了，他們倆站在那兒揮著手，老遠還能看見，老遠還能看見她手中那黃燦燦的並蒂金針花兒。

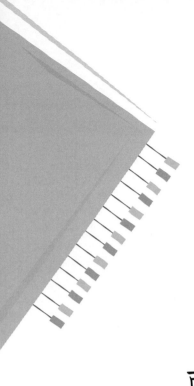

南疆印象

雲海遐思

坐在從上海去海南的機窗旁，望著窗外層層疊疊的雲層，我不禁感歎前人造字構詞的非凡想像力——雲海，這將自然界浩淼壯觀鬼斧神工的景致，以一詞栩栩如生地繪出。

上飛機時，機場還淅淅瀝瀝地下著雨，飛機起飛後，機窗外濃雲密佈，飛機在氣流中顛簸，飛機繼續在升高、升高，不一會兒，突然我的眼前豁然開朗，飛機已經鑽出烏雲層，在刺目的陽光下我的眼前呈現出一片極為壯觀的景致——雲海！藍天、白雲，給你以一塵不染的感覺，一望無際的藍天，浩淼無垠的雲海，令你心曠神怡浮想聯翩。

我戴上了墨鏡，以防止強烈的陽光刺傷眼睛，靠著機窗細細地欣賞著變幻莫測神奇壯美的雲海，馳騁著我無邊的遐思：我似乎來到了冰雪覆蓋著的北冰洋，那緩緩飄動著的雲層，就如同北冰洋中湧動著的冰層，我好像還能聽見冰層湧動撞擊時驚心動魄的聲響，那一團團聳動著的雲朵，就如同冰層上覓食的北極熊，憨態十足中又不乏機警。我似乎來到豐收時節的棉花垛，那雪白無暇的雲朵，就如同曬場上堆曬著的棉花，那白得耀眼的棉海，令你禁不住要躺下身子在上面打個滾，甚至我想倘若你踩上這厚厚的棉花垛，它也會鬆鬆軟軟地將你托住。我似乎來到遼闊的大草原，那輕靈飄逸的雲朵，就如同摩肩接踵潔白的羊群，使我想起在那遙遠的地方有關牧羊女的深情婉轉的民歌。

飛機平穩地前行著，眼前的雲海也變幻著。此處的雲海如奇峰突起層巒疊嶂，靜靜地紋絲不動，令你想起珠穆朗瑪連綿起伏的雪峰，那突兀的峰巒、那峭拔的雄姿，令你聯想到攀登雪峰的艱難與險惡，也聯想起李白的〈蜀道難〉：「青泥何盤盤，百步九折縈岩巒。捫參歷井仰脅息，以手拊膺坐長歎。」一連綿的雲峰也各有不同，這一片如雨後春筍，令人想起桂林群峰的柔美；那一片像上朝笏板，令人想起雲南石林的峻峭；這一片劍拔弩張，令人想起黃山奇峰怪石的奇幻無比；那一片一柱擎天，令人想起泰山玉皇主峰的氣勢磅礴。

雲海中的雲層各有不同，有的靜，有的動，靜的雲層讓你的心靈靜謐閒適；動著的雲層別有一番情韻，使你的心情騷動不安。這一片翻滾著的雲層滔滔不絕，像滾滾黃河洶湧澎湃一瀉千里；那一片翻捲著的雲層逐日追風，像秋風落葉席捲千軍鐵面無情；這一片奔騰著的雲層前赴後繼，如大漠上的野牛陣浩浩蕩蕩；那一片奔湧的雲層勢如破竹，如草原上的烈馬群風馳電掣。

我目不轉睛地觀賞著窗外的雲海，那雲層有的厚重，有的輕盈；有的板滯，有的飄逸；有的迂拙，有的靈動；有的粗陋，有的精細……，在靛藍、蔚藍、湛藍、湖藍等極有層次的天穹的映襯下，這雲海簡直是如同在茫茫宇宙間有一隻巨手，擎著一支巨筆在蒼穹中作畫，畫出了這樣神奇迷離的雲海，畫出如此變幻多姿的世界。

飛機漸漸下降了，蔚藍的天空與遠處湛藍的大海幾乎連為一體了，已經看得到海南島綠色的身影了，雲海已經漸漸移到我的頭頂上了，島上的綠樹、房屋、馬路也漸漸清晰起來，已經望得見大海中的波濤了。我又抬頭望著那神奇的雲海，我不禁想：宇宙是多麼浩淼呀，自然是如此永恆呀，與其相比，人類是多麼的渺小呵，生命是多麼的短暫呵，每一個人在這大千世界裏只是滄海一粟，每一個人在這永恆的自然中只是短短一瞬，不求彪炳千秋，但為曾經奮鬥；不求天長地久，但為曾經擁有；不求永垂不朽，但為精神抖擻。走下飛機的舷梯，我的心胸似乎開闊了許多、純淨了許多，這大概是經過雲海洗禮的緣故。

情繫三亞大東海

到海南旅遊，給我印象最為深刻的是鹿城三亞的大東海了，那碧藍的海水、鬆軟的沙灘、婀娜多姿的椰樹、嬉戲雀躍的遊人，都深深地烙在我的心帆上，久久難以忘懷。

被譽為東方夏威夷的三亞，在兩百多公里的海岸線上，分布著十九個海灣，出名的有三亞灣、海棠灣、亞龍灣、崖州灣、月亮灣、大東海等。因我下榻於毗鄰大東海的榆林灣賓館，在三亞旅遊的三天裏，對大東海的印象就尤為深刻。大東海是一個半月形的淺水海灣，是三亞地區著名的旅遊勝地。這裏沙平水清、風輕浪細，岸邊椰子林、小麻黃綠樹成蔭。從海口到三亞的那天，午飯後旅遊車將我們送到大東海的海灣處，面對著一望無垠碧藍的大海，腳踩著鬆軟的沙灘，觀望著在大海中嬉戲的遊人，我按捺不住地撲進了大東海的懷抱裏，在波濤陣陣碧藍的海水裏暢遊。一陣陣的海濤湧來，在淺海處游泳嬉戲的人們紛紛驚叫著、跳躍著，努力躲避著浪峰，躲避不及的被海浪沖倒，灌了一口鹹澀的海水，嬉笑著從淺海處爬起，又大笑著撲進海水之中。不少遊人脫下鞋在海灘上漫步，撲上沙灘的海水拍打著他們的腿腳。有的姑娘背對著大海留影，不小心被海水舔濕了衣裙，也不在意，依然讓甜蜜的笑容保持在臉上、攝入鏡頭之中。有的孩子脫光了衣服赤裸裸地在淺灘的海水中撲騰著，不放心的母親在一旁注視著、照看著，生怕孩子有所閃失，不經意中母親的褲子被海水弄濕了，那孩子越玩越起勁，那母親越來越擔心，也就顧不得身上衣服了，渾身都浸在海水中了，海水將少婦豐滿的輪廓凸現在海灘的驕陽下了。海灘上，一艘艘快艇載著遊客出海，在碧藍的海面上馳騁，浪花飛濺劃出一道道柔美的曲線，艇上的遊客發出一陣陣興奮的驚叫。一隊隊身穿五顏六色潛水衣的遊客，在潛水教練的帶領下下海，他們經過短暫的培訓準備到海底去觀看奇妙的水底世界。大東海，你是一個美麗的世界，你是一個歡樂的世界，你給遊人帶來了美麗，帶來了歡樂。

夜色中的大東海又是另外一番景致，在歡愉與喧鬧中又帶著幾分詭譎與神秘。晚飯後，我們幾個來到海灘游泳、漫步。臨海賓館樓頂上的燈光在海面的夜色中闢出一塊塊歡樂的天地，人們在夜的海水中撲騰暢遊，燈光未照射到的海面就顯得有些深邃迷離。遠處海面上漁船的燈光星星點點，與天上的星光一起點綴著大東海的夜晚。夜色中的海浪似乎比白天的大了些，一陣陣的海濤捲起一堆堆雪浪，又激起遊人們愉悅的驚叫聲。夜的海灘邊，沒有白天的驕陽，沒有白天的遊人如織，海水比白天顯得涼了些，暢遊在夜的大海中，輕鬆愜意，在這海水中攤手攤腳地仰天躺著，海水托著你、海浪晃著你，使你似乎回到了搖籃的歲月中。望著滿天的星斗與飄動的雲朵，你的思緒會無邊無際地馳騁，你會將人生的煩惱與憂慮全拋在腦後，你會將塵世的追逐與糾葛都擱在一旁，在這大東海的夜色裏享受這海浪的撫摩、海風的吹拂。倘若你遊累了，上得岸來，赤腳在沙灘上漫步，柔軟的沙灘、翻捲的雪浪會讓你有另一種感受。沙灘上也有不少人在嬉戲，將整個人埋進沙堆裏，僅露出人的頭與臉，甚至有的在被埋入的腹部用沙揑起一個巨大堅挺的東西，引起一陣陣哈哈大笑。

沙灘上的椰子樹下，是青年男女約會的佳處，男男女女依依偎偎，面對著夜的大海互訴著愛慕之意，一切白天羞於啟齒的言語在這夜的海灘上，都可以十分自然地表達，一切白天難以作為的愛撫在這夜的椰樹下，都可以十分大膽地表露。大東海，你是一個神奇的世界，你是一個多情的世界，你給遊人帶來了想像，帶來了愛。

清晨的大東海是令人難以忘懷的。在晨曦中，我獨自來到海灘漫步，在晨光的熹微中，大東海漸漸露出她美麗的面容，椰子樹婀娜多姿的身影也漸漸清晰了起來。晨光中的海灘沒有幾個人影，海灘顯得十分寧靜，海浪也比夜晚要柔和得多、舒緩得多，大東海似乎也剛從夢境中醒來，顯得有些柔弱乏力。海灘上，有幾個救生員正在晨跑，矯健的身影、飛速的腳步在清晨的海灘上留下了生氣勃勃的剪影。海中已經有人在游泳了，他不時地揮著一根竹棍抽打著水面，不知在忙碌著什麼。海灘上不時可以見到被海水沖上岸的海螺，一隻小螃蟹在海灘上匆忙地疾行，俯下身來以兩個手指捏住，它掙扎著、扭動著，放下它來，它驚慌失措地飛馳般地逃逸了。海灘上出現了幾位撿海螺的姑娘，一步一步地在海灘上搜索著。我也在海灘上撿起海螺來，長的、短的、扁的、圓的，條紋的、花斑的、黛色的……，我從沙灘的這頭走到那頭，不一會兒，手上就撿了一大捧海螺，這是大海的饋贈，我在海灘邊將這些海螺洗乾淨，用手絹包好提著，帶著一種收穫般的喜悅。在海裏晨泳的，已經上岸了，原來他是在海裏用網在捕魚，他正在用力將網拉上岸來，只見一條條扁扁的鯧魚被網了起來，躍動著、掙扎著，這一網竟然捕了手掌般大小的鯧魚二十多條，在清晨的旭日下閃著銀白色的光。捕魚者將魚帶網一起圍上肩，得意洋洋地走了。那綴著銀光閃閃的鯧魚的網，圍在他的脖子上，就如同一條巨大的銀色項鏈。東邊的緋紅色的霞光漸漸褪去，大東海又將迎來一個歡樂的白天。大東海，你是一個豐富的世界，你是一個多彩的世界，你給遊人帶來了豐富，帶來了色彩。

登上飛機，告別了海南，告別了大東海，在機窗旁俯瞰著綠色的寶島，俯瞰著蔚藍的大海，我依然記掛著大東海，記掛著大東海的午後、夜色、晨曦，記掛著大東海的椰風海韻、海浪星辰、霞光晨風，在大東海博大的懷抱裏，我洗滌了我被塵土污濁了的肉體，在大東海無私的胸襟中，我蕩滌了我被塵世污染了的靈魂，離別了你，大東海，我依然情繫著你……

感受海南椰田村黎族婚俗

嚴冬季節，去海南旅遊，在熱帶避寒，是一種享受，在椰風海浪中享受大自然的愜意，在天涯海角感受南天一柱的雄奇，在熱帶植物園觀賞熱帶植物的奇特，在檳榔園遊覽區觀看森林部落的原始，但是給人記憶最為深刻的卻是黎村苗寨，是遊客參與黎族婚俗的那一幕。

雖然導遊阿妹介紹過，進入黎村苗寨有遊客參與黎族婚俗的活動，但是一邁進黎村苗寨，遊客卻身不由己地被引領進黎族婚俗禮儀中。

黎村苗寨的門口是用原木搭建的牌樓，上面掛著寫有「椰田村」三個大字的木牌。走進椰田村，就受到一左一右兩排黎族姑娘的夾道歡迎。黎族姑娘都長得秀秀氣氣，身穿紅色的黎族服裝，頭上戴著銀飾，頸上掛著月牙形的飾品。有兩位蹲著的黎族姑娘擺動著兩根竹竿，一會兒合攏一會兒分開，等你小心翼翼跨過竹竿後，在身穿紫色服裝紅娘的指引下，請遊客們登上黎族村寨的樓梯。黎族姑娘們紛紛為男性遊客掛上系著紅繩的兩顆檳榔果，一對一地引領著男性遊客進入黎族樓閣。

當你在矮矮的木墩上坐下後，黎族女子便為你戴上紅色的黎族帽子，茄色的花邊、黃色的緞帶，顯得特別精神。接著，黎族姑娘又為你穿上黎族的紅背心，黃色的滾邊、綠色的門襟。套檳榔果、帽子、背心這三套，讓你搖身一變成為黎族的新郎，新郎們你看看我，我望望你，嘻嘻哈哈樂得不亦樂乎。等到平靜下來後，新郎們便互相打量著站立在各自身邊的新娘，有的望著秀氣的新娘不禁有些沾沾自喜，有的覷著新娘矮小的個頭、黝黑的膚色，流露出不屑一顧的神情。年長的新郎抱著忐忑的心情，不知道下面還會有什麼樣的程式；年輕的新郎卻表現出躍躍欲試的急切表情，盼望著婚禮儀式的開始。

婚禮儀式開始了，穿紫色服裝的紅娘讓新娘們唱起了山歌，要求新郎們一一應答。新娘們居然合唱起了黃梅戲《夫妻雙雙把家回》。新娘唱：「樹上的鳥兒成雙對。」新郎對：「綠水青山開笑顏。」新娘唱：「順手摘下花一朵。」新郎對：「我給娘子戴髮間。」沒有應答上的新郎便罰酒一杯，在歡樂的氣氛中新郎們喝下了黎族的米酒。紅娘的嗓門甚大，吆喝著新娘、新郎喝交杯酒。用竹子做成的小酒杯安在竹架兩邊，在嘻嘻哈哈中新娘、新郎喝起了交杯酒。喝完交杯酒，新娘便要求新郎將她抱起，去觸碰屋頂上懸著的檳榔果，在新娘的指點下，新郎們紛紛將新娘抱起，有手忙腳亂笨拙的，有駕輕就熟靈巧的，有嘻嘻哈哈打趣的，有無可奈何應付的。女性遊客們則成為了這幕婚禮的看客，她們紛紛用照相機、攝相機記錄下這有趣的一幕。

紅娘宣布新郎背新娘進洞房，黎族閣樓上頓時鬧騰了起來，新郎們紛紛七手八腳地背起了黎族新娘，向著有門簾的內室走去，新郎們無論年長的、年輕的，無論醜陋的、俊俏的，將各自身邊的新娘一一背起，令人想起豬八戒背媳婦的故事，女性遊客們被阻擋在門簾之外不准進洞房。門簾裏擺著椅子、茶几，茶几上擺著糖果，新娘、新郎雙雙入座，新娘剝了糖果送進新郎的口中，將假的做成真的一般，真是「假作真時真亦假，無為有時有還無」。有的新郎邀請新娘合影，有的新郎與新娘細聲攀談。紅娘宣布每位新郎應交納五十元人民幣，作為給新娘的見面禮，並要求新郎另給新娘小費。紅娘一一到新郎面前收錢，新郎們紛紛將小費遞到新娘手中，多少不等，新娘則雙手合十致謝。

黎族的婚禮結束了，新娘們將新郎送到樓梯口，新郎們有的如同獲大赦一般，卸去了心頭沉重的負擔，內心卻仍有一種晚節不保的忐忑；有的卻嫌婚禮儀式時間太短，向新娘頻頻揮手道別，眼眸中流溢出依依不捨之態；有的則有上當受騙之感，心中有被凌辱強暴了一回的彆扭；有的帶著拉郎配之憾，心裏卻想就算參加了一次扶貧工程……

短暫而熱鬧的黎族婚禮結束了，黎族姑娘們又準備迎接下一撥新郎的來臨。黎族的婚禮成為旅遊團中經常提及的話題，尤其是當打開攝相機圍觀錄下的場面時，一個個忍俊不禁前仰後合，說這個將新娘抱在懷裏捨不得撒手，道那位把新娘背在背上不願放下；說這個新娘漂亮，這個新郎有豔福；道那個新娘醜陋，那位新郎沒運氣……嘻嘻哈哈的笑聲，又響起在旅途上，一個個為人師表的正人君子，此時卻流露出了幾許調侃、幾分頑皮。

黎族婚禮是海南旅遊中的一幕，各民族的習俗有著其獨特的魅力，是不同民族文化的重要組成部分。在遊山玩水中，瞭解少數民族的禮俗，增加對於他們的瞭解，使遊程更加豐富生動，使人們被壓抑的情緒得到充分的釋放，這也是旅遊過程中的一種收益。

麗江古城印象

古城麗江是一首詩，是一幅畫，是一曲歌。七月流火，來到麗江，我為古城的古樸而迷戀，為麗江的綺麗而陶醉。已有八百多年歷史的麗江古城，被譽為「高原姑蘇」、「東方威尼斯」，倘若姑蘇城可用江南絲竹來描畫，威尼斯應以提琴鋼琴來勾勒，那麼麗江古城則必借納西古樂來繪摹，被稱為「音樂活化石」的納西古樂正可以繪摹出古城的古樸與典雅。遊覽麗江，印象最深的是古城的水、古城的屋、古城的夜。

來到古城麗江，撲入眼簾的是題有「世界文化遺產麗江古城」的照壁，和照壁前兩座咿咿呀呀轉動的大水車。這個背靠玉龍雪山的高原古鎮，卻以其「家家泉水繞詩詠，戶戶垂揚入畫圖」而帶有了江南風韻，使人有著「不是江南，勝似江南」的感受。發源於象山腳下清澈的玉泉水分三股流入古鎮，沿街巷分為若干支渠，蜿蜒曲折叮叮咚咚，穿街繞巷流布全城，與五花石鋪成的街衢相伴，三百多座小橋與清波、綠樹、街巷、古屋相映襯，雖不似江南水鄉舟楫往來，卻有著楊柳岸風景如畫的韻味。循著東大街沿渠入巷，流水淙淙古木森森，窄窄的街道兩旁商鋪裏商品琳琅滿目。見道旁有水泥圍欄圈住一眼泉水，圍欄上有「溢璨」兩個綠色字體，不知誰在泉沿上擱著幾隻青瓷碗，走下幾級石階，舀一碗泉水而飲，清涼爽口如品香茗。聽說古城內有不少因湧泉而建的「三眼井」，上眼飲用，中眼洗菜，下眼漂衣，各司其職充分利用水資源。泉水蜿蜒曲折或寬或窄，一古樸石拱橋橫臥綠波，橋石縫裏綠草叢生，圓圓橋洞下的綠波中，有紅色游魚若干隨波逐流，與岸邊的垂柳相映成趣，小小石橋畔的石碑上竟有「麗江大石橋」五個大字，在古鎮裏這座小橋就算大的了。踏上古橋，拱形橋面五花石鋪就，茶馬古道上的這座石橋，留下了多少馬蹄車轍的印痕，使這座石橋顯得樸拙粗礪古意盎然。過石橋來到聞名遐邇的四方街，六條五彩花石街輻射開去，據說摹擬知府大印形狀而建的這個廣場，明清時已是滇西北的商貿樞紐。此時，四方街的廣場上熙熙攘攘，廣場中心納西族人手牽手圍成一個圓圈邊唱邊舞，以絳色上衣白色藍邊圍裙的納西族婦女為多，一戴黑色禮帽的納西族男子在圓圈中心吹著一管樂器，遊客們紛紛加入這舞蹈的歡樂之中，舞蹈的圈子越來越大，歌聲越來越響，四方街成了歡樂的街。過橋沿泉水漫步，一家家古色古香的酒肆臨泉，門前都懸掛著一串串紅燈籠，都有一古樸木橋通往，泉水、綠柳、小橋、酒肆、燈籠，構成一個充滿著詩情畫意的古樸境界。

古城麗江被譽為「民居博物館」，依山傍水而建的屋舍鱗次櫛比，「三坊一照壁，四合五天井，走馬轉角樓」，保持著明清建築的特色。行走在古鎮的五彩石道上，依山就勢高低錯落的民居，石礎木門黛瓦粉牆，石鋪臺階雕花門楣，有的門窗上雕刻著雙鳳朝陽、降龍伏虎等圖案，使古鎮的民居古色古香。據說麗江的民居融匯了納西族的佈局、漢族的磚瓦、藏族的繪畫、白族的雕刻等特點，形成了納西族建築外拙內秀玲瓏清巧的獨特風格。在古鎮漫步，家家商鋪的商號標牌上都有著漢字、東巴文、英語三種字體，成為古鎮獨特的景觀。由於古城成為享譽世界的旅遊名城，諸多民居闢為客棧，或借地方取名：茶馬客棧、麗江源客棧、玉龍客棧、木老爺客棧、四方客棧、三眼井客棧、古樓客棧；或用吉語稱謂：吉全惠客棧、安樂居客棧、靜心客棧、依然客棧、望景客棧，透露出古鎮下榻追求靜謐安樂的境界。沿山道攀獅子山，道旁賣各種旅遊紀念品的商店五彩繽紛，小攤小販比比屆是，賣牛角梳的、銷普洱茶的、做地方食品的、賣銀器玉器的，使一條狹狹的山道顯得十分熱鬧。站在一株古樹下回望，山腳下的民居層層疊疊。見一客棧招徠遊客登樓觀景，便匆匆踅進客棧，登上樓閣憑欄俯瞰，古鎮麗江一覽無餘：青瓦的屋頂鱗次櫛比層層疊疊，幾株古樹點綴在青瓦屋舍間，麗江木府、萬古樓鶴立雞群特別醒目，遠處的象山、金虹山在藍天白雲下連綿起伏，畫出幾道美麗的弧線，憑欄許久，眼前的麗江景色就如同一幅木刻畫一般，黑白分明線條流暢。泡上一壺普洱茶，在閣樓上小憩，鳥瞰著眼底的重重屋舍，就如同鳥瞰著張擇端的「清明上河圖」。

古城麗江最迷人的是夜晚，夜晚的古城是歡樂的、絢麗的。晚霞收盡了最後一縷霞光後，古鎮的燈光陸續亮了，獅子山上的屋舍間燈光星星點點，與夜空裏的星河連成一片。古鎮的石橋畔河埠頭，由蠟燭點燃的蓮花燈一盞盞地被放進河裏隨波逐流，閃閃爍爍地使夜晚的玉泉顯得格外璀璨，就如同銀河落進了古鎮的泉水間。一條條蜿蜒的水渠裏一盞盞蓮花燈摩肩接踵，形成一條條流動的燈鏈，隨著泉水的流動或急或緩地向下游飄去，人們佇立岸邊目送著自己的蓮花燈遠去，心中默默地祈禱著。最為歡樂的是臨河的酒肆飯店了，一串串紅紅的燈籠倒映在渠水上，顯得旖旎柔媚，別致的擺設、古樸的裝飾、美味的菜肴，吸引著遊客入座。身著紅綠民族服飾的少女站立門口，或歌或舞招徠顧客，店堂內各種表演熱鬧非凡，吸引著漫步的遊客探頭張望。不少酒店將桌子放在河邊，遊客們喜歡臨河而坐，邊望景色邊飲啤酒，熙熙攘攘的人群也成為他們眼中的風景。這邊酒樓上的遊客唱起了民歌，酒足飯飽後歌聲特別響亮，激起了對面河邊上喝啤酒遊客的應和。不一會兒河兩邊轉化為對歌，樓上一首樓下一首，從老歌唱到新歌，從民歌唱到通俗歌曲，搜腸刮肚挖空心思，唱完後發出「雅咻，雅咻，雅雅咻」的自我讚歎聲，指著對方或調笑、或譏刺，引起圍觀者的一片笑聲，對方稍作商量後歌聲又起。幾個圍觀的年輕小夥子亮起了嗓門，如同半道上突然跳出的俠客，令圍觀者有些驚奇，他們對了幾首歌後，便偃旗息鼓悄悄遁去，這邊的對歌又繼續下去了，而另一邊的對歌又開始了，歌聲笑聲此起彼伏，使夜晚的古鎮成了一個歡樂的所在。

麗江這個始建於宋末元初的古鎮，以其獨特的魅力吸引著四方遊客，這個被列入聯合國教科文組織世界遺產名錄中的小城，以其古樸幽雅誘惑著遠方的客人，這古城的水、古城的屋、古城的夜，給人以極為深刻的印象。

黃果樹瀑布攬勝

領略過尼亞加拉瀑布的雷霆萬鈞排山倒海，觀賞過廬山瀑布的飛流直下墜落九天，酷暑時節，當遠遠地站在黃果樹瀑布面前，我還是被其磅礴的氣勢壯美的景致震撼了：八十餘米寬的瀑布如銀河飛瀉，從近七十米的懸崖上猛然跌落，似玉簾飛掛，如雪崩萬仞，又好像在藍天綠崖間鋪開了銀光閃閃的巨幅銀緞。這瀑布奔騰咆哮、跌宕飛濺，撲進深不可測的犀牛潭中，震天動地聲如雷鳴，激起的水霧瀰漫在潭面上、山崖間，迷迷濛濛，似真似幻，壯中有秀，秀中有奇，真乃「天下奇觀」。明代地理學家徐霞客在一六三八年考察過黃果樹瀑布，其在遊記中曾描述道：「翻岩噴雪，溪皆如白鷺群飛。一溪懸搗，萬練飛空。搗珠飛玉，飛沫反湧，如煙霧騰空，勢甚雄勵。所謂珠簾鉤不捲，飛練掛遙峰，俱不足以擬其狀也。」十分生動真切地描繪了黃果樹瀑布的壯觀景象。

我們沿著蜿蜒曲折的山道，迫不及待地往瀑布而行。山路陡峭，水霧瀰漫，越靠近瀑布，聲響就越宏，從右側近距離觀賞，在莽莽群峰蓁蓁綠林間，近十束雪練風馳電掣，或闊或窄，或剛或柔，或貼崖流瀉，或縱身一躍，或忐忐忑忑，或奮不顧身，或如將軍揮刀剛正不阿，或如淑女浣紗柔細飄逸，水霧騰空竟達山巔，瀰漫在水面上山巒間，給壯觀的瀑布蒙上一層夢幻般的輕紗，使眼前的景致有著幾分奇幻。

導遊告訴我們，黃果樹瀑布之名的由來有兩種說法，一是據說因瀑布邊有棵高大的黃桷樹，一是因瀑布附近有一黃果園。民間傳說中則有金梭劃瀑的傳說，白水河邊黑心頭領強佔民女，生下女兒阿果，他將阿果長年關在牛棚樓上織布繡花，阿果與看牛娃八哥暗暗相戀，衝破束縛撐筏雙雙出逃。頭領惱羞成怒駕大船追趕，千鈞一髮之時，飛來一隻老喜鵲，它拔下一根羽毛給阿果，羽毛變成了一根銀簪，阿果用銀簪往後一劃，白水河床一落千丈，頭領的大船掉進萬丈深淵，阿果和八哥去尋找自由幸福。傳說故事中總充滿著為追求自由幸福而執著鬥爭的精神，眼前的瀑布也不正為了追求自己的自由，衝破山峰的束縛與阻礙而跳下懸崖的嗎？

水霧越來越濃，甚至已成為淅淅瀝瀝的雨滴，遊客們紛紛套上簡易雨衣，我們打著雨傘前行。山崖邊一塊大石上鐫刻著「水簾洞」三個紅色大字，是畫家劉海粟九十歲時所題，筆觸內剛外柔剛柔相濟。導遊介紹說，水簾洞是上世紀八十年代中期開發的，這個崖廊洞穴是世界上最獨特的絕妙景觀，水簾洞長一百三十四米，內有六個洞窗，每個洞窗可見到瀑布飛濺的不同景象，這裏曾拍攝過電視連續劇《西遊記》中水簾洞的戲。走進水簾洞，洞窗外的瀑布聲如雷貫耳，我們是進入了黃果樹瀑布的腹中了。石洞裏濕漉漉的，不時可見鐘乳石、石筍、石柱，抬眼望去，十幾米寬的洞窗外，兩股飛瀑雪幕掛雲，兩瀑之間玉珠飛濺，「飛湍瀑流爭喧豗，砯崖轉石萬壑雷」，巨幅的水簾間隱約可見對面山巒的剪影。佇立在洞窗前，望著飛瀉的瀑布，疑似置身於瓊樓玉宇中。來到被稱為水晶宮的洞窗前，飛瀑斜掛，如玉龍入海，似銀河倒懸。抬望眼，洞壁上的石幔、石簾與洞窗外的瀑布相映成趣。記起望水亭上的對聯：「白水如棉，不用弓彈花自散；紅霞似錦，何需梭織天生成。」這天生成的花自散，是眼前這飛瀑最生動的寫照了。最有意思的是「摸瀑台」了，並不寬敞的洞窗外，外突的一塊平石上圍有護欄，靠近護欄伸手便可觸到飛泄的瀑布了，那散珠碎玉般的飛瀑，打在手心上涼涼的、癢癢的，沁人心脾別有情趣。走出水簾洞，身上濕漉漉的，不知道是汗水還是飛瀑，心中卻如剛剛聆聽了貝多芬的《命運交響曲》一般，充滿著昂揚澎湃的激情。

山道蜿蜒拾階而下，不一會兒來到了黃果樹瀑布的下端，從竹叢老樹間望去，犀牛潭上銀白色的瀑布排山倒海，激起的水霧如雲似嵐，真似「熊咆龍吟殷岩泉，栗深林兮驚層巔」，在銀白色瀑布的烘托下，四周山巒上的叢林墨綠一片格外蒼翠。猛然間，我發現犀牛潭邊的嶙峋怪石上，竟然有一人身穿紅衣在潭邊垂釣，那種悠閒，那份愜意，與這氣勢磅礴的瀑布、綠樹蓁蓁的山崖、神秘幽深的潭水、迷迷濛濛的水霧，形成了一幅生趣昂然奇特的山水畫。

順白水河望去，跌落的瀑布進犀牛潭，歡呼雀躍著，下三道灘，入馬蹄灘，入油魚井，或徐徐漫遊，或奔騰跌宕，潭灘相接，山巒倒影，形成了秀麗的犀牛潭峽谷景觀。站在白水河上的吊橋上，黃果樹瀑布已隱沒在山崖背後，只有瀑布激起的水霧似煙如嵐在山谷間河面上瀰漫著，黃果樹瀑布的壯景已深深刻入了我的心間。

石林探奇

酷暑時節，春城昆明是一個避暑勝地，來到昆明涼風習習氣候宜人，朋友安排了去石林一遊。位於昆明東南郊八十餘公里處的石林，以其雄奇險峻聞名天下，占地四百平方公里的岩溶地質地貌自然景區內，大自然的鬼斧神工造就了多麼神奇迷離的景色。

彝族導遊姑娘一身民族服裝，粉紅的衣褲、繡花的袖口褲腳、五彩的花包頭，身上斜掛著寫有「您滿意我高興」絳紅色的緞帶，顯得活潑秀麗楚楚動人。她告訴我們，兩三億年前這裏是一片汪洋大海，因地殼運動的抬升與地下地表水的溶蝕，形成了石林奇特景觀。彝族的傳說中石林是撒尼人趕石築壩而形成的，彝族祖輩想在宜良築壩堵江灌田，但總因工程太大而放棄，彝族小夥金芬若戛偷出了神仙的「調山令」和「趕山鞭」，連夜驅趕著四山的石頭像羊群般往宜良方向走，走到半路公雞叫了天亮了，神仙的寶物失靈了，趕路的石頭立地生根，便成了石林，金芬若戛卻被神仙捉去處死。如今石林石峰上的道道橫裂縫，都是金芬若戛抽打的鞭痕。這個為民造福犧牲自我的傳說，頗令人感動。

天陰沉沉的，不時還飄起幾滴雨點。我們隨導遊過獅子池、石屏風，進入大石林景區，見碧草綠樹中，怪石嶙峋，形態各異，如劍直插青天，如虎咆哮叢林，如鷹展翅翱翔、如花綻開山野。不一會兒，我們來到石林勝景前，鐫刻著「石林」兩個遒勁大字的石峰前，遊人如織熙熙攘攘，人們紛紛在這標誌性的石林勝景前留影。幾座並肩而立的石岩，或如巨掌托天，或似火炬燭照，或如巨獅安臥，或似狂犬吠日，在陰雲的烘托下，有幾分肅穆莊嚴。在石壁上，刻著「南天砥柱」、「天造奇觀」、「彩雲深處」、「峭壁」、「巖岩」、「頂天立地」、「天下第一奇觀」、「競秀」等紅紅綠綠的字體，或遒勁，或樸拙，或端莊，或秀美，賞字觀景趣味無窮。

隨導遊轉入山崖間，環顧四周奇石突兀美不勝收：一斷裂巨石斜倚在兩岩柱間，似乎轉瞬間就會跌落，有些驚心動魄；巨石嶙峋，如戟似劍直插雲天。一堵石壁上刻有「氣骨雲根至性存存南天指柱持重無言」四條綠色的大字，道出了石林獨特的秉性。登石梯，攀石崖，豁然洞開，遠處秀美的望峰亭佇立於山崖之顛，給原始的石林平添了幾分古樸的色彩。拾階而下，石路蜿蜒曲折，登蓮花峰，峰高路險，或山道狹窄，僅能側身擠過，或峽谷森森，兩邊無依無憑，便有些腿腳發軟心跳加快。登上蓮花峰巔，一覽眾山小，俯瞰腳下的石林，或如朵朵石蓮安臥石巔，或似張張巨口利齒朝天，峰巔一塊巨石正如一朵綻開的蓮花，在四周藍天綠樹的襯托下，森嚴中有著幾分嫵媚。

步下蓮花峰，曲曲折折來到劍峰池，一泓碧水環繞著森森石林，如劍似戟的石峰直插藍天，池邊一塊巨石上刻有「劍峰」兩個紅字，筆觸剛勁如刀似劍，一泓碧水將這紅字、石林、藍天都攬入它的懷中，在微風吹拂中，粼粼波光裏，顯得十分迷離奇幻。棧道蜿蜒曲折，依山崖憑劍池而建，穿石峽、過絕壁，入山洞、繞石岩，沿棧道緩緩前行移步易景，仰望四周奇石，或如巨佛端坐，或似大雕展翅，或像犀牛望月，或似巨筆繪天，莽莽石林間，偶爾見到一叢綠葉，甚至有一兩株小樹，長在石林的峭壁上石縫裏，顯示出極其頑強的生命力，這劍池、奇石、綠樹、棧道相映成趣，令人左顧右盼流連忘返。轉過蜿蜒棧道，一堵石壁上赫然鐫刻著「無欲則剛」四個紅色大字，在這碧水灰岩中顯得特別醒目，我想這是讚歎默默佇立的石林？還是在責難這充滿慾望的世界？

走出劍池，沿石徑前行，峰迴路轉曲徑通幽，奇石怪岩比比皆是。導遊指著遠處綠色藤蔓中的巨石說，那是象踞石台，那躬起的象背、那長長的象鼻，在青天的襯托下，正如一隻在叢林中覓食的巨象。轉過石梯，被稱為鳳凰梳翅的石景呈現在眼前，那鳥中之王正用它那堅硬的長喙回首梳理著羽翼。拾階而下，我們來到蓮花池邊，棧橋蜿蜒穿池而過，池水清澈遊魚嬉戲，一紅柱灰瓦亭閣佇立池畔，池水周邊奇峰異石環繞、綠樹藤蔓掩映，在藍天白雲的映襯下，令人心曠神怡。導遊指著不遠處一塊巨石介紹說，那是唐僧西行石，抬眼望去，那巨石僧帽袈裟面向西方，頗有些神似。如果說大石林以其險峻雄奇驚心動魄的話，那麼小石林則以其柔美舒緩而引人入勝。在一大片綠色草坪上，林立的石柱似乎都顯得十分溫婉柔順，沒有了獅虎般劍鋒利齒的猙獰，而多了綿羊般圓潤溫順的姿態，石林之間，或倚或靠、或摟或抱，在花圃中一叢叢腥黃橘黃花朵的襯托下，構成了一幅天然的巨幅石林風景畫。

過石簇擎天，來到一個池塘前，導遊指著池塘對面的一尊巨石介紹說，那是阿詩瑪，她戴著花包頭、背著背簍，她在那裏翹首以待，等待阿黑哥的到來。那是阿黑將阿詩瑪從熱布巴拉家救出後，回家路上遭遇風雨山洪，阿詩瑪不幸被崖神永遠粘在大石上，未能救出阿詩瑪的阿黑呼天喚地嚎啕大哭。望著翹首企盼的阿詩瑪石象，我不禁想，人們努力賦予石林於靈性，望夫石、觀音石、將軍石、靈芝石、士兵俑、詩人行吟、雙鳥渡食、鳳凰靈儀、駱駝騎象、母子偕遊、萬年靈芝、天鶴遠矚等，人們在馳騁想像中，將其美好的願望與追求賦予這些奇石怪峰。無論是金芬若戛趕石成林的傳說，還是阿詩瑪的愛情故事，都充滿著坎坷與磨難，都寄寓著執著的追求。正像這氣勢磅礡的石林的形成，倘若沒有經歷漫長地殼運動的磨難，倘若沒有經受千萬年水滴石穿的琢磨，也就沒有這鬼斧神工般的莽莽石林。人生也何嘗不是如此，只有經歷過了磨難，才會不斷成熟，只有執著追求，才能有所收穫。

鼓聲敲起來了，歌聲響起來了，蓮花池畔的廣場上，彝族青年男女們開始載歌載舞。我回首再次凝望著莽莽的石林，將石林之奇、之美深深地烙在我的心帆上。

夢幻普達措

香格里拉的普達措公園是一個夢，那清澈透明的湖水，那遮天蔽日的森林，那水草豐茂的牧場，那悠然自得的馬群，那星星點點的野花，都籠罩在如夢似煙的霧靄裏，形成了一幅幅奇幻的畫、一首首恬靜的詩。

酷暑時節，我來到了雲南中甸縣的普達措國家公園，為如夢似幻的景色所陶醉。公園由屬都湖和碧塔海生態旅遊區組成。普達措的藏語意思為太陽的眼淚，屬都湖和碧塔海就如同兩顆晶瑩剔透的太陽淚，滴落在雪域高原茫茫的草甸上，如兩顆高原明珠在叢山峻嶺間熠熠閃光。

早上抵達普達措公園的時，海拔三千五百米的高原景區雲霧瀰漫，四周的山巒、山腳下的帳篷、遠處的湖泊森林，都籠罩在夢幻般的霧靄裏，沁出陣陣寒意，遊客們紛紛穿上了租來的羽絨衣、棉大衣。

坐上公園綠色的環保客車，來到了山巒環抱的屬都湖景區。「屬都」藏語之意為「奶子彙集之地」，顯然是因此處水草豐美引來了諸多牛羊之意。迷迷濛濛的霧在屬都湖上飄飄渺渺，木質的棧道依山傍水而築，走上蜿蜒的棧道，如走進了一個綺麗的仙境：棧道下的大草甸上，黃黃白白的小花星星點點，不遠處的山林在霧中顯得墨黑幽深，湖面上白茫茫的一片，湖上大大小小的洲渚隱隱約約，長長的棧道在開闊的草原上勾畫出一條優美的曲線。沿棧道進入林區，原始森林的氣息撲面而來，參天的古松、雲杉如一位位古稀老人，枝幹上懸掛著的寄生植物如髯髯長鬚，不時見到橫七豎八倒臥的大樹，山林間的植被就如此自生自滅，上演著一幕幕自然競爭適者生存的活劇。聽說湖中盛產「屬都裂腹魚」，魚身金黃，腹部有一條裂紋，魚肉細膩鮮美。我們在湖水畔山林間緩緩前行，目不暇接的景色中如來到了一個魔幻世界，湖邊的林木千姿百態氣象萬千，有的張牙舞爪面目猙獰，有的溫文爾雅慈眉善目，有的筆直佇立鐵骨錚錚，有的蜿蜒曲折一身媚氣。最觸目驚心的是那些倒臥的枯樹，如一個個鬼魅精靈，或孤寂地臥在湖邊露出森森根系，或執著地倚在樹上顯出生命的依戀，或無奈地沉入湖邊卻將枝椏伸向天際，或倔強地佇立湖畔堅貞不屈，在草甸、湖水、雲霧、島嶼的烘托下，構成了一幅幅水墨畫、木版畫，演繹著原始森林裏的生死劇。

霧漸漸散開，樹木、草甸、遠山、近水的身影漸漸明晰了起來，清澈如碧玉的湖水中已映出了島嶼山巒的倒影，遠處的連綿山峰間仍然雲霧繚繞，如害羞的少女猶抱琵琶半遮面。山峰間的霧靄漸漸散去，屬都湖已顯現出粼粼波光，清晰可見湖對岸的山巒、牧場，將它們的身影與藍天白雲一起，清清楚楚地倒映在如鏡的湖面上。湖邊草甸上，不時可見倒臥在水裏的枯樹，將那些光禿禿的枝椏伸向藍天，遠處的牧場上，隱約可見遊弋覓食牛羊的身影。靜靜地望著屬都湖的綺麗景色，情不自禁地唱起了〈牧歌〉：「藍藍的天上白雲飄，白雲下面馬兒跑，揮動著鞭兒響四方，百鳥起飛翔……」

離開屬都湖，坐公園環保車來到碧塔海景區。「碧塔」藏語之意為櫟樹成毯的地方，碧塔湖四周的山巒上櫟樹掩映。倘若說屬都湖景區看樹看山看霧充滿著原始野性，洋溢著男性的陽剛之氣；那麼碧塔海景區看草看雲看湖則洋溢著秀麗明豔，充滿著女性陰柔的韻味。屬都湖的棧道是依山傍水的，碧塔海的棧道則是架設在水面之上的。走在碧塔海的棧道上，水天一色，湖水碧藍、天空碧藍，櫟樹掩映、白雲潔白，湖心裏駛過一艘遊船，平靜的湖面上犁開了道道漣漪。岸邊的棧道旁，有藏民用石頭壘起的勝利幢，紅紅綠綠的彩旗在青山綠水間十分醒目。湖心的一座孤島上，樹木郁郁蔥蔥，如同一顆黛色的翡翠鑲嵌在碧水之間。

正午的陽光下，溫度升高了，遊客們紛紛脫下了羽絨衣、棉大衣，挽在手臂上，成為了旅遊中的累贅。碧塔湖上一塵不染，天空中沒有一隻鳥的身影，那群峰島嶼、那森林湖水、那藍天白雲，都如同剛剛被洗滌了一般，望著眼前寧靜清麗的景色，心裏便充滿著靜謐恬適之感。聽說碧塔海有長三個嘴唇的「碧塔重唇魚」，是第四紀冰川時期留下來的物種。棧橋蜿蜒曲折，在水面上劃出了一個幽雅的「S」，右手邊山腳下的高原牧場上，幾匹棕色的馬兒正在吃草，在有著腥黃小花的草場上，顯得十分悠然自得，棕色的皮毛在太陽下熠熠閃光。一隻黃褐色的小馬駒，跟隨在母馬身後不緊不慢地齧草，母馬不時回頭顧盼著小馬駒。一條溪水在草場上蜿蜒流來，悄然地流進了碧塔海中。湖畔的草甸上綠草茂盛，湖中心的碧波裏又有一隻遊船駛過，犁出一道雪浪。多麼寧馨的天地，多麼愜意的景色，多麼聖潔的世界，真是人間仙境。

在古木參天的遊船碼頭稍事休息後，我們又沿著棧道前行，遠遠的草場邊，有一木頭搭建的四角小亭，在山林、草地的襯托下顯得格外醒目，坐進亭子裏，回望碧塔湖，遠山連綿逶迤，藍天一碧如洗，白雲緩緩飄蕩，湖水碧波蕩漾。前方的草場上，一群黑色的犛牛正在吃草，使碧塔湖畔洋溢著一派生機。望著碧塔湖的綺麗景色，記起傳說中天女梳妝時不小心掉了鏡子，鏡子破碎形成了許多高原湖泊，屬都湖、碧塔海就是其中的兩塊最美的鏡片，啊，美麗的普達措，如夢如幻的普達措！

神奇迷離東巴谷

東巴谷生態民族村是一個神奇迷離的地方，它距離麗江古城十五公里，座落於玉龍雪山東麓名為「裸美樂」的地方，納西語「裸美樂」的意思為「大山谷」，這條七‧五公里長的峽谷是地殼運動中雪山凸起時留下的沉落帶。民族村以匠人街為主幹，連接東巴神院、傈僳山寨、他留人家、普米金窩、摩梭風情五個院落，在這裏人們可以瞭解與感受納西族、傈僳族、他留族、普米族、摩梭人原生態的生活習俗，在這裏感受人與自然和諧相處的佳境。

夏日裏，懷著對少數民族生活的好奇，我們來到東巴谷生態民族村。茵茵綠草地上，一塊直立的樸拙大石上，鐫刻著「東巴谷」三個紅色大字。沿著兩旁張燈結綵的道路，進入了民族村景區，廣場邊一根高高的木雕神柱格外醒目，人身龍尾，團頭大耳，雙手合十，呈現出一種神秘氣氛。我們未駐足觀賞廣場上的表演，匆匆走向匠人街。只見一隻兩層樓高的大草鞋佇立街旁，鞋上寫有四個大字：「天下無雙」。石板路兩旁都為各式各樣的匠人鋪，木雕、鐵匠、石匠、皮匠、銅匠等，展示出少數民族各種民間手工藝品的製作過程。

走進東巴神院，只是一個納西族傳統的三坊一照壁的四合院，並沒有教堂寺廟的富麗堂皇，作為自然宗教的東巴教，沒有專門的寺廟，作為連接神與人的祭師，東巴們並未脫離生產勞動。進門右手的粉牆上，畫滿了一牆的東巴文，這是世界上最古老的東巴舞譜。院子裏的照壁上，畫著「青蛙八格圖」，圖中心是一隻頭朝下被箭穿心而過的青蛙，東巴傳說中上天取經的白蝙蝠，回程中遇到怪風，經書落入神海為青蛙所吞，白蝙蝠用神箭殺了青蛙，取到了經書，拯救了人類。「青蛙八格圖」既蘊涵著東巴的鐵、木、水、火、土「五行」，還包含了鼠、牛、虎、兔、龍、蛇、馬、羊、猴、雞、狗、豬十二生肖。東巴被納西族人稱為智者，上通天文，下通地理，歌、舞、樂無所不通。在一間木楞房裏，坐著幾位峨冠博帶的東巴，那位有著兩撇小鬍子的，是東巴鼻祖久知臘的第三十三代後裔和振偉，能寫會畫、能歌能舞，東巴們給遊客寫充滿神秘色彩的東巴文。另一間平房裏，靠牆懸掛著一面大鼓，上面寫著「敲平安鼓一聲 伴你一生平安」，遊客們紛紛擎起鼓錘，敲響了一聲聲平安鼓，鼓聲在小小的院落裏震響。

走進門楣上懸掛著羊頭的傈傈山寨，傳來傈傈族男女的歌聲，一對身穿民族服裝的青年男女正在樓臺上彈琴高歌，迎接四方遊客，木楞房的四周懸掛著一串串紅辣椒、玉米棒子。傈傈族是一個歌舞的民族，織布有織布歌，推磨有推磨歌，喝酒有酒歌。場院裏，正在表演「上刀山」的絕技，一架高聳入雲的雲梯上，綁著二十八把鋒利的鋼刀，一位五十多歲的師傅頭包布巾、雙腳赤裸，站在高臺上雙手合十祈禱敬神，一對年輕男女在一旁打鼓助威。師傅以赤裸的腳板踩上了鋒利刀刃做成的雲梯，慢慢地一直登上了插著紅黃旗幟的梯頂，抬眼望去如同爬進了雲層裏，遊客們的掌聲響起。走進一間幽暗的木楞房，一位巫師正在表演舌舔犁鏵，只見他將一個鐵犁鏵放進火塘裏，用火鉗鉗出通紅的犁鏵，伸出舌頭去舔，冒出一陣青煙，令人咋舌。他又將犁鏵拋進火塘，燒紅後鉗出，赤腳在犁鏵上踩，令人頭皮發麻，巫師卻神色不改。

走進他留人家灰石板鋪成的長方形院子，正面是兩層樓的木屋，屋簷下掛著一串串的紅辣椒、玉米棒。導遊介紹說他留人有「蓋著被子談戀愛」的風俗，靠大門右邊的兩間小瓦房是他留人的「青春棚」，是專供姑娘接待小夥子談戀愛的，因此也被叫為「姑娘屋」。走進「青春棚」，見屋內的陳設十分簡單，只有一張床和一個木櫃，床上坐著一位白褂黑裙的姑娘，牆上掛著一男一女躺在床上談戀愛的照片。他留人的姑娘十四歲舉行了成人禮後，父母便蓋青春棚讓女兒單獨居住，姑娘就在此屋裏接待「串棚子」的小夥子。夜幕降臨後，他留人的小夥子就會舉著火把去「串棚子」，到了青春棚外，或唱情歌，或彈樂器，打動姑娘打開門扉。最簡單的是將一根棍子從牆洞塞進去，倘若棍子被拋出洞，或是房裏已有人，或是不願意留你，倘若棍子沒被拋出，小夥子就可以進入房裏，小夥進屋後就直接上姑娘的床。他留人有「過七關」風俗，小夥或姑娘要連續七個晚上跟不同的異性過夜，「君子動口不動手」，經過這個考驗的男女才有資格跟別人談戀愛、談婚配，否則會被人看不起。只有接觸過不同的人，才知道什麼樣的人最適合你，什麼樣的人才配做你的丈夫或妻子。他留人的婚戀充滿著自由自在的色彩，因此他們的婚姻往往都是十分幸福的。

「青春棚」對面的伙房裏，幾個青年男女正在做他留粑粑，將煮熟的大米飯放進地上的一個石臼裏，小夥子一下一下地踩動石錘，姑娘麻利地伸手在石錘上撥動粑粑，讓石錘錘在粑粑上，我在邊上觀看，有些擔心石錘砸了姑娘的纖纖十指，他們倆卻有說有笑配合得十分嫻熟，一會兒米飯就被砸成了粑粑，捏成一個個小餅放進油鍋裏炸，香噴噴的油炸他留粑粑成為遊客口中的美食。一勺米飯又舀進了石臼中，小夥子又開始踩動了石錘。

走過幾架秋千，我們來到了普米金窩，這是普米族人的院落，寬敞的院子裏，一身穿繡花粉紅上衣、湖藍色長裙的姑娘正吹著一管笛子，一穿絳色長褂、戴白色禮帽的男子正在彈琴，悠揚的樂曲洋溢著普米族人的獨特風情。正屋的門楣上掛著一個牛頭骨，上面畫著各種彩色的圖案，洋溢著神聖的色彩，這是信奉多神的普米族人用來避邪的。正屋的門矮矮的，門檻卻高高的，必須低頭抬腿小心翼翼，導遊說這是用來對付鬼怪的，鬼怪不會低頭彎腰，它們想進門直挺挺地進來，就會被撞倒在門口。進屋右手的正中是藏巴拉神位，彩色圖案的神牌前是一個火塘，一著金線背心湖綠裙的姑娘正在鐵鍋裏烙餅，一穿絳色長褂金色背心白色禮帽盤腿而坐的男子，在撥動手裏的一串念珠。普米族人的藏巴拉神位和火塘都是十分神聖的，任何人不准從火塘上、神位前跨過。火塘對面是普米族人的花床，高於地面的木床上鋪著花毛毯，床上有炕桌似的小桌子，普米人家以坐花床招待貴客。普米族是人口極稀少的少數民族，主要居住在雲南省的蘭坪和寧蒗等縣。

走出普米金窩，我們來到了「摩梭風情」山寨，摩梭人的走婚成為具有神秘色彩的風俗。走進山寨，眼前是「三坊一照壁」式的院子。跨進低矮的正房，這被稱為「祖母房」的木楞房沒窗，幽暗的房間正中是一個熊熊燃燒著的火塘，火塘邊坐著一位白髮蒼蒼的老祖母。摩梭人是全世界唯一保持原始母系氏族制度的民族，祖母決定家庭裏的一切事務，祖母終年坐守在火塘，正房也就叫成了「祖母房」，祖母房成為全家人吃飯、商談大事、宗教祭祀的地方。祖母房中有兩根柱子——男柱、女柱，到了十三歲的男女，分別在男柱、女柱前舉行成丁禮，男孩、女孩一隻腳踩糧食袋、一隻腳踩著豬膘肉，男的脫下麻布長衫改穿褲子戴禮帽，女的脫下麻布長衫改穿百褶長裙，此後才能加入走婚的行列。

出了祖母房，左手邊兩層樓的「花樓」上，幾個穿紅著綠的摩梭女正憑欄張望。導遊介紹說，摩梭人的走婚又稱為「阿夏異居婚」，「阿夏」在古摩梭話中為親密夥伴之意。摩梭姑娘成年後都有自己的花房，夜晚女人獨坐花房，男子前來拜訪，凌晨離別，這種暮合晨離的走婚，男不婚、女不嫁。如果男子不來花房，或者取走自己的東西，或者女子將男子的東西搬在門外，說明他們之間的關係已結束，各人再另找各自的阿夏。走婚生下的孩子都歸女方養育，由於可能弄不清誰是孩子的生父，因此摩梭人沒有爸爸的稱謂。在摩梭人家中，成年男子沒有自己的房間，這是因為走婚習俗的緣故。受到現代社會的影響，現在摩梭人除了走婚外，還有阿夏同居婚、一夫一妻父系婚，但是仍然以阿夏異居婚為主。

走過白塔，踏上淩波橋，站在這吊橋上環顧四周，裸美湖正在整修，一隻小舢板閒置在湖底，青山環抱中的東巴谷神奇而迷離，綠樹掩映中民族村的瓦屋鱗次櫛比，一盤盤腥黃的向日葵正盛開著，給村寨增添了諸多生氣。

走過吊橋，在森林浴道邊見到一奇異的墓地，幾個大大小小的黑色十字架，插在幾塊花崗石的墓碑前，正中的一塊墓碑上有「默哀三分鐘」的字樣，上面寫著：「『萬物相形以生，眾生互惠而成。』生命的織錦，絲絲相連，互為因果，相互制衡。然而，現代文明引發的人類無節制的慾望，越來越把其他物種逼向消亡的絕境，它們消失的生死時速已超出自然滅絕率的一萬倍！已知的五千四百餘種動物和六千兩百餘種植物已不可逆轉地消失，更多的物種正快速奔向滅絕的通道！如果地球上只剩下人類，不知殺戮的槍口還能對準誰？」四周的墓碑上，分別寫著澳洲袋狼、華南虎、高加索野牛、越南金葉猴、海南長臂猿、藏羚羊、穿山甲、程海白條魚、巴厘虎、旅鴿等名字，寫著死因或滅絕的時間，令人震驚發人深省。毗鄰的道旁，兩株樹之間橫著一塊木板，懸掛著大大小小幾隻木水瓢、木飯勺，木版上釘著幾隻白色盤子，分別寫有「我們的祖先以打獵為生」、「祖輩們以採藥為生」、「父輩們以伐木為生」、「我們流浪式的到處創業」。一邊的一個小盤子上寫著：「子孫們吃什麼？」前面的一塊石碑上寫著：「明天吃什麼？那片森林哪裡去了？那些矯捷的虎豹、凌雲的蒼鷹呢？——爺爺，你告訴我。那片綠茵的草地、遍地的牛羊哪裡去了？——爸爸，你告訴我。如今，我的滿眼都是滾滾的黃沙！這一切是怎麼啦？我的家園在哪裡？」這是對於人類破壞自然、破壞生態的控訴。令人記起納西族人的傳說：自然神跟人類原本是兄弟，後來人類對自然濫砍亂伐，破壞了自然，遭到了自然神的報復，醒悟之後，人和自然重歸於好，生態才得以平衡，人類才得以發展。

參觀東巴谷生態民族村，所見到的正是人們與自然的和諧相處，任何破壞自然破壞生態的作為，其實不僅危害人類現實生活，而且貽害子孫後代，保護自然，保護生態，這是東巴谷給我的啟示。

海外掠影

精神創造生命

——訪德國赫德爾出版社

聖誕前夕，赴德國柏林參加「翻譯與吸納：基督文化與中國文化的相遇」的學術研討會後，我來到了位於德國南部的弗萊堡（Freiburg），訪問了世界著名的出版社——赫德爾出版社（Herder Publishing House）。赫德爾出版社坐落於赫爾曼・赫德爾大街旁，一幢朱紅色的大樓巍然矗立在冬晨的初陽下，顯得古老而莊嚴，大樓的頂端赫然裝飾著一排金色的大字——精神創造生命，是這個有著兩百多年歷史的家族出版社的座右銘。

步入出版社豪華的大廳，沿著古色古香的樓梯拾階而上，我來到了出版社為我們特意準備的會議廳。出版社第五代總裁赫爾曼・赫德爾博士彬彬有禮笑容可掬地迎候著我們。會議廳的一面牆壁上懸掛著赫德爾家族出版社前四任總裁的照片，兩頭靠牆的書架上整整齊齊地擺放著出版社近年來出版的新書。我們落座以後，赫爾曼・赫德爾先生代表出版社致歡迎詞。他說中國是一個文化古老、歷史悠久的大國，他為有這麼多中國的知名學者來出版社訪問而感到榮幸。他說赫德爾出版社的建社宗旨是以啟蒙為重，出版社的格言為「精神創造生命」。他簡潔地介紹了出版社創建以來兩百多年的坎坷歷史，談到出版社曾經編撰出版的百科全書，因希特勒對全書中有關他的詞條內容不滿而被禁，使出版社遭到了巨大的損失。他還提到二十世紀三、四十年代，赫德爾出版社曾經特意為中國讀者編撰了一部簡易版的百科全書，後來將書稿寄往中國，卻不幸遺失。他還談到了在當今社會日益走向世俗化的過程中，赫德爾出版社始終執著地堅持啟蒙立場，始終執意關注精神創造生命的追求。他告訴我們，他的兒子、女兒也繼承赫德爾家族的傳統，為赫德爾出版社工作。在冬日的窗櫺透進的陽光裏，赫德爾先生的講話親切和藹如數家珍。

赫德爾先生致辭後，出版社五個部門的負責人分別介紹了哲學、教育、宗教、叢書、期刊方面的工作與出版，一本本印刷精美裝幀獨特的書籍在我們手裏傳閱。主管哲學方面出版工作的彼德博士介紹說，他們選稿的標準為三：一是必須是有創見的學術內容；二是必須具有較高的學術品味；三是必須有一定的讀者市場，這三者缺一不可。主管教育的負責人介紹說，出版社十分關注幼稚教育，專門為幼稚教育編輯出版了一系列教材，在生動活潑的形式中讓孩子們得到教育和教益。所編輯出版的兒童刊物，也受到讀者們的歡迎。中國大陸的出版社先後翻譯出版了一些赫德爾出版社出版的著作。

休息的時候，我瀏覽著書架上裝幀精美的書籍，不禁為赫德爾出版社「精神創造生命」的工作而讚歎，不禁為赫德爾出版社立足於啟蒙立場而贊佩。

休息後安排的提問中，中國學者紛紛提出各自關心的問題，總裁赫爾曼・赫德爾和各部門的負責人先後作了回答。由於赫德爾出版社是德國最大的天主教出版社，有人就提出出版社與教會之間的關係問題。赫爾曼・赫德爾博士回答說，出版社雖然與教會有著較為密切的關係，但是仍然保持著自己的獨立自主，出版社總體上始終保持一種比較中立的立場和姿態，既出版左派的著作，也出版右派的書籍。針對所提出的出版社如何既保證出版物的品位、又追求經濟上的獲益的問題，彼德博士回答說，學術著作大多數是有一些固定讀者的，雖然不能像暢銷書一樣形成巨大的市場，但是基本上能夠保證出版過程中有所獲益，有些著作由於其本身的學術含量與影響，以致於一版再版，不僅為出版社帶來了學術聲譽，而且在經濟收益上也頗有收穫。出版社出版的學術著作的最低印數在四百冊至四千冊之間，當然有不少學術著作有學術基金的資助，出版社出版這類著作也不至於賠本。多年來赫德爾出版社已經形成了從編輯、印刷、到發行的運行機制，在世界上已經頗有聲譽。總裁赫爾曼・赫德爾博士最後說，赫德爾出版社在當今社會不斷世俗化的過程中，始終保持著自身的獨立品格，保持著啟蒙立場，也保持著精神創造生命的格言。

走出赫德爾出版社的大樓，在凜冽的寒風裏，回望著樓頂上裝飾著的「精神創造生命」的格言，我不僅陷入了深深的沉思之中……

走進德國的「中國中心」

二〇〇一年聖誕前夕，應邀赴德國柏林參加題為「翻譯與接受：基督文化與中國文化的相遇」的學術研討會，會後我來到毗鄰波恩的聖・奧古斯汀（Sankt Augustin），走進了德國的「中國中心」。

最初知道德國有一個「中國中心」是因為該中心出版的德語刊物《中國教訊》，該刊一九九三年四、五期合刊上翻譯轉載了我在香港《二十一世紀》上發表的論文《五四小說中的基督教色彩》，一九九八年十二月我的學術專著《曠野的呼聲——中國現代作家與基督教文化》出版後，《中國教訊》一九九八年第四期及時對該著作了詳細的介紹。那時我朦朧地知道，德國的「中國中心」是對中國問題感興趣的機構，特別是對中國宗教問題感興趣的機構，其他的就一無所知了。

「中國中心」位於一幢十分普通的德國兩層樓的樓房裏，走進「中國中心」，我感受到了十分濃郁的宗教氛圍，無論是基督受難的雕塑，還是壁毯上的宗教畫，都使人感受到宗教的意味。落座於「中國中心」的會議室後，凱撒琳娜女士向我們介紹「中國中心」的歷史。她說中國中心是一九八八年由基督教聖言會建立的，目的在於促進德語國家與中國的交往，特別注重宗教與文化的交往。讓德國人瞭解中國、瞭解中國的文化和宗教，是建立「中國中心」的重要目的之一，因此中心創辦了《中國教訊》雙月刊，介紹中國的宗教文化資訊，刊載有關的研究文章，介紹有關的學術著作，刊佈有關的學術動態，至今已出版了第一一六期，發行量為一千七百份左右，其中三分之二為德國讀者，三分之一寄往世界各地，該刊的主編為馬力克教授（Roman Malek）。

中心努力組織德國與中國宗教界、學術界的交流活動，安排一些德國的代表團去中國考察交流，也組織中國的代表團來德國考察。我們曾經組織過兩個重要的國際學術討論會，一是一九九二年的紀念湯若望學術研討會，一是一九九七年的「猶太人在中國」的學術研討會，有諸多國際上知名學者參加。中心還對來德國留學的中國學生予以幫助，中心曾經編印過一本《中國留學生留學指南》的小冊子，德文中文對照，給中國留學生以多方面的指點，從找住房、到申請獎學金、到垃圾處理，等等。中國中心還組織中國留學生與德國學生的聚會，給他們以接觸交流的機會，讓中國留學生更多地瞭解德國，也使德國學生進一步瞭解中國。每次聚會「中國中心」總設計一個演講的題目，大多是有關文化方面的，諸如中德教育制度之比較。中國中心還請中國方面的學者、宗教人士前來演講，組織波恩附近的人們來聽講。

負責《華裔學志》編輯的巴佩蘭女士（Barbara Hoster）介紹了《華裔學志》的歷史與現狀。她介紹說，《華裔學志》最初是由德籍漢學家聖言會神父包閏生（Franz Xaver Biallas）一九三四年在北京輔仁大學創辦的，當時名為《華裔學志・東方學雜誌》（Monumenta Serica. Journal of Oriental Studies），刊名是由中國學者陳源擬定的，後因雜誌又建立了華裔學志研究所。一九三六年包閏生去世後，由顧若愚神父（Hermann Koster）、雷冕神父（Rudolf Rahmann）繼任主編。一九四九年後，《華裔學志》遷往日本東京，由漢學家卜恩禮神父主編。一九七二年，《華裔學志》遷入德國的聖·奧古斯丁。華裔學志研究所主要從事漢學研究工作，促進中國和西方知識界的交流和理解，深化西方對中國文化的瞭解和認識。漢學雜誌《華裔學志·東方學雜誌》是年刊，以英語、德語為主，還有中文的目錄，現在還附有中文提要，刊載中國歷史、語言、漢字、哲學、宗教等方面的論文。此外研究所還不定期地編輯出版《華裔學志叢書》。華裔學志研究所有一個藏書七萬四千冊的圖書館，其中中文書籍有四萬八千冊，日文書籍有四千餘冊，西文書籍一萬三千餘冊，雜誌八千餘本。現在研究所訂閱了中外期刊三百二十餘種。圖書館重在關注中國人文學科，尤其注重對於中國宗教與傳教史的關注。

滿臉大鬍子的「中國中心」主任拉比教授（Paul Raabe）滿臉笑容地表示對我們這些來訪者的歡迎，並向我們贈送由義大利籍傳教士南懷謙神父（Leone Nani）一九〇三年至一九一四年在中國傳教時所攝照片的合集，捧讀這本二十世紀之初有關中國人生活的影集，不禁對當年南懷謙神父取景的別致、取材的廣泛而嘆服，照片生動地記錄了二十世紀初陝西南部地區人民的生活狀況、風俗習慣，是近代中國社會歷史生活真切的記載。

接著，我們參觀了華裔學志研究所的圖書館，展現在我眼前的四萬八千餘冊中文版書籍令我瞠目結舌，其中有諸多鮮見的有價值藏書，有關中國古今的書籍似乎應有盡有，從宗教到歷史、從文學到哲學。巴佩蘭女士告訴我們，圖書館可供國內外的學者和學生使用。

步出「中國中心」，面對著「中國中心」一塊簡潔樸素的牌子，我想隨著世界日益走向全球化，國與國、人與人之間的交往越來越多，國與國、人與人之間的距離越來越小，文化的研究與交流是讓各國人民互相增進瞭解的前提，「中國中心」在中國人民與德國人民之間架起了一座堅實的橋樑，讓兩國人民不斷增進接觸和瞭解，使兩國文化不斷加強交流和傳佈，我不禁對「中國中心」的朋友們肅然起敬了。

漫步香港維多利亞海港

應邀到香港中文大學參加博士論文答辯，抽暇去了香港著名的風景點維多利亞海港。

那天晚上下著小雨，我獨自打著傘，按照香港朋友的指點，從大學站坐火車到九龍塘，再轉地鐵到尖沙咀。走出地鐵站，尖沙咀鬧市的霓虹燈五彩繽紛，商店裏的商品琳琅滿目，令人有些目不暇接。穿過隧道就來到了造型別致的香港藝術館，來到了維多利亞海港邊。雖然雨依然下著，臨海的長廊裏卻遊客不少，有的雙雙結伴而行，有的嘻嘻哈哈組隊而遊，閃光燈此起彼伏，留下維多利亞海港的美景。在落不到雨的長廊裏，小商小販正在忙碌著，賣飲料的、賣紀念品的、代客剪影的、為遊客照相的，沒有高聲的吆喝與叫賣，似乎怕擾亂了人們欣賞美景的氣氛。從尖沙咀望去香港島鱗次櫛比的樓群在夜的雨幕中顯得神奇而迷離，一柱柱拔地而起的高樓的身影朦朦朧朧，只有那樓群上紅紅綠綠的霓虹燈廣告，將夜的維多利亞海港裝扮得五彩斑斕婀娜多姿，夜的維多利亞海港與我以前見過白晝時的容貌迥異。

漫步維多利亞海港，在夜雨中我細細欣賞著維多利亞海港綺麗的景致。海中不時有一兩艘遊船駛過，白色的船體、閃爍的燈光、汽笛的鳴響，給夜的維多利亞港平添了不少情趣。雨漸漸小了，維多利亞海港好像悄悄地揭開了蒙在臉上的面紗，露出了俏麗的容顏。雄踞香港島的摩天大樓中心廣場如一把匕首直插夜空，一縷薄雲在其腰間纏繞；銅羅灣的世界貿易中心、時代廣場、嘉蘭廣場、利舞臺廣場的樓群，像桂林的奇石千姿百態；中環的香港廣場、香港貿易中心、稅務大樓、入境事務大樓等樓群，似黃山的秀峰爭奇鬥勝。最令人矚目的是香港會議展覽中心，這座占地二十五萬平方米的現代展館，如一隻巨大的海鳥振翅翱翔，銀色的羽翼在夜色中顯得格外璀璨奪目。

我漫步在維多利亞海港，從香港藝術館漫步到天星碼頭鐘樓，從天星碼頭鐘樓又漫步到香港藝術館，海邊的長廊裏有一位藝人用一把鋼鋸一張弓，拉出了悠揚悅耳的音樂，〈雲雀〉、〈老人河〉、〈鴿子〉等一首首曲子婉轉動聽，我想夜晚的維多利亞海港十分適宜用這樣的樂器伴奏的，似乎既不適宜於用管弦樂隊，又不適宜於用江南絲竹，用這樣一條鋼鋸以鋼的質地和聲音，輕輕地委婉地撥動維多利亞海港夢一般的現代情愫。我想起了曾看到的一則報導，為了慶祝香港特區成立五週年，二〇〇二年七月一日特區政府上午在香港會議展覽中心大會堂舉行行政長官就職典禮，晚上維多利亞海港舉行盛大的焰火匯演，歷時二十三分鐘的焰火將維多利亞海港的夜空照得如同白晝。面對著維多利亞海港，我在想像著那天的盛景。我又想到上海在APC會議期間，在黃浦江上放焰火的情景，焰火不也將黃浦江兩岸、將外灘照得更加楚楚動人嗎？恍然間，我似乎是置身在黃浦江畔，置身在外灘凝望著浦東的綺麗夜景，東方明珠那獨特的造型、國際會議中心的典雅設計、經貿大廈那高聳入雲的身軀、鱗次櫛比的高樓、五彩繽紛的霓虹燈，我又想到上海市政府準備用十年時間開發黃浦江兩岸，要創造一項百年大計世紀精品工程，到那時黃浦江兩岸的景致一定會趕上維多利亞海港了。

雨又下起來了，那把鋼鋸仍然婉轉地吟唱著，我撐起傘依依不捨地離開了維多利亞海港，我想回到上海首先要再去外灘，看看黃浦江的夜景，比較一下外灘的景色與維多利亞海港的區別，也許外灘的景色以江南絲竹來伴奏中國民樂更為恰當，我期盼著維多利亞海港更加美麗，期盼著黃浦江畔的景色更加美麗，這是我們作為中國人的驕傲。

國慶之夜，在維多利亞港灣

維多利亞港灣是香港的主要景觀之一，是遊客們必去的地方，就如同上海的外灘，我將維多利亞港灣看作香港的外灘，將外灘視為上海的維多利亞港灣。每次到香港，我都會抽暇來到維多利亞港灣，在海風的吹拂中欣賞香港綺麗的美景，恍惚中似乎是站在外灘面對著浦東鱗次櫛比的高樓一般。此次在香港恰逢中華人民共和國國慶五十四周年，國慶之夜維多利亞港灣「萬眾歡騰賀國慶」為主題的煙花觀賞，就成為我議事日程中重要的安排了。

我從下榻的地方坐廣九線到終點站紅磡，走出車站節日的氣氛撲面而來。絡繹不絕的人群紛紛不約而同地走向維多利亞港灣，青年男女們相擁相攜，中年夫婦們扶老攜幼，內地遊客們興高采烈。走到香港藝術館前，這裏的燈展吸引了諸多遊人，在綠樹叢中動物燈令孩子們歡呼雀躍，各種各樣的動物燈姿態各異栩栩如生：金雞獨立的仙鶴、活潑調皮的猴子、溫文而雅的小鹿、機靈敏捷的白兔，等等，構成了一個活潑的燈的動物園。那一隻隻色彩繽紛的鳥兒燈，被分別置於樹叢枝葉間：在樹幹上尋找害蟲的啄木鳥、在樹叉上學舌的鸚鵡、在枝葉間築巢的白鷺、在夜色中探視的貓頭鷹，等等，形成了一個奇幻的燈的鳥世界。令人吃驚的是那盞高達十米有著蓮花燈座的巨型宮燈，在淡紫色蓮花花瓣的烘托下，綴滿了人造珠子的四角宮燈在夜色中緩緩地轉動著，宮女賞月的圖案顯得格外古樸雅致。在天星碼頭鐘樓前，以嫦娥奔月、月中吳剛為主題的燈飾也吸引了不少人駐足，在仙鶴翩翩、蓮花朵朵、雲彩繚繞的燈群中，長袖善舞的嫦娥向著月宮奔去的姿態柔美而動人，月中吳剛在桂樹下的姿態剛健而樸實，亭臺樓閣、翠綠桂樹、仙鶴翩翩的燈飾等，勾畫出月宮仙境的神奇迷離。在賞燈的人群中，不時可以見到孩子們手中擎著紙做的鮮豔的五星紅旗、香港特區區旗，在璀璨燈光的映照下分外醒目。我想起了今天早晨八時在金紫荊廣場上的升旗儀式，當五星紅旗和香港特區區旗在〈義勇軍進行曲〉雄壯的音樂聲中緩緩升起的時候，香港特區行政長官董建華與政府官員們、香港各界人士、訪港遊客等佇立齊唱國歌，兩架分別懸掛著巨型國旗和區旗的直升飛機，在另外兩架直升機的護衛下在空中緩緩飛過，幾艘輪船在水警輪的帶領下噴著水柱徐徐駛過，將升旗儀式帶入了一種莊嚴而壯麗的境界之中。

維多利亞港畔遊人如織，有的用報紙墊著席地而坐，與朋友們聊天嬉鬧；有的憑欄佇立，觀賞著港灣的夜景；最快樂的還是孩子們，有的騎坐在父親的肩膀上搖旗吶喊，有的與孩子們追逐歡笑，大家都在等待著五彩的煙花在港灣海面的升起。今夜的維多利亞港灣燈光分外絢麗，中環、灣仔、銅羅灣的海灣邊摩天大樓，像桂林的奇石千姿百態，似黃山的秀峰爭奇鬥勝，晴朗的夜空下燈光如織氣勢如虹，各色的燈飾廣告紅紅綠綠格外醒目。最令人矚目的是香港會議展覽中心了，這座占地二十五萬平方米的現代展館，如一隻巨大的海鳥振翅翱翔，銀色的羽翼在夜色中顯得格外璀璨奪目。人們都在耐心地等待著繽紛煙花的升騰，海灣中已有幾隻躉船和小船在遊弋著，煙花將從這幾隻船上升起。我想現在紅磡體育館正在舉行著的國慶文藝晚會大概也正進入高潮吧，這台集中西樂團、舞蹈、歌唱、軍操、武術於一體的晚會，同樣吸引了諸多觀眾的心，同樣造成了香港濃郁的歡度國慶的氣氛。

突然間，人群中爆發出一陣歡呼聲，只見停泊在港灣中的兩艘躉船和八艘小船上，諸多如遊動著的蛇一般的煙花騰空而起，在港灣的夜空中炸開，瞬間姹紫嫣紅的煙花將維多利亞港灣兩岸照得如同白晝一般，照著抬頭觀看煙花人們的一張張笑臉。隨著煙花的不斷升騰，動聽的民樂在耳邊迴盪，歡聲笑語在港灣畔此起彼伏接連不斷。港灣畔的高樓大廈的燈光與色彩絢麗的煙花相映成趣，觀賞煙花人們的臉，在接連不斷升騰的煙花中變幻著色彩，紅色的煙花染紅了天空、海面，也染紅了人們的臉面；綠色的煙花染綠了樓群、山峰，也染綠了人們的身影，人們的臉上都露出了按耐不住的笑意，孩子們更是手舞足蹈歡呼雀躍，一時間維多利亞港灣成為了一個歡樂的海洋。煙花匯演經過了精心的策劃，以多個主題展現煙花的迷人魅力：象徵著勤勞與豐收的「拋網捕魚」，在夜空中呈現出了各種煙花交織綿延的圖案，令人想像著漁民們在蔚藍色大海中撒網捕魚的勞動場景，歡樂中融匯著艱辛；紫、綠、藍色交織著的煙花被冠以「西藏風情」的主題，在冷色調為主的煙花組合中，突出西藏高原的神秘與夢幻；以「蜂之旅」為主題的一幕，有無數蜜蜂形狀的煙花自上而下湧到海面，象徵歡迎遊客蒞臨香港，寓意香港經濟必將好轉；最為激動人心的是被稱為「紅旗頌」的煙花組合了，夜空裏，在升騰而起突然綻開的煙花中，呈現出紅色五角星和紅色心形的煙花，象徵著香港人民對中國的敬意。

國慶之夜，維多利亞海面上陸續燃放了近兩萬枚各式煙花，在維多利亞港灣的夜空中展現出一幅幅綺麗美妙的圖案，一陣陣歡呼聲此起彼伏，這是經歷了金融風暴、沙士疫情後，香港人民的一次盛會，是香港人民愛國熱誠的表達，是香港人民振興香港經濟信心的展示，我想在中央政府的支持下，在香港特區政府的領導下，在香港人民的共同努力下，香港的經濟一定會走向復蘇與繁榮，香港的明天一定會更加輝煌更加美好。

漫步未圓湖畔

香港中文大學憑山傍海而建，就如一個風光秀麗的大花園，漫步大學校園，滿眼風光看不夠：那憑依青山的一座座教學大樓，那郁郁蔥蔥的一叢叢花草樹木，那蜿蜒曲折的中大校園徑，那川流不息的琤琤山泉，那藏書豐富的大學圖書館，都在我的心裏留下了極為深刻的印象，而最撩人心弦的卻是未圓湖了。

未圓湖坐落於校園東南角的崇基學院內，面對牟路思怡圖書館，背靠嶺南體育館。清晨，我來到了未圓湖畔，只見綠樹掩映之中一汪碧水如一塊翠玉鑲嵌在山麓，一個綠頂紅柱的小圓亭安臥於湖心的小島上，在滿眼的綠樹碧水中尤其醒目，如同文章舒緩平和文氣中一個突兀的驚嘆號。沿階而下，未圓湖風光盡收眼底，令人賞心悅目心曠神怡。湖心的小島上，紅色六柱的圓形小亭給未圓湖生色不少，藍色匾額上「獅子亭」三個金色大字在晨曦中熠熠生輝，令人想起二十世紀之初東方睡獅醒來之後的獅子吼。白色大理石欄杆的拱橋邊，俯瞰「貴德池」裏白色群鴨的嬉戲，那池裏安詳的遊弋、那池畔羽毛的梳理，都使恬靜的未圓湖在動感中增添了幾分安逸之氣。佇立湖畔，觀賞未圓湖裏的游魚，在一群群暢遊的鯽魚中，有幾條紅鯉魚、白鯉魚穿梭其間，有的鯉魚身上紅白相間、白黑相間、紅黃相間，使未圓湖中色彩繽紛。在魚兒遊弋的唼喋聲中，突然會「撲剌」一聲，一條紅鯉魚躍出水面，在晨曦裏閃過一道紅光，轉瞬之間又深深地潛入水底，令人聯想到鯉魚跳龍門的傳說。在水面歸於平靜後，一隻巴掌大的烏龜在水面探出頭來，一對可愛的小眼睛左顧右盼，四足如四把短槳迅速地劃動著，在水面犁開一道漣漪，給未圓湖平添了諸多生趣。

環湖畔小徑漫步，未圓湖裏的魚群鴨群使人流連，未圓湖畔的奇花異木令人駐足：那幾株高大的臺灣相思樹，枝葉搖曳間似乎傳達著寶島兒女的相思之情；那幾棵佇立水裏的水松，披散著秀髮好像在俯瞰著腳下的遊魚。那幾棵雍容的落羽松，穩重的身姿顯示出端莊偉岸的品性；那幾株筆立的水杉，綽約的體態呈現出奮發向上的性格。那一排蒼翠的蒲葵樹，似乎以它們那一柄柄寬大的葵扇給夏末的校園扇起陣陣涼風；那幾株婀娜的串錢柳，好像以它們一支支串錢的柳枝給未圓湖增添情趣。那株大榕樹如長鬚髯髯的長者，訴說著未圓湖的變遷與歷史；那排香樟樹像並排的舞者，以婀娜多姿的身段呈現出常綠的身影。夏末秋初，茶花、桃花養精蓄銳醞釀著又一個花期的來臨，杜鵑、金鐘卻紅黃相間點綴在綠樹碧水之間。綠樹叢中，鳥鳴聲聲，婉轉動人，偶爾會撲愣愣地飛起一兩隻大鳥，在湖面鳴叫盤旋後停落在體育場邊高高的燈座上，相互梳理著羽毛流露出情投意合相濡以沫的姿態。

沿著小徑來到曲橋之上，橋邊的湖面，荷花、睡蓮正綻放，姿態婀娜綽約，令人憐愛，暗香隱約浮動，沁人心脾。荷葉挺立湖面，荷花花瓣粉紅嫩白，花蕊淡黃，亭亭玉立玲瓏剔透，真有荷花仙子冰清玉潔之高雅；蓮葉平臥湖面，蓮花有的紫紅、有的杏黃，蓮蓬結籽翠綠飽滿，令人想起蓮子的醇香爽口。曲橋欄杆上，黑色古雅的燈飾與白色的欄杆相得益彰，便想像著夜晚亮起燈時的境況，在夜色中的未圓湖一定又是另外一種景象。

過曲橋，在三條小徑相會處的花圃中，有一株枝葉蓊郁的「無憂樹」，相傳佛祖即誕生在此種聖樹之下，此樹為一九九七年六月廿九日校友日所栽，意在敦促人們多思考人生問題、化解人世間種種苦難。在幾株落羽松前，面對未圓湖的斜坡上，用灌木植就了四個篆文大字，我仔細琢磨辨認，其中的一個字卻始終辨認不出，見湖畔有一打太極拳長鬚髯髯的老者，便上前詢問，那老人逐一指點著告訴我為「止於至善」，並說這是崇基學院的校訓，意在督促人們力求進步、不可自滿。他還告訴我這裏原名荷花池，一九九七年改建後，增加了幾條通道，人們可以由火車站穿過未圓湖，還建造了這兩座橋、一條環湖小徑，拱橋蘊涵著人生道路有起有落，曲橋意味著人生有著諸多曲折，意在告誡人們應坦然面對人生的坎坷與波折，環湖小徑被命名為「哲徑」，蘊涵著漫步在這條小徑上，應該多思考人生與社會問題，多反省自己的功過。因該湖橢圓並有若干彎角，而又被冠名以未圓湖，暗示世上事情難以圓滿，很難盡善盡美，須不斷努力，精益求精。

經過老人的細緻闡釋，未圓湖在我的面前不單是一個風景秀麗的所在，更具有了深刻的哲理意味。拾階而上，離開未圓湖前我又回首湖光山色，遠處藍天下蒼翠山脈間的大樓鱗次櫛比，毗鄰湖水的體育場主席臺端莊雄偉，紫醬紅的塑膠跑道、大草坪的蒼翠欲滴，都襯托著未圓湖的綺麗。未圓湖的碧綠湖水、環湖的蒼翠草木、橫臥湖上的拱橋、曲橋、佇立島上的紅色獅子亭，似乎每一個景致都蘊涵著催人奮進的意蘊，未圓湖，未圓湖，世上事情難以圓滿，很難盡善盡美，須不斷努力，精益求精。漫步未圓湖，她橢圓的身姿如一盤琵琶，撥動著我的心弦，令我沉思，令我反省，催我努力，促我奮進。

二〇〇三年八月三十一日十五點撰成於香港中文大學

巴黎雙叟咖啡館之夜

暑假攜妻赴歐洲旅遊，首站是巴黎。朋友尹玲教授得知，從荷蘭打來電話，說屆時她會提前回到巴黎，讓我一到巴黎就與她聯繫。尹玲曾在巴黎留學多年，現在她在臺灣的大學任教，但幾乎每年假期都回巴黎，她說要帶我們去吃法國大菜，帶我們去逛巴黎城。

一到巴黎，我就按她留的號碼給她掛電話，沒有人接，就在她的錄音電話裏留下了賓館的電話。當晚十一點，就接到了她的回電，她氣喘噓噓地說下飛機剛回到房間，我婉言謝絕了她的吃法國大菜的邀請，提出請她帶我們去看看巴黎的夜景，我們就約定翌日傍晚在潮州飯店聚首。第二天，在遊覽了巴黎聖母院、凱旋門、香榭麗舍大街、羅浮宮後，來到潮州飯店，尹玲與她可愛的女兒已經等候在飯店裏了。尹玲提出我們夜遊的方案，或去香榭麗舍大街看夜景，或赴拉丁區喝咖啡，並說在拉丁區有兩家特別有名的咖啡館，當年許多法國著名作家經常去那兒喝咖啡。妻子說白天已經遊覽了香榭麗舍大街，就去拉丁區吧。我們一行四人坐地鐵往拉丁區而去。

西元十四、十五世紀，義大利文化曾經對法國產生了十分重要的影響，尤其是義大利北部「義大利拉丁區」的文化，這種以說拉丁語為特點的文化的浪漫灑脫風流倜儻深深影響了巴黎。歐洲文藝復興後，這個地區的巴黎人以說拉丁語為榮，特別是有教養的法國人、有學問的大學生，出必拉丁語、入必拉丁語，拉丁語成為當時最時髦的語言，這兒便被稱為拉丁區了。拉丁區是巴黎的文化區，許多著名的大學都落座於此，諸多書局、畫廊也開設於此。在拉丁區，人稱有一千家小吃店，有一千家咖啡館。步出地鐵站，我們來到了聖日爾曼德佩大道，夜幕下並不寬敞的大道兩旁的許多咖啡館已經燈火闌珊。尹玲將我們帶到一座小教堂對面的咖啡館，說這家咖啡館名為Les Deux Magots，中文可翻譯成「雙叟咖啡館」，因為店堂裏擺放著兩尊中國瓷人的塑像，它又被稱為「中國兩瓷人咖啡店」，它已有近七十年的歷史了，當年法國許多著名的藝術家、作家都喜歡到這家咖啡館喝咖啡，安德列・紀德（Andre Gide）、讓・吉羅杜（Jean Giraudoux）、雅克・普霍韋爾（Jacques Prevert）、讓・保爾・薩特（Jean Paul Sartre）、艾爾莎・特麗奧萊（Elsa Triolet）、畢卡索（Picasso）等，都是這兒的常客。她又將我們帶到毗鄰雙叟咖啡館的一家，說這家是「花神咖啡店」，也是作家們喜歡光顧的地方，我們便選擇了靠近教堂的雙叟咖啡館。

巴黎咖啡館喝咖啡的價格一般有三種，站在櫃檯前喝的最便宜，坐在店堂裏的稍貴一些，最貴的是坐在咖啡店外喝的。尹玲告訴我，法國的咖啡店所用的咖啡杯一般都很小，咖啡的容量也不多，雙叟咖啡店用的卻與美國的咖啡杯相似，咖啡的容量也較多，而且可以續杯。我們在咖啡館門前沿街的小圓桌前落座，各自點了咖啡，一邊觀賞著巴黎街頭的夜景，一邊漫無邊際地聊起天來。尹玲原名何金蘭，出生在越南，曾經深受越戰之苦，大學畢業後到臺北留學，獲臺灣大學中國文學博士學位，後又到法國留學，獲巴黎第七大學文學博士，出版有詩集《當夜綻放如花》、《一隻白鴿飛過》等，另有學術專著《文學社會學》、《蘇東坡與秦少游》等，還翻譯出版過不少法國小說與詩歌。話題聊到了尹玲的詩歌創作，我說到尹玲最近所寫的詩歌中的感傷意味，並呈上我來歐洲前寫給她的一首詩〈月光與夢境〉，我在詩中寫道：「將記憶中的月光／剪裁成一領小襖／總是西貢的驚恐與苗條／將長夜裏的夢境／拼湊成一幅圖畫／大多是巴黎的浪漫與鐵塔／西貢的月色下／已經亮起了麥當勞的霓虹燈／巴黎的夢境裏／依然是地鐵的節奏、咖啡的香味／往事不堪回首／又總是頻頻回首／生活中不能沒酒／也不能總是獨飲獨斟／記憶中的月光／已成為一條繞不出的小巷／夢醒後的早晨／總是冉冉升起的一輪驕陽」尹玲讀罷，淡淡一笑。接著又聊到了她在法國的生活。她說她每次回巴黎，總會到這兒坐坐，喝一杯咖啡，也回憶當年在巴黎留學的歲月。她說冬天這兒就會搭起玻璃大棚，坐在大棚裏仍然可以望冬天的街景。我與妻子提出到附近轉轉，尹玲對我們一笑，點點頭。我們在雙叟咖啡館附近的聖日爾曼德佩大道上漫步，只見一家家咖啡館比肩而鄰，人們大多在沿街的桌前落座，一手支頤，一手捧杯，慢慢地啜著咖啡，一個個茫然地望著街景，我們饒有興趣地望著他們，我們也就成為他們眼中的街景。我記起了導遊談到巴黎人的「三漫」：傲慢、浪漫、散漫，我想咖啡館前是巴黎人「三漫」的最典型體現，巴黎人可以坐在咖啡館前這樣消磨一個又一個夜晚，他們以傲慢的眼神注視著街景，充滿了浪漫而散漫的情調。

我又落座於雙叟咖啡館，學著巴黎人也邊喝咖啡邊觀望著街景。夜色中的聖日爾曼德佩大道上，各色人等神態各異，牽著一條名種犬散步的老人緩緩而行悠閒自得；身穿時髦的露背時裝的金髮碧眼的女郎身材窈窕腳步匆匆，飄過一陣法國香水迷人的香味；這邊馬路邊兩個小夥子，穿著旱冰鞋急速地飛馳而過；那邊過馬路的一對情侶，在等候綠燈亮起的間隙中旁若無人地親熱擁吻，巴黎拉丁區的夜晚多麼閒適、多麼浪漫！我想起了曾經來雙叟咖啡館喝咖啡的法國作家們，諾貝爾文學獎獲得者性格怪癖的紀德，想起紀德的小說《地糧》中宣布的鏗鏘有力的話語：人生來就是獨立不羈的，只要虔誠熱忱就有權做任何事情，一切道德的、家庭的、社會的約束必須統統摒棄。我想起了拒絕接受諾貝爾文學獎的薩特，想起了薩特的《聖熱內，喜劇演員和殉道者》中對超越一切道德規範以為非作歹為最自由表現的頌揚。想起了女作家特麗奧萊，想起她的三部曲《尼龍時代》表現出靈魂的存在和頑強。想起了戲劇大師吉羅杜，他的《西格佛里德》在患遺忘症的法國人身上挖掘出深深的法國情結。我想也許是雙叟咖啡館的咖啡給了他們靈感，給了他們想像，給了他們對人生的自由與靈魂的不羈而執著的追求，才使他們寫出諸多不朽的傑作，才使他們成為享譽世界的文學巨匠。

離開雙叟咖啡館前，我走進咖啡館的店堂，見並不寬敞的店堂裏闃無一人，只有幾位年輕的侍者進進出出地忙碌著，店堂裏的擱架上有兩座中國瓷人的坐像，相對而坐，店堂裏顯得十分簡樸。咖啡館門前的座位已經座無虛席，巴黎之夜漸入佳境，我們離開雙叟咖啡館，坐計程車回賓館，明日還要去參觀凡爾賽宮、艾費爾鐵塔。雙叟咖啡館之夜讓我們更加瞭解了巴黎，瞭解了巴黎拉丁區的夜晚，也讓我們沉思雙叟咖啡館的過去與巴黎的歷史。

瑞士英格堡鐵力士峰極頂

在歐洲六國之行中，留給我深刻印象之一的是在瑞士英格堡登上阿爾卑斯山的鐵力士峰。初秋八月的驕陽下，站在海拔三二三九米的雪峰頂，眺望著雪峰上蔚藍的天空，腳踩著山巔皚皚的白雪，遠望著連綿起伏的群峰，俯瞰著山腰間墨綠的山林，遠眺著山腳下翠綠的草地，誰都會有一種精神振奮心曠神怡的新奇感受。

在義大利往瑞士的路上，從大巴士的車窗沿路眺望，真是一種美的享受。高速公路的兩旁，草地漸漸開闊了起來、綠了起來，村落中的房頂也漸漸大了起來、斜了起來，蔚藍的天穹、雪白的雲朵、翠綠的草原、墨綠的森林、紅色的屋頂、各家窗臺上盛開的鮮花、果園裏懸掛著的蘋果、葡萄，使我的眼睛時時有著一種舒暢的美感。在草地上不時可以見到漫步齧草悠閒自得的牛羊，在紅瓦的屋舍間不時可以看見尖頂的肅穆教堂，在山崖峭壁上不時可以見到圓形的古老城堡，在草地和森林間不時可以看見清澈的河流與湖泊，在草地和果園裏偶然可以見到割草、摘果的農人，窗外的美景不時激起車廂裏人們的陣陣驚歎。望著這秀美的山川河流，望著這秀麗的阡陌田園，我不僅由衷地讚歎：真是人間仙境！真如世外桃園！

往瑞士英格堡而去的路，顯然是往上攀登，路漸漸陡了起來，在蜿蜒盤旋的山路上，俯瞰山下的景致，真是美不勝收，五個多小時的行程一點也不覺得疲憊，田園風光處處如詩，秀美山川時時像畫，記起了一句唱慣了的歌詞：「馬兒啊，你慢些走啊，慢些走！」我真希望大巴士慢慢行駛，可以多些時間觀賞這人間仙境、世外桃園般的美景。忽然有人一聲驚叫：「看！阿爾卑斯山！」抬頭望去，在綠草叢林之上，阿爾卑斯連綿的群峰巍然聳立，仔細看去隱隱約約還看見山頂上幾處皚皚的白雪。

傍晚時分，我們抵達了英格堡，被安排在半山腰上的特萊斯賓館（Terrace Hotel）。登上賓館的專用纜車，紅色的纜車緩緩上行別有情趣，小城英格堡的容貌盡展眼底。住進賓館頂樓的房間，推開通往室外的門扉，眼前頓覺豁然開朗，阿爾卑斯山脈展現在面前，鐵力士雄峰在暮色的餘輝裏熠熠閃光，那峰巔的冰層在晚霞的輝映下，如一面面色彩斑斕的鏡面，使暮色中的鐵力士山顯得更加迷離神奇，那從山腳直通鐵力士山頂的纜車給人以無盡的想像。英格堡小城的紅瓦屋舍、街道商店、綠樹阡陌都掩映在晚霞的餘輝裏，遠處教堂的鐘聲響了，在靜謐的山城裏迴盪，更給這小城、這山峰增添了古老而肅穆的氣氛。在越來越濃的夜色中，小城裏的燈一盞盞地相繼亮了，一家家賓館的霓虹燈給這山城增添了不少色彩。乘纜車下山，在這靜謐的小城裏漫步。臨街的商店都已早早地關了門，家家商店的櫥窗卻都燈火輝煌，精心佈置的櫥窗裏貨物琳琅滿目，貨物的價格卻都不菲，有的甚至令人咋舌。街道上已沒有什麼行人，偶爾有幾位遊客如我一般地在散步，一位女士的高跟鞋在小城的石子路上叩出清晰的聲響，使得這夜色中的小城顯得更加靜謐。一家咖啡店門前仍十分熱鬧，不甘寂寞的遊客們在咖啡店門前飲啤酒、喝咖啡。寧靜的小城，溫馨的小城，英格堡，你給人以想像，你給人以遐思。

清晨，打開面對鐵力士山峰的門，曙光中的景色十分秀麗。綿延的阿爾卑斯山在晨曦中顯得分外俏麗挺拔，第一縷陽光正照在鐵力士峰巔的冰川上，閃耀著銀白色的光芒。山腰處的叢林已經顯露出俊俏的英姿，一片片綠色的草地上已經有著牛羊的身影，隱約傳來一聲聲牛羊的哞叫聲。教堂的鐘聲響了，將沉睡了一夜的小城從睡夢中喚醒，紅瓦綠樹的面影也漸漸清晰了起來，鳥叫的聲音清脆婉轉此起彼伏，一列火車響著汽笛從小城穿過，三節車廂紅色的身影在綠草的映襯下分外顯眼，幾家的屋簷上已經騰起了一縷縷炊煙，似乎是在宣告新的一天的開始。

早飯後，我們一行數十人，興致勃勃地向著鐵力士山峰進發。導遊告訴我們，上鐵力士山峰需要坐三段纜車。在海拔一〇五〇米的英格堡我們坐上纜車往山巔而去，望著腳底寬闊碧綠的草地上肥碩的綿羊，望著山谷間郁郁蔥蔥高大茂密的森林，心兒也就隨著來往的纜車舒暢地蕩了起來。遠處蜿蜒的山間小道上，不時可以見到徒步登山的人們，背著紅紅綠綠的行囊，在碧綠的山野間執著地登攀。導遊告訴我們，從山腳徒步登到山頂大約要花一天的時間。不一會兒，我們的纜車就到達了海拔一七九五米的屈拔斯，又轉乘大型纜車，望見在叢山翠嶺間由山巔冰雪融化形成的四個湖泊，它們分別為處於海拔一七九五米的屈拔斯湖（Trubsee）、一八五〇米的因格斯特蘭尼斯湖（Engstlensee）、一八九一米的麥爾克斯湖（Melchsee）和一九七六米的坦尼斯湖（Tannensee），它們如四塊碧綠的翠玉鑲嵌在山野之間，為阿爾卑斯山增添了無窮生機和魅力，山谷裏不時還可以見到潺潺流動的涓涓小溪。纜車抵達海拔二四二八米的斯坦尼德（Stand）後，我們又轉乘可以三百八十度旋轉的大型纜車。纜車緩緩而上，腳底的車廂在緩緩地轉動，遊客可以從不同的角度眺望四周的景色。不一會兒，覺得車廂裏有些冷颼颼的，可以望見山巒間的冰川了，厚厚的冰川間溝岔縱橫，大約是融化了的冰水所為，冰川間還可以看見一兩線融化了的冰水潺潺流動，仰首只見鐵力士山巔白雪皚皚美不勝收。纜車抵達了海拔三一三九米的鐵力士山巔，跨出纜車，先入冰窟參觀，長長的冰窟裏寒氣逼人，在燈光的映射下，冰窟裏晶瑩剔透，就如同進入了瑤琳仙境。出冰窟坐電梯來到五層的觀賞台，放眼望去，一覽眾山小，眼前的阿爾卑斯山脈連綿起伏千姿百態：左側的二八八七米的威斯格斯妥克峰（Wissigstock）、三一三二米的斯科羅斯伯格峰（Schlossberg）、三一九九米的Gr斯潘挪特峰（Gr.Spannort）和三一三〇米的Kl斯潘挪特峰（Kl.Spannort）都頭戴白帽英姿勃勃；右首的三〇二〇米的Kl鐵力士峰（Kl.Titlis）、三〇〇三米的雷森德・挪蘭峰（Reissend Nollen）、三〇四二米的威德斯脫克峰（Wendenstocke）都身披白盔巍然聳立。近端的山巒間怪石嶙峋，遠處的阡陌間山路逶迤，阿爾卑斯山在藍天白雲的映襯下顯得格外壯觀威嚴。

我們一鼓作氣向鐵力士雪峰挺進，鐵力士山頭上到處是皚皚白雪，在這八月的陽光下發出刺目的銀光。幾位孩童迫不及待地抓起雪團，打起了雪仗，一時間白雪紛飛笑語喧嘩。兩位老者拄著拐棍相互攙扶著，也在雪地上踩了幾步，似乎在溫習他們曾經有過的年輕時的浪漫。年輕人最是生氣勃勃，小夥子們一個勁兒地往雪峰頂攀登，竟有人脫光了上身在雪峰頂上照相。姑娘們最注重色彩，掏出一條條色彩斑斕的絲圍巾，你推我搡爭先恐後地披在肩上，將她們的倩影和笑聲都留在了峰巔。不知是誰掏出了一面小小的五星紅旗，煞有介事地高擎著，做出一種攀登上雪峰的昂揚姿態，讓朋友趕快將其身影攝入鏡頭。一個從峰巔下來的小夥子不小心一滑仰天一跤，激起了一陣哄笑聲。兩個小朋友乾脆坐在雪地上往下滑，弄得褲子都濕透了，卻依然嘻嘻哈哈無所顧忌。鐵力士峰頂成了一個自由自在的歡樂的運動場娛樂場，雀躍追逐激情洋溢，歡聲笑語此起彼伏。

下山時，在纜車中我看到了漂浮於山崖間色彩絢麗的一張張降落傘，它們在藍天下悠悠蕩蕩的飄動著，給阿爾卑斯山平添了諸多生趣。我又細細地觀賞著鐵力士山峰的奇景，努力將這藍天、白雲、花傘、雪峰、碧湖、森林、綠草交匯的如詩如畫的美景深深地烙入心底。在纜車中我又見到了半山腰裏徒步登山的遊客，望著他們一步一步執著攀登的身影，我不禁想：徒步登山的樂趣大概與坐纜車登山的情趣不同，在與大自然更為親近之中，越是攀登陡峭險峻的山峰，就越顯示出征服者的勇氣與豪情，這大概也是登山運動員攀登中的樂趣吧？倘若以後有機會，我想再來徒步攀登鐵力士山峰，領略一下徒步攀登的豪情和樂趣。再見了，阿爾卑斯山！再見了，鐵力士峰！

世貿大樓遺址前的哀思

深秋時節，我來到繁華的紐約，尋訪世貿大樓的遺址。

多少年以後，人們也不會忘記這個鏡頭：藍天下曼哈頓的兩座高聳入雲的摩天大樓，在兩架被劫持客機的先後撞擊下濃煙滾滾，如巨大火炬般熊熊燃燒，頃刻間轟然倒塌，兩千九百八十六人葬身火海，包括世界貿易中心在內的六座建築被完全摧毀，另外二十三座高層建築遭到不同程度的破壞，這是世界性的慘烈噩夢，這是人性惡的極端呈現。雖然「九・一一事件」已過去了多年，但是噩夢仍然烙在天幕上、烙在人們的心帆上，久久難以隱去。

跨出地鐵口，我便見到「WORLD TRADE CENTER PATH STATION」的標牌呈現在車站上方，鱗次櫛比的大樓中間，有一塊不小的空地被鐵柵欄圍著，一面美國國旗下著半旗，在秋風中悲哀而倔強地飄揚著，左前方一幢正在整修的高樓，渾身罩著黑色的保護網，如同穿著喪服在追悼災難中死去的人們。從鐵柵欄往裏看，

開闊的遺址上最為醒目的是一尊聳立在水泥墩上的巨大十字架，十字架用鋼鐵焊就，或許就是世貿大樓的殘骸所做，十字架上鏽跡斑斑，隱約可見上面用白色寫著字、畫著幾個心形圖案，這是為在這場災難中受難的死者而豎，鋼鐵的十字架猶如一個巨大的感嘆號，發出極為驚異悲哀的感歎，又如一個冰冷的墓碑，表達對於死者深切的哀悼。

柵欄外遊客絡繹不絕，觀望著遺址表情都顯得嚴肅沉重。柵欄外懸掛著關於「九・一一事件」介紹的牌子，先前高聳在曼哈頓街區高一一〇層雙塔的雄姿，和在災難中被焚毀大廈的慘景，令人唏噓不已。在這場災難中喪身者名字介紹的牌子懸掛了一大片，柵欄上還掛著在這場噩夢中獻身英雄名字的牌子。人們抬頭閱讀著這些，偌大的遺址前靜悄悄的，沒有笑聲，沒有喧嘩，人們似乎仍然沉浸在這個噩夢中，人們似乎生怕驚動了災難中逝去的靈魂。

我想起報上刊載紀念「九・一一」四周年的報導，由遇難者的親屬依次上臺朗讀遇難者的姓名，六百四十多名親屬宣讀了兩千七百多人的姓名，居然讀了將近四個小時。前紐約市長朱利安尼說：「我希望讓失去兄弟姐妹的人知道，他們的親人在紐約遭受最慘重襲擊的時候，幫助拯救了我們國家的精神。他們不僅救了很多人的性命，還挽救了我們國家。」現任紐約市長布隆柏格說：「時間是最了不起的老師，讓悲痛的人在黑暗中奮起向前。今天我們創造的奇跡是繼續生存下去，保留、愛護、慶祝生命的價值，思念四年前在這裏逝去的人們，不把他們看作陌生人，而是當作我們的兄弟姐妹。」無視生命的價值摧殘生命的惡魔製造了這起慘案，熱愛生命的價值診視生命的人們繼續奮鬥努力。

在遺址的一邊，有一個員警設立的祭壇，祭壇前一面美國國旗在旗杆半中間飄揚著，祭壇上擺放著諸多鮮花和各種祭物，祭壇上寫著：感謝你們對於喪身者及其家庭的祈禱與支持。過馬路的臨時走道旁的牆上，貼著幾張殉難者的照片，世貿大樓高聳的照片，幾束鮮花，幾句悼詞，幾面國旗，雙塔的英姿永遠成為美國人的記憶，逝世的親人永遠成為人們心中的痛楚。遺址對面有一個教堂，名為St. Paul's Chapel教堂，這座一七六六年建築成的教堂目睹了它面前世貿大樓倒塌的全過程。步入教堂前的墓地，墓地裏一塊藍色的牌子上赫然寫著「St. Paul's and world trade center」，邊上是世貿大樓的照片，上面寫著：在一九七〇年建世貿大樓時，教堂開了一個門通往教堂街的小禮拜堂，期望通過街道成為一個新的社區，一九七五年教堂奉獻這個門意味著對一切人的

歡迎。教堂門口有一個銅鐘，曾經敲響此鐘表達對於「九・一一」死難者的哀悼。教堂門口有一個巨大的樹根，顯然是被火燒焦的，樹根中間還有被燒彎了的鋼筋。樹根前的標牌上標明此樹根的來歷：這樹根曾經是一株有百年樹齡的美國梧桐樹，原先生長在教堂的西北角，此樹於二〇〇一年九月十一日事件中被毀，世貿大樓倒塌時，此樹被毀時樹枝穿透了教堂的玻璃。二〇〇五年著名的雕刻家Steve Tobin創作了此樹根，力圖保持其原貌，並冠以「三位一體樹根」。焦枯的樹根站立在教堂前，似乎是一位受盡苦難的百歲老人，向人們訴說著那個噩夢。進入教堂，有一位歌者正在彈著吉他唱歌，悲婉的歌聲似乎表達著對於大災難中遇難者的緬懷。教堂裏有一尊被稱為聖餐杯的雕塑，兩根從倒塌的大樓裏拾來的鋼筋，支撐著一隻圓錐型銅鑄成的聖餐杯，一雙手捧著這隻聖杯，鋼筋的底部是樹根的根鬚。兩根鋼筋象徵著雙子大樓，一雙手寓意著上帝的巨手。在教堂裏的一邊，掛著一串串五顏六色的紙鶴，這是日本人為表達對於死傷者的哀悼而做的。教堂的走廊裏懸掛著「九・一一慘案」廢墟場景的照片。在教堂裏印成的「對於祈禱者的邀請」的小冊子中，印著基督教、佛教、猶太教、印度教、回教、錫克教、日本神道等的祈禱詞。在基督教的祈禱詞中寫道：祝福你和平的使者，你們將如同上帝的孩子一般被瞭解。但是我對你說傾聽和愛你的仇敵，善待那些憎恨你的人，祝福那些詛咒你的人，為那些虐待你的人祈禱，對那些打你臉頰的人，你也將另一邊的臉給他們打，對那些奪走你外衣的人，你也不保留你的內衣，向任何乞討的人施捨，對那些搶走你東西的人，不再向他們要回，希望己所不欲，也勿施於人。讀著這本薄薄的祈禱詞，我如聆聽著世界上期望和平的聲音，人類不希望戰爭，世界需要和平；人類不需要紛爭，世界需要和睦。

我沿著百老匯大道又來到不遠處的Trinity教堂，教堂門口一尊紅色樹根的雕塑吸引了我的目光，巨大的根雕佇立在教堂門邊，也是雕塑家Steve Tobin的傑作，象徵著「九・一一事件」中悲慘遭遇，也象徵著「九・一一事件」中美國人們不屈執著的精神。

離開Trinity教堂，我又回到了世貿大樓的遺址前，暮色中周圍的高樓大廈燈光先後亮了起來，使世貿大樓的遺址更顯蒼涼，遊客仍然絡繹不絕，天空中一輪明月緩緩升起，她俯瞰著這個多災多難的世界。新的大樓主體建築「自由塔」已經在今年七月四日破土動工了，由美國建築師丹尼爾・利貝斯金德設計，原世貿大樓高一三五〇英尺，「自由塔」高度將為一七七六英尺，象徵美國建國的年份一七七六年，加上頂部的電視天線，總高度達到兩千英尺（六〇九米），居於世界建築高度之最。該建築將保留原世貿中心的部分地基和防水牆，並在地下九・一米處修建紀念花園，在原址中央修建博物館，對於「九・一一事件」中遇難者表示永遠的哀悼。整個重建工程將在二〇一三年完工。

面對著世貿大樓的遺址，我想像著「自由塔」佇立在藍天下的情景，想像著大樓落成時人們的歡呼雀躍。我想到幾位在「九・一一事件」中失去丈夫的婦女，發起了一個專門幫助突然遭遇不幸家庭的慈善組織，這一組織取名「九月微笑」。我深深地希望國與國之間、人與人之間沒有仇恨，沒有爭鬥，只有關愛、只有微笑，讓世界充滿愛。

金字塔前的佇立

這就是我心儀已久神奇的金字塔嗎？這就是古埃及文明的象徵物嗎？我佇立在金字塔面前，抬頭仰望著金字塔的雄姿，思索著古埃及的豪氣與法老的奢侈。

古爾邦節期間，我來到埃及旅遊，參觀金字塔便成為最激動人心的活動了。上午參觀了藏品多達十萬件的埃及博物館，下午便驅車前往位於開羅西側的吉薩區。非洲冬日明媚的陽光下，遠遠就望見了藍天下沙漠中矗立著的三座巍峨的金字塔了。被譽為唯一留存的古代世界七大奇觀之一的金字塔，已經在尼羅河畔佇立了四五〇〇多年了。導遊介紹說，右側的是胡夫金字塔，左側的為胡夫的孫子明卡烏拉的金字塔，胡夫兒子哈扶拉的金字塔居中。明卡烏拉金字塔前還有三座小型的王后金字塔。胡夫金字塔是其中最大的一座，為西元前二五五〇年左右建造的，它是有史以來最大的墳墓，經過數千年的風化，仍高達一三七米，四周底邊各長約兩百三十米，塔底占地面積達五·二九萬平方米，塔的四個角準確地朝著東西南北四個方位，我不禁由衷地讚歎古埃及人建造金字塔的鬼斧神工。

旅遊車在撒哈拉沙漠中行駛，不多久就停在一個高坡上，遠遠望去三座金字塔盡入眼簾。黃色的沙漠中，蔚藍的天宇下，三座雄偉的金字塔巍然矗立，高坡腳下行駛著的汽車、躑躅沙漠中的駱駝、行走著的行人，望去都如蟻陣般地蠕動著，可眺見金字塔背後開羅城鱗次櫛比的樓群，遊客們紛紛將三座金字塔攝入鏡頭。遠望著安臥於蒼天下的金字塔，我想到當年法國作家夏多布里昂來到開羅，因為尼羅河漲潮，他無緣走近金字塔，只能在遠處眺望；而美國作家馬克・吐溫則幸運地登上了金字塔頂端，雖然筋疲力盡，卻感到愉悅、寧靜。

來到金字塔腳下，遊人如織，金髮碧眼的歐洲人、黑皮膚黑頭發的非洲人、黃皮膚黑頭髮的亞洲人，面對著金字塔的巍峨壯觀，都露出了驚詫敬畏的神色。導遊介紹說，胡夫金字塔由兩百〇一層一立方公尺的巨石堆積而成，第一層石高一百五十公分，逐層遞減，頂上的一層僅高五十五公分。重約七百萬噸的兩百八十萬塊巨石堆積起了這樣一座龐然大墓，這些石塊需要七十萬輛十噸卡車裝載。據考證，為建成大金字塔，一共動用了十萬人花了二十年。當年拿破崙命人計算過，用這三座金字塔的石頭，可以在法國國境四周建造一道高三公尺、厚三十公分的圍牆。我想像著四千五百多年前，在條件十分簡陋的情況下，古埃及人如何將這些巨大的石塊從採石場運到此處，如何堆積起這樣宏偉的金字塔的。我們排著長長的隊伍，踩著由木板做成的階梯，由金字塔的洞口魚貫而下，參觀金字塔內的墓穴。狹窄的洞口只能彎腰前行，洞內悶熱渾濁的空氣令人渾身冒汗，法老的棺槨早已不見，唯有原先安放棺郭的場所依稀可見。想起了那段讓人不寒而慄的咒語：「不論誰打擾了法老的安寧，死神之翼將降臨在他頭上。」我們便匆匆走出了金字塔的墓穴。

我們來到高一四三・五米的哈扶拉金字塔前，橫臥著的獅身人面像守侯著金字塔數千年，作為金字塔的守護神，這座由整塊石頭雕琢成的石像長七十三米，高二十一米，臉寬五米，表情肅穆凝視前方，威風凜凜氣宇軒昂，象徵著無邊的權勢和無窮的力量，據傳其頭像是哈扶拉法老的仿真像。拿破崙曾經在此處說：「士兵們，以往四千年歷史在它後面瞪目注視著你們。」這成為了一句千古名言。在土耳其人攻打埃及時石像曾被當作炮靶，據說被打掉石像的耳朵和鬍鬚現被大英博物館收藏。

我佇立在金字塔前，面對著金字塔，面對著獅身人面像，我想像著古埃及法老的祈望，他們祈望通過死亡追求來世，祈望妥善保存屍體，在靈魂升入天國時達到永生。在金字塔的銘文中有這樣的言語：「為他建造起上天的天梯，以便他可由此上到天上。」「天空把自己的光芒伸向你，以便你可以去到天上，猶如拉的眼睛一樣。」金字塔便是法老登天的天梯，金字塔又是對太陽神「拉」的崇拜，古埃及太陽神的標誌是太陽光芒，金字塔就象徵著刺向青天的太陽。建築金字塔的歷史從第三王朝到第十三王朝，跨越了十個朝代，據說埃及現在發現的金字塔有近百座，而吉薩區的金字塔是最為壯觀的。

埃及有句諺語：「人類懼怕時間，而時間懼怕金字塔。」古埃及的偉大文明經歷了數千年，金字塔成為埃及偉大文明的象徵，佇立在金字塔前，除了感慨古埃及文明的宏大氣魄、非凡氣度以外，除了詫異有關金字塔建築的諸多未解之迷以外，我卻為古埃及法老動用大量人力物力修築金字塔而憤懣，這大概是歷代帝王們的共性，懼怕死亡、渴望永生，依仗權勢，大興土木，將個人永生的追求寄寓在百姓的痛苦上，這金字塔不就是法老們罪惡的記錄嗎？

暮色中，晚霞染紅了天宇，染紅了沙漠，一輪紫絳紅的落日漸漸地在金字塔上墜落，構成了一幅頗為壯觀的金字塔落日圖。金字塔被譽為「一個地球偉大文明的遺囑」，古埃及的文明令今人自慚形穢，埃及的太陽起起落落，埃及的輝煌何日再現？

卡塔爾多哈去看海

知道卡塔爾Qatar，先是從世界盃足球賽上，卡塔爾足球隊員高超的球技和進球後扭動屁股的森巴舞，給人以十分深刻的印象。後來是在美國攻打伊拉克的戰爭中，卡塔爾電視臺及時而生動的報導，使波斯灣邊上這個富饒小國在世界上家喻戶曉了。位於波斯灣西岸的卡塔爾，是一個長約一百六十公里、寬約八十公里的半島，面積約一萬零三百多平方公里，是半沙漠地帶一塊稀有的綠洲。卡塔爾一八七一年為土耳其佔領，一九一六年變為英國的「保護國」，一九七一年九月一日宣告獨立，周恩來總理曾經致電埃米爾元首，祝賀卡塔爾的獨立。卡塔爾有著十分豐富的石油資源，為石油輸出國組織和阿拉伯石油輸出國組織成員。

去埃及旅遊，沒有從上海直飛開羅的航班，必須從卡塔爾首都多哈Doha轉機。去的時候，由於沒有卡塔爾的簽證，不能離開機場，居然在多哈機場足足等候了五個小時，弄得一個個牢騷滿腹垂頭喪氣。回程時，被安排在多哈住一晚，雖然護照都被機場海關收走了，下榻賓館後，知道賓館離海灘走路僅十五分鐘的路程，我們便匆匆用過晚餐，都不約而同地走出賓館，向夜晚的波斯灣走去。

我們行走在多哈的大街上，路上行人不多，車輛穿梭疾馳，整潔的街道、璀璨的燈火，見出這個石油輸出國十分富裕的生活水準。我們呼吸著多哈夜晚的空氣，幸運能夠在卡塔爾的土地上走走、看看。我們十餘人邊問邊走，顧不得走進商店瀏覽購物，徑直向波斯灣走去。在走了一小段彎路後，遇見幾位當地的行人，他們熱誠地引導我們去海灣的路。拐過一座鐘塔和清真寺，我們看見了一幢高大的樓宇聳立在眼前，明亮的燈光下顯得格外端莊雄偉，後來知道是這國家內政部。馬路對面就是波斯灣了，可以見到遠處海灣邊鱗次櫛比高樓裏璀璨的燈光了，一株株椰棗樹在海風中搖曳多姿，使多哈之夜的海灣顯得格外深邃美麗。

瀕臨海灣的這條考尼撒大街（CORNICHE ST.）平坦整潔，車流風馳電掣呼嘯而過。我們沿著馬路往前，尋找著過馬路的路口。走了大約二十多分鐘，居然沒有找到路口，面對著一輛接一輛呼嘯著飛速駛過的汽車，我們不禁望海卻步了。我們中間膽大者竟捷足先登，飛速地竄過了馬路，來到了海灣邊。我也耐不住看海的急切之心，三步並作兩步穿過了馬路。又一位同行者過來了，我們不禁歡呼雀躍。過了一會兒，未過馬路的朋友們向我們揮手，示意他們暫時不過來了，讓我們一起往回走。我們仨沿著海灣的堤岸漫步走著，在夜的燈光下，海灣裏的海水發出緞子一般湛藍的色彩，遠處的燈光星星點點，在有鹹澀味海風的吹拂中，身旁的椰棗樹葉悉悉索索，使夜晚的多哈充滿著魅力。我們走到一個路口，對面的朋友們正準備在此過馬路，這兒馬路較窄，有一個彎道，過往的車輛減緩了速度。只聽得對面發出「一、二、三」的口令聲，七、八位朋友呼啦一下過了馬路。我關注著這邊道上的車輛，看到前面拐彎處沒有了車，就叫喊著讓他們趕緊過來，望著一湧而過的男男女女老老少少，我情不自禁地鼓起掌來。來到海灣邊的人們異常歡樂，冒險的代價換來了置身海邊的愉悅。

我們又沿著海灣往回走，走過海堤邊的臺階前，大夥兒紛紛走下臺階，欣賞著在燈光下的湛藍海水，我情不自禁用手掬起一捧海水，用嘴嚐了一下，溫溫的，鹹鹹的，卻如品嚐著異國珍饈佳餚一般，這是阿拉伯海的水，是波斯灣的水。回到堤岸上，有人提議唱一首有關大海的歌，大家便放開嗓門唱了起來：「大海啊，大海，就像媽媽一樣，海風吹，海浪湧，總在我的身旁……」在卡塔爾波斯灣的夜晚，迴響著這首關於大海的中國歌曲，令過路的阿拉伯人瞪著詫異的眼光。有人提議大家留下一張合影，便自動地排列了起來，在鏡頭前留下了笑容可掬的影像。我們又順著海灣往回行，一個巨大的珍珠蚌的雕塑吸引了我們的眼光，在璀璨燈光的映照下，張開了的珍珠蚌和一粒碩大的珍珠，顯得流光溢彩熠熠生輝，朋友們紛紛在珍珠蚌前留影。

雖然在夜色中，波斯灣的面容顯得有些迷離朦朧；雖然在多哈市，我們的腳步顯得過於匆匆，但是我們總在波斯灣品嚐了阿拉伯海的海水，我們總在卡塔爾留下了我們的足跡。當晚，我做了一個藍色的夢，湛藍的海水一望無垠，一顆巨大的珍珠在海水中熠熠閃光。夢醒後我想，卡塔爾不正是波斯灣中一顆璀璨的明珠嗎？她將長久地留存在我們的記憶中。

金邊——吳哥道上

吳哥窟是享譽世界的柬埔寨風景名勝，柬埔寨有兩個機場，金邊機場與暹粒機場，上海至金邊的飛機逢星期二、星期五才有。抵達金邊的翌日清早，我們就坐大巴前往吳哥窟所在地暹粒省。大巴沒有行李箱，行李只能堆在後面的座椅上，空調不太足，在柬埔寨旱季的炎熱中車廂裏便顯得有些悶熱。

柬埔寨有兩條鐵路，一條從金邊至波貝，全程三百八十五公里；一條從金邊至西哈努克城，全程兩百七十公里，鐵路年久失修，運輸能力很低。柬埔寨境內的交通以公路和內河運輸為主，全國公路總長約一・五萬公里，主要的公路有四條：一號公路，金邊至越南胡志明市；四號公路，金邊至西哈努克港；五號公路，金邊經馬德望至泰國邊境；六號公路，金邊經暹粒至吳哥古跡。內河航運以湄公河、洞裏薩湖為主，主要河港有金邊、磅湛和磅清揚。

我們的兩輛車一前一後沿著六號公路往暹粒省而去，導遊戲稱我們走的為高速公路，我們有些不解，公路上機動車、非機動車甚至行人都在這條道上走，車速僅僅為四十五碼左右，怎麼稱為高速公路呢？導遊指著公路旁的樹戲謔地說：「你們看路的旁邊不是有高高的樹嗎？這就是高樹公路了？」我們才恍然大悟，此「樹」非那「速」呀！

柬埔寨沒有公車，城市裏很少有計程車，以摩托車、自行車、三輪車為主要交通工具，遊客坐的大多為拖車廂的摩托車，人力三輪車則是乘客坐在前面，騎車人在後面，導遊稱這種車別名為「你先死」，因為如果出車禍，遭殃的總先是坐車人。

大巴在六號公路上行駛，不時可見到飛馳而過的摩托車，一輛摩托車加長的後座椅，大多載著三四個人，有的是一家大小，有的是載著乘客，三四個女孩在摩托車的後座上前胸貼後背地摟在一起，長髮在疾駛中飄動，別有一種情趣，甚至有摩托車後座上堆著高高摞起來的幾紙箱貨物，後面還坐著一位緊抱住貨物的押車女孩，演雜技般的情景令人為她捏一把汗。

導遊告訴我們，柬埔寨只有旱季與雨季兩個季節，目前正是旱季，柬埔寨的一月二月是最佳的旅遊季節。導遊問，在中國一輛轎車可以坐幾個人，有人回答說，連司機最多五人。導遊哈哈一笑說，柬埔寨是亞洲最自由的國度，在這裏一輛轎車可以坐十二個人。我們感到十分不解，導遊解釋說，轎車連司機的座共有前後兩排，前排擠四個，後排擠六個，司機只能斜著身子開車。那也只能坐十個呀？我們疑惑不解。導遊告訴我們，轎車後面的行李箱還能坐兩人，但是一直需要將行李箱的後蓋頂著。當然坐在行李箱裏的是最便宜的，坐在司機旁邊的是最貴的。

大巴駛過一個馬路旁的集市，路旁停著的一輛中巴車，車廂裏已經坐滿了人，連車頂上都坐滿了乘客，車頂上焊了一圈欄杆，乘客就雙腳懸在外坐在車頂上。導遊告訴我們，這是長途客車，車頂上的位置是最便宜的。這車搖搖晃晃地開著，便成為柬埔寨公路上的一道風景。

公路邊上的田野裏，稻子已收割了，牛兒們在田野裏吃草，這裏的黃牛都是白色的，而且大多瘦骨嶙峋的，在炎炎烈日下覓食，偶爾會看見一兩頭黑黑的水牛。開闊的田野裏不時可以見到高聳的椰子樹、檳榔樹，見到各種紫紅、腥黃的花樹，在樹林掩映中是高高矮矮的高腳樓，用木杜撐起的樓下空空蕩蕩的，家家的樓下都有一個石頭的大水缸。導遊告訴我們，高腳樓可以防止蛇蟲爬上房間，也可以在雨季時防潮，旱季時就在樓下拉起吊床午休。樓上的房間都沒有隔開，更沒有門，四處都有窗戶，絕大多數房間沒有空調，將四面的窗戶打開，也很涼爽。

公路旁不時可見一家家小店，賣礦泉水、煙、酒等一些生活實用品，小店門口或拉一吊床，或有一張板床，常常有店主在床上納涼，有一條狗懶臥在門前的樹陰裏，孩子們大多赤裸著全身，或嬉戲，或酣睡，男人們大多赤裸著上身，古銅色的皮膚在陽光下顯得十分特別，有婦女敞開懷奶孩子，一切帶著一種半原始的自然狀態。公路旁隔幾公里便有一座廟宇，金碧輝煌的廟宇與古樸的高腳樓形成了鮮明的對照，不時可見到一所所學校，簡陋的校舍和開闊的操場，以及穿著白上衣藍裙褲的學生，使公路邊充滿了生氣。

金邊至暹粒計三百三十多公里，行程約六個多小時，每隔兩小時停一個休息站。車停在一個休息站，除了一個廁所、一家飯店外，休息站旁聚集著不少水果攤，鳳梨、柚子、芒果都一堆堆的，吸引著遊客購買。有一些小販頭頂著食物盤，在遊客間兜售叫賣，有熏燒得蠟黃的燒雞，有剝開的榴槤、柚子，最奇異的是油炸的蝗蟲、油煎的黑蜘蛛，小販還特意將一隻活蜘蛛拿出讓遊客把玩。遊客們先是膽怯猶疑，有大膽的遊客伸出手，讓那孩子手掌般大小的黑蜘蛛爬上手臂，那八隻黑黝黝的長腳迅捷地在遊客手臂上、肩膀上爬動著。大概為了吸引遊客的購買，小販拿下一隻煎熟的黑蜘蛛，將那蜘蛛腿放進嘴裏咬著、咀嚼著，臉上露出一種品嚐美味的表情。有大膽的遊客掏錢買了一隻，撕一隻腿給朋友，大多不敢接，有大膽的接過，放進嘴咀嚼，邊上的人們看著他，吃的人顯示出一種英雄氣概般的豪情，看的人表現出難以置信不寒而慄的神色。

車行至半道突然停了，道旁的一家小店的老闆娘倉促從午睡中起床，掩起衣襟，以為有了一筆生意可做。由於當地的導遊到金邊才上車，司機不懂漢語英語，我們不知道發生了什麼，司機卻將車徑直往後倒，一直倒到後一輛大巴停的地方，原來是後面車的空調壞了，過了一會兒，我們的車又開了，後面的車的空調一時修不好，只有將車窗打開繼續行駛。

第二個休息站靠近一個湖，休息站是一個商場，有各種旅遊紀念品，廁所沒有門，只有隔板擋著，卻也乾淨，令人不習慣的是，洗手處居然站著一個婦女，殷勤地給每個遊客遞送揩乾手的紙。靠湖邊是幾個連在一起的草棚，在裏面飲茶休憩，可以觀望四周的景色。

車直至下午兩點才抵達暹粒省，走進飯店已經饑腸轆轆了。

從金邊至吳哥的道上，坐了六個多小時，雖然疲憊，倒也算走馬觀花，瞭解到柬埔寨的民俗風情。

在「聚會的地方」坎培拉邂逅聚會

在悉尼參加國際會議，看了悉尼歌劇院、悉尼大橋，抽暇去了澳大利亞的首都坎培拉。臨行前，有朋友說坎培拉是一個新的城市，幾乎沒有什麼可看的。我們想既然主人安排了，我們就悉聽尊便順其自然吧。

從悉尼到坎培拉約三百公里，從大陸移民澳洲的張先生開車送我們去。張先生告訴我們，坎培拉是二十世紀初澳大利亞建國時新建的一個城市，當時兩個主要州府城市悉尼和墨爾本都想成為首都而爭執，後來便選擇了兩個城市之間的坎培拉，在歷來是土著人、山羊、袋鼠家園的地方建起了一個新城，當地土著人以「聚會的地方」（Kamberra）指稱這個城市。

從悉尼到坎培拉，一路田野開闊、草原綿延，現在中國是冬季，澳洲卻是夏季，驕陽下人煙稀少，不時可以見到閒適的牛羊。到了澳大利亞國家首都展覽館，在這個塊狀結構色彩濃豔的現代化展覽館裏，我們瞭解了坎培拉的建都過程。在確定建都此地後，一九一二年美國建築師格里芬（Walter Burley Griffin）贏得了這個新首都城市設計的競標，設計圖紙是由他的太太瑪利安（Marion Mahony Griffin）繪製的。從未到過坎培拉的格里芬在有關材料基礎上憑藉其豐富的想像，設計以國會大廈為中心，與戰爭紀念館形成一條主軸線，三十五公里湖岸線人造的格里芬湖形成了城市綺麗的景觀，兩座大橋連接起格里芬湖南北的交通，形成坎培拉中心城區的幾何形佈局。由園藝家威士頓（Charles Weston）負責城市的園藝工作，在一九一三年至一九二六年間種植了兩百多萬株樹和灌木，使坎培拉成為一城山色半城湖的花園城市。

從國會大廈參觀後，我們開車駛往戰爭紀念館，遠遠地看見有不少人聚集在紀念館門口的草坪前，有不少軍人正拿著鼓號等樂器在操練。我們走近人群，詢問坐在坡上的一位澳洲老人，他告訴我們這裏即將舉辦澳大利亞政府歡迎參戰歸來將士的儀式。環顧戰爭紀念館門口下沉式廣場四周已坐了不少人，廣場中央的草坪上已擺放著四排白色的塑膠座椅，有幾個員警站立在前面。並沒有任何人盤問檢查，我們便在澳洲老人的邊上坐了下來，等候著儀式的開始。澳洲老人告訴我們，二〇〇三年後澳大利亞派遣了大約一萬七千名士兵前往伊拉克，二〇〇九年七月絕大部分已經回國，只有極少數留守在那裏，有三名士兵在那裏犧牲了，有二十七人受了傷，老人表現出對於戰爭的憤懣對於和平的祈望。

儀式開始了，衣冠楚楚的官員、軍官們落座，有不少人戴著遮陽帽。鼓樂隊先行入場，他們吹奏著大號小號，接著是海陸空三軍儀仗隊，他們穿著白、綠、藍不同的軍裝，肩上槍的刺刀在驕陽下閃光，領隊挎著指揮刀。三軍儀仗隊一字排開後，一輛黑色轎車緩緩駛來，從車上走下身材高大的澳大利亞國防部總司令休士頓（Marshal Houston），儀仗隊的指揮員上前敬禮。一輛警用摩托車開道，從駛來的一輛白色轎車上走下澳大利亞總理陸克文（Kevin Rudd），笑容可掬的他與前排的官員們一一握手。接著三輛警用摩托開道，從黑色轎車上走下身穿粉紅色套裝的澳大利亞女總督布萊斯（Quentin Bryce），官員們紛紛起立，軍官們向總督敬禮，忙碌的攝影記者們紛紛上前拍照。

鼓樂響起，三百名回歸將士隊伍雄赳赳先後走進廣場。走在前面的是一身白色軍裝的海軍軍官和士兵，其中還可見到幾位女兵的身影。走在後面是海軍軍樂隊，吹著號打著鼓精神抖擻地走過。其後是一身草綠軍裝的陸軍將士，最後是蔚藍色軍裝的空軍行列。走在隊伍最後的是便裝的隊伍，男士們穿著西裝戴著墨鏡，女士們穿著連衣裙，居然在隊伍尾梢有一個男孩，戴著軍帽穿著涼鞋，胸口竟然別著三枚獎章。

隊伍一字排開後，國防部總司令休士頓致辭，他高度肯定了澳大利亞軍人在伊拉克六年中的卓越貢獻，他說在我們的國旗下，他們冒著生命危險為著一個更光明的未來，他為在伊拉克殉身的三名軍人致哀，對在伊拉克受傷的二十七名軍人表示敬意，他衷心感謝在伊拉克服務的全體海陸空將士們，為他們的忠誠、正直、勇敢表示自豪。接著是陸克文總理致辭，他高度讚揚了在伊拉克完成了使命的澳大利亞將士們，他們培訓了三萬六千名伊拉克士兵，為建立一個穩定的伊拉克而竭盡全力，他將這些將士們譽為民族的驕傲，他向這些將士們和家屬們表示敬意。陸克文總理在致辭時捋了三次頭髮拂了四次蒼蠅。兩位領導人致辭後，全體起立，整個廣場上的人們靜靜地等候著。不一會兒，天空中有三架戰鬥機排成三角形，從藍天疾馳而過，人們紛紛舉目致意。

在坎培拉這樣一個「聚會的地方」，我們邂逅了一場隆重而簡樸國家級的聚會，這是一種人民向為了和平而奉獻將士們表達的敬意，這是一種國家向歸來的將士們表達歡迎的誠意，這是一種領袖向將士家屬們表達感謝的謝意！

離開時，我們握著澳大利亞老人的手道別，我用英語對老人說，為了世界和平、為了人民之間的友誼而努力，老人笑了。

再見了，聚會的地方坎培拉！再見了，美麗的澳大利亞！

人生真情

一本畢業紀念冊

人的一生中有許多難忘的時刻，無論是欣喜，還是悲哀，它總會在你的心靈深處掀起某種情感的波瀾，有時會在你的心裏烙上難以磨滅的烙印。畢業是人生難忘的時刻，它往往掀起人們十分複雜的感情：完成學業是喜，告別同學是哀，家人團聚是樂，踏上社會是憂……多少年以後，回憶起畢業的那一刻，那情、那景、那人，都會清晰地出現在你記憶的帷幕上。

我從江西師大畢業已經二十多年了，讀研究生後離開母校也有整整十六年了，每當閒暇時我常常會翻閱一本簡陋的畢業紀念冊。紀念冊是一本最普通的筆記本，是我在江西寧都教育實習時學生贈送的，綠色的塑膠封皮，黃黃的紙芯，在扉頁上我用毛筆寫下了「畢業紀念冊」幾個字，雖然它遠沒有如今的紀念冊漂亮，但我卻十分珍惜它，它是我生命歷程中最難忘懷的一頁。翻開這本簡陋的紀念冊，畢業時的情景又會湧現在眼前，為我畢業紀念冊題詞的師長、同學的音容笑貌又浮現在我的腦海中。

在紀念冊的最前面，是幾句詩：

氣如劍，
志成龍。
龍騰虎躍需江河，
劍影刀光為人民。

——給劍龍大學畢業留念
鍾義偉　七八年八月二十五日

這是當時中文系黨總支書記鍾義偉的題詞。當年在中文系的學生中，鍾書記大概是與我們班同學的關係最為密切的了，他與我們一起野營拉練上井岡山，他與我們一起去農場勞動，對我們班每一個同學的脾性，他都摸得十分透徹，對我們班上發生的許多事情，他都能夠及時瞭解。他常常能以十分平實的話語，講出十分深刻的人生哲理，他常常能用循循善誘的方式，做具體深入的思想工作。

翻過一頁，題有：

欲窮千里目，
更上一層樓。
錄王之渙句與劍龍同學共勉

劉方元
一九七八年八月廿八日

這是當時中文系主任劉方元的題詞，字跡一筆一劃，方方正正，就如同劉主任的個性與為人。我仍然記得劉先生上課時濃重的萍鄉口音，他上古典文學課時的生動與深入，將古典文學作品中的情與理條分縷析，使學生能夠真正體悟到古典名作的妙處。聽說在「文化大革命」中，劉先生在課堂上講陸游的詞《釵頭鳳》時，將詞在黑板上板書：「紅酥手，黃縢酒，滿城春色宮牆柳。東風惡，歡情薄。一懷愁緒，幾年離索，錯！錯！錯！」正講到盡興時，因板書中的「東風惡」，被人指責為與毛澤東的「東風壓倒西風」唱反調，惡毒攻擊毛主席的革命路線。

第三頁題著：

劍是火中煉，
龍以海為家。
劍龍同學大學畢業紀念

朱安群敬題
一九七八年八月廿七日

朱老師的題詞筆力雄勁而瀟灑，如同朱老師的授課，充滿了詩人的激情，他給我們講唐詩宋詞，對那些名篇華章倒背如流，那種如數家珍般的評析，那種廣徵博引的論證，使我們情不自禁地沉入於詩詞深邃的意境之中。

盛文瀾先生的題詞是引用了馬克思的一段名言：

科學上是沒有平坦大道的，只有那不畏艱險的人，才有可能攀登到頂峰。

劍龍同學　共勉

盛文瀾　一九七八年八月三十一日

凝望著盛先生端端正正的題字，我想起了盛先生上課時的生動與嚴謹，他上課時只用卡片，不用講稿，那些生動的例句都記在小小的一張張卡片上，卻使原本比較枯燥的漢語課變得分外生動。盛先生平時也為有心之人，他常常走在街上，將街頭不規範的標語記在他的卡片上；他常常閱讀報章，將報刊上出錯的句子錄入他的卡片裏。記得有一天上課時，站在講臺上的盛先生一摸口袋，大驚失色：「不好！卡片丟了！」盛先生一時急得滿臉通紅，趕忙奔出教室去尋找，還好在走廊裏找到了，原來他在脫雨衣時將卡片弄丟在地上了，不然不知道這堂課該怎樣上了。

從系領導與老師們的題詞中，我似乎又一次感受到在母校的歲月中所得到的教益，我好像又回到了二十多年前的課堂裏，聆聽著老師們的諄諄教誨。

同學之間相互比較瞭解，題詞往往能夠將對方的性格特徵寫出，雖然往往不免有溢美之辭，但是現在讀來，同學的音容笑貌彷彿一一浮現在我的眼前。

黃益元是我們班的學習委員，是班上公認的才子、詩人，是我們組的大哥。他的題詞為：

同窗有幸識楊兄，
詩書六藝皆精通。
文場馳騁快如劍，
學海游泳矯如龍。
琴畫歌舞集一身，
裁剪烹調抵百工。
才路廣開天地闊，
行看特特立勳功。

畢業酬答
楊君劍龍
益元拙筆
七八、八、二十

讀益元兄的題詩，如睹其溫厚的容顏，他在畢業後被分配去九江師專，後考入武漢大學攻讀古典文學碩士學位，畢業後去了蘇州鐵道師範大學，後來調回上海，現在上海古籍出版社工作。

我有應答詩一首給黃益元同學：

留別益元兄志

寒窗三載齊攜手，
君列前茅吾為後。
雪夜圍爐傾衷腸，
春晨踏露評五侯。
投身墨海共志向，
揮筆莽原同放歌。
無為歧路情綢繆，
相約萬里永抖擻。

劍龍　七八、八、二十二

現在，我與黃益元常常有聯繫，凡有同班同學來上海，常常是我們倆先商定時間與地點，然後約上在上海的同學們聚會。他仍然是我們班上的大哥。

高福生的題詩為：

高山偕兄意，
流水為知音。
伯牙鍾期遇，
不似我與君。
雙雙河梁日，
依依淚沾襟。
藕斷絲不斷，
白頭對月吟。

畢業前夕與楊君劍龍留別書
福生　八月二十一日

高福生是我們班上的才子，年輕有為，聰慧靈秀，記性好，思路廣，他成為我們班第一位考上碩士的同學，畢業後留校工作，後來去了深圳，在報社工作。

我有詩酬答

致高君福生

一

出類拔萃君新綠，
轉瞬傲岸舒勁枝。
喜沐華陽博風雨，
為民立下撐天志。

二

滿塘紅綠君獨白（注1），
靈慧高潔帶露開。
蓮蓬結籽不辨花，
總記芬芳土中來。

三

同枕青山不相識（注2），
校園三秋兩心知。
任是離在東和西，
風風雨雨總相思。

（注1）高君以白蓮居士自稱。
（注2）吾與高君鄰縣而居。

高福生是高安縣人，我插隊在靜安縣，兩縣同屬宜春地區，而且毗鄰，故酬答詩中有「同枕青山不相識」之句。

讀彭林槐的詩，想起他黑黑瘦瘦的面容，小小的個頭，卻十分結實，敦實的性格，內秀的心靈。

三年寒窗情似海，
四季溫泉細長流。
學成就業兩別處，
思慕往昔永不休。

與劍龍共勉
林槐拙筆　七八・八・二十五

畢業後，我與他一直沒有交往，聽說他當了一所中學的校長，我想憑他的敦實與內秀，一定會當得十分出色的。

我酬答彭林槐的詩為：

答彭林槐

平川一株槐，
雨露長成材。
根深汲瓊液，
枝葉撐傘蓋。
但遮路人蔭，
不為華麗開。
土中根盤盤，
何懼風雨來。
歲歲永不枯，
妝點新世界。

劍龍 七八・八・二十五

蘇雲麟是我們班的秀才，寫字作畫，頗有才幹，長得也秀秀氣氣，十分儒雅，有謙謙君子之風。他的題詩為：

同窗三載會於昌，
協力辦刊常相往。
今別千里多努力，
與君共伴晨時陽。

畢業之際拙筆數字送劍龍存念並與共勉
蘇雲麟七八年八月

我已經記不起當年與蘇雲麟一起辦刊的情景了，近年，他來過上海，住在延安賓館，我們還一起聚會過，他為九江石化三鑫實業總公司的總經理。

我酬答蘇雲麟的詩為：

致蘇君雲麟
點將台前明月在，
煙水亭裏煙霧開。
不須尋覓周郎影，
革命生我新一代。

劍龍　七八・八・三十

葉勝萍是我們班的才女，能唱能寫，活潑聰慧，她的題詩如下：

校園春曉楊峻青，
少年風華劍真明。
談笑多情龍仿瑜，
革命永葆好青春。

畢業前夕書贈劍龍同學
葉勝萍拙筆
一九七八年九月一日

葉勝萍畢業時去了西藏，後來回到萍鄉，雖然經過西藏高原的風雪濡染，性格仍然，現在是萍鄉市廣播電視局局長，前年她來上海拍電視劇，我們聚會在一起，談起當年學生時代，仍然興致勃勃，我們倆還一起合唱了湖南花鼓戲《沙家浜》的唱段，那是當年我們一起表演的節目。

葉勝萍的題詩為藏字詩，詩中藏有我的名字。我仿其詩作酬答：

答葉勝萍同學
豫章秋來葉紅殷，

振翅騰雲勝雄鷹。
心赤恰似萍鄉煤。
冰雪嚴寒好化春。

楊劍龍　七八、九、十

詩的後兩句，大概蘊涵著對她去西藏的敬意與祝福。

周國榮的題詩為：

秋風初登豫章地，
正是分道南北時。
願君此行乘長鯨，
文淵書海好遨馳。

惜別前夕，聞君仍在學府之訊，故書數字以為存念。
周國榮拙筆　七八、八、三十一

周國榮分配去了上饒，後來我帶學生實習去上饒，見過他，當時他是一所中學的教導主任，現在大概一定晉升了吧。

酬答周國榮的詩如下：

致周國榮
秋雨淅瀝初秋時，
心煩意亂難為詩。
願君鵬程無限好，
鐵馬嘶風任騁馳。

楊劍龍拙筆　七八、八、二十九

譚獻輝曾經與我同睡上下鋪，他為人爽直，講義氣，敢說敢做。他的題詩為：

丈夫志四海，
萬里猶比鄰。
恩愛苟不虧，
在遠分日親。

劍龍君索句錄曹植語與其共勉
譚獻輝
一九七八年八月三十一日

畢業時，譚獻輝去了九江，後來一度聽說要被提為九江市團委書記，我想憑他的才幹倒是能夠勝任的，但是卻未能任此職，他仍然在中學裏混。幾年前，他來上海，我還約了上海的同學們與他一起聚會。

我酬答譚獻輝同學的詩為：

答譚獻輝學友

氣蓋三峽浪，
志呑長天雲。
談笑流水清，
拔劍助不平。
三春欣識友，
初秋欲別君。
願君鼓風帆，
萬里破浪行。
任是山水遠，
春風傳佳音。

楊劍龍　七八・九・一

捧讀這本畢業紀念冊，感慨良多。二十多年了，我們的老師們身體可好？我們的同學們工作如何？老師們的題詩諄諄教誨，表達了他們對學生的期望與鼓勵，我想這二十多年來，我是按照老師們的教導去做的，不敢懈怠。同學們的題詩雖然稚氣，表述著他們對同學的真情與祝福，我深深地懷念著同學們。在這校慶的前夕，捧讀畢業紀念冊，畢業時的情景又一一呈現在我的眼前。我真誠地祝福老師們健康、長壽！我真誠地祝福同學們事業發達、家庭幸福！

割不斷的臍帶

母校與學子，就如同母親與孩子，總有一種親情與牽掛，「誰知寸草心，報得三春暉」，是說孩子對母親的感恩；「兒行千里母擔憂」，是說母親對孩子的牽掛。母親與孩子，母校與學子，似乎總有一種血脈的聯繫，似乎總有一根割不斷的臍帶，聯繫著、牽念著、維繫著，無論你走到天涯海角，母親、母校總如一枚印章，印刻在你的身上、心頭，你的一舉一動，或多或少會折射出母親的影響，你的一言一行，或多或少會反映出母校的印痕。

離開母校已經二十多年了，母校卻時刻在我的心中，我關心著母校的發展與變化，我關注著母校的現狀與未來。我常常會到母校的校園裏走走，在熟悉的教學大樓看看，在禮堂前的紅場漫步，在小湖畔的小徑徘徊。過去的校園生活就往往會湧現在眼前，那幾位教授的身影便會呈現在腦際：余心樂先生的現代漢語課，他娓娓善誘的講解，他那邊講課邊用胳膊肘勒褲子的動作，讓你懷疑是否他的褲子會突然掉下來。胡守仁先生的古典文學課，他那抑揚頓挫的語調，他那濃郁的臨川口音，他那自豪的言語：「王安石是臨川人，我也是臨川人！」胡正謁先生的邏輯課，他那一口地道的南昌話語，他那種邏輯嚴密勿容置疑的語氣，他說：「我的話，你們記下來，就是一本書！」劉芳元先生的古代文學課，他那濃郁的萍鄉口音，他對於文學作品條分縷析的細密。朱安群先生的唐代文學課，他那如數家珍般地對於唐詩的熟悉，他那倒背如流的瀟灑氣質，他那灑脫流暢的板書。汪木蘭先生的當代文學課，他那鼻音濃重的話語，他那精闢細膩的分析……母校的生活便是由這些教授們的身影所構成，我是在母校開始走進文學的大門，開始蹣跚地進入學術研究的道路。

母校的生活也是由同窗相伴而組成：王能憲揮灑飄逸的草書，一同騎自行車去郊區採摘松菇的愉悅；顏長青不拘小節的灑脫，一起探討文學創作寫作教學的愜意；葉勝萍多才多藝的個性，一同組織班級文藝活動的和諧；曾凡超坦率熱誠的性格，歡送他奔赴西藏支援的惜別；高福生心直口快的秉性，才思敏捷少年意氣的風範；黃建民注重儀表的動作，樸實真誠的性格……這些同學有的已作古，有的已兩鬢斑白，白駒過隙日月如梭啊！

母校的生活也是由學生們相隨而形成：王訓龍的老成持重，治理班級有方；邱國珍的才華橫溢，田徑場上的馳騁如飛；周自成的穩重睿智，文筆的流暢敦厚；黃洪濤的智慧敏捷，排球場上的組織有方；曹力鐵的耿直正氣，吹奏黑管的一本正經；熊大冶的多才多藝，球場樂壇的雙管齊下；餘功健的一團和氣，守球門的一絲不苟……這些學生大多正在為教育事業而兢兢業業，大多已成為各行各業的中堅力量。

母校如同我的母親，無論我在母校受到過多少不公正的待遇，無論我在母校遭遇到多少不公平的遭際，但是母校仍然是我最值得牽掛的，就如同我牽掛我的母親。因此，只要有可能，我都會到母校走走、看看；因此，無論我走到哪裡，我都會驕傲地說，我是江西師大畢業的學生。我總希望母校會更加發展，我總希望母校會更加美麗。一根割不斷的臍帶總聯繫著、牽念著、維繫著，我與母校的關係，如同我與我的母親。

臨別贈言

在人的一生中，你會遇到各種各樣的人，碰到各種各樣的事，有的人交往少了、時間長了，你就會漸漸淡忘了；有的事似乎並不重要，你也會棄之腦後。但是，也有這樣的情況，有些好像已經早已淡忘的人、忘卻的事，偶然間卻會在你記憶的心海裏泛起，甚至你會感悟到這個人、這件事，在你的一生成長過程中曾經起過多麼重要的作用呀！已經邁向知天命之年的我，常常會想起三十多年前接觸的一個人，常常會記起三十多年前遇到的一件事，現在想來，這些對我的人生是產生過重要影響的。

三十多年前，我在讀中學時，星期天常常去外婆那兒，那時外婆在一個單身老太家幫傭。那是位於愚園路上的一棟三層樓的小洋房，主人雖然牙齒已經脫落了不少，但仍然眉清目秀，說一口北方話，獨自居住在這棟小洋房裏。外婆為這老太太燒飯、洗衣、打掃衛生。我每次去看外婆，總要幫她做一些她做不動的活，諸如買米、買煤餅、換爐芯等，當時的我還比較能幹，人也機靈。那老太很是喜歡我，當面對我外婆說：「這孩子聰明，真能幹！」有時，老太還給我幾元錢，作為我勞動的報償。

老太太有許多書，一個房間的書架上都堆滿了，有中文的，還有外文的。每次去，做完事以後，我喜歡翻翻書架上的書。後來與老太太熟了，她也會和我聊上幾句，甚至捧出她早年的相片給我看。我見到她年輕時的風韻，我說她漂亮，她笑了。我還見到她與周恩來、宋慶齡等人的合影。老人每年要到北京去開一、兩次會議。我知道老人是一位有身份的人，問問外婆，她也說不清楚。

我要離開上海去江西插隊了，我去向外婆道別，外婆有些依依不捨，但是也無可奈何。我上樓向老太太告別，她聽說我要去農村，搖搖頭連連說：「可惜！可惜！」她讓我在她臥室裏的沙發上坐下，十分認真地對我說：「一個不要文化的民族是沒有前途的，一個不讀書的人是沒有出路的。」她要我去農村以後仍然要努力讀書。我望著老太太真誠的面容，點了點頭。

後來報上登載了老太太去世的消息，她的名字叫吳弱男，是文化名人章士釗的前妻。以後我從事中國現代文學研究，更進一步瞭解了老太太，在《新青年》等「五四」時期的刊物上可以見到吳弱男參與「五四」新文學後運動的文章，反對封建禮教，提倡婦女解放。

「一個不要文化的民族是沒有前途的，一個不讀書的人是沒有出路的。」我記住了吳弱男老太太的這句話，此後，在農村插隊，我仍然盡可能地多讀書。後來，我讀大學、考研究生，雖然大概並非就是因為老太太的影響，但是當時老太太的話語我是聽進去了，並且記下了。後來，我就是當了教授，四十六歲的我還在職攻讀博士學位，並且以優異的成績提前一年畢業，獲得了博士學位。「活到老，學到老。」至今，我仍然努力地學習，不斷充實自己、提高自己。

事情已經過去三十多年了，吳弱男老太太的這段話語仍然在我的耳邊響起，這樣親切，這樣真誠：「一個不要文化的民族是沒有前途的，一個不讀書的人是沒有出路的。」

戒煙的趣事

我沒有煙癮，雖然在農村插隊時曾經抽過煙，卻沒有染上，在上山伐木、下田插秧的繁重勞動時，抽一顆煙似乎可以稍稍喘口氣、消除點兒疲勞，雖然那時所抽的煙是一角三分的海鳥牌，或者是八分錢的經濟牌，甚至是不化錢的「伸手牌」。但是抽煙時的幾分輕鬆感，我至今仍然記得。在插隊時，知青集體戶是有福同享、有難同當的，買了一包煙來，就橫著拆開，倒在一個盤子裏，大家一起抽，一根接一根地抽，弄得房間裏烏煙瘴氣的。煙抽完了，過一會兒有煙癮的朋友癮上來時，暫時又沒有錢去買，就將地上拋著的煙蒂拾起，無論被踩髒了與否，就拆出煙絲來，裁一張廢報紙一捲，又「快活賽神仙」了。等到煙蒂也找不到了，就將房東壓在磨盤下的煙葉捲偷偷地切一些，澆點菜油，用紙一捲抽起來。等到房東發覺了將煙葉收了起來，朋友就只好被迫戒煙了。

雖然民間有諸多俗語描繪關於抽煙的樂趣，但是抽煙到底無益於健康，又加大了生活的開支，不少人就勸人戒煙，就如同勸人戒賭一般。有人就寫了〈戒煙歌〉，歷數「抽煙的害處實呀實在多」，四處傳唱，倒給抽煙者造成了一種壓力。抽煙雖然是一種個人行為，但是抽煙者污染了環境，造成人們的被動吸煙，確實成為文明社會的不文明因素。戒煙雖然是一種社會活動，但是畢竟要落實於每個抽煙者的身上，終究取決於每個抽煙者的觀念與意志。

我有兩位抽煙的朋友，曾經下定決心要戒煙，其中的尷尬與可笑，說起來倒也有趣。

一位顏姓的朋友，是我大學的同學，煙齡雖然不長，煙癮卻很大。剛剛大學畢業時，留在大學任教，住在我的隔壁。一天，不知出於何故，他突然在我們幾個年輕教師面前說，他要戒煙了。我們幾個就表示非常贊同，並且對他的這種決心表示幾分敬意。朋友喜歡書法，寫得一手漂亮的顏體。就正正經經認認真真地用宣紙寫了「戒煙」兩個大字，並且落款蓋章，一本正經地掛在他書桌前的牆上，讓煙癮來時警戒自己。那「戒煙」兩個字的雄勁筆力似乎表明了朋友戒煙的決心。在一段時間裏，他果然不再買煙抽煙了。放假了，朋友回老家度假。開學了，他又返校迎接新的學期。因為住在他的隔壁，就有串門的習慣。我推開他的門，吃了一驚：見他站在書桌前，正在吞雲吐霧地抽煙，他的身背後正是他寫有「戒煙」兩個大字的條幅，襯著他神情迷離吞雲吐霧的姿態，就如同一幅生動的漫畫。我大惑不解地問他，怎麼不戒了？又抽上了？他吱吱唔唔地說，回去度假，朋友們慫恿我抽，就又抽上了，沒辦法。後來，他那張寫有「戒煙」的條幅很久未揭去，仍然貼在書桌前的牆上，他仍然自得其樂地在那條幅前吞雲吐霧。

一位姓鄭的朋友，是我研究生的同學，煙癮特別大，尤其是寫文章時，沒有煙抽就寫不出文章來。在歡送畢業研究生聚餐時，他突然在酒桌上宣布：老子從明天起戒煙了！信誓旦旦大義凜然，儼然有李玉和「赴刑場，氣昂昂」的氣概。我十分高興，因為與我同宿舍的兩位都是煙鬼，長期以來不抽煙的我深受其害。我就有點不相信地問：你真的準備戒煙？再抽怎樣？他回答：再抽我就不是人養的！酒席上滿桌的朋友為他喝彩。酒後，他便去買了一包煙，一根接一根不停地抽，到晚上煙盒裏還剩幾支，他就將連煙帶煙盒一揉，往窗外一拋，上床睡覺！翌日早晨，他醒來後，按照以往的習慣，第一件事是抽煙。我見他那無所適從的模樣，故意逗他說：你昨天自己說戒煙了，再抽煙你就是什麼東西養的？他有點無可奈何，牙不刷，臉不洗，早飯也不去吃，就在宿舍裏走來走去，神情恍惚魂不守舍。過一會兒，他臉上露出一種討好的獻媚的表情，悻悻然地對我說：我去買一包煙，放在你這兒，我只抽一支，可以嗎？望著他煙癮上來了可憐兮兮的模樣，我笑了，說：是你自己要戒煙的，又不是我逼你戒的，你去買吧，也別放在我這兒，我又不抽煙。他如同得到了大赦令一般，以百米衝刺的速度飛快地跑出去，興沖沖地買了一包煙，接連抽了幾根，才似乎緩過氣來。我後來才知道，他談了一個對象，女方一再提出要他戒煙，他才突發其想準備戒煙的。

我與這兩位朋友闊別多年，最近見面，顏姓的朋友居然已經戒煙好幾年了，人似乎白淨了許多。姓鄭的朋友，直到現在也沒有戒掉，有變本加厲的趨勢，仍然吞雲吐霧樂此不疲。

我雖然並非禁煙主義者，但是我總覺得抽煙是有害的，戒煙是好事，戒煙是對一個煙民的意志力的考驗。往往許多人，一而再、再而三地戒煙，但是總戒不掉，一直到醫生對他說：你必須戒煙，不然……，他才會下定決心戒煙。但是，我想等到醫生以宣判式的口吻勒令般地要你戒煙時，就已經是病入膏肓了，長期以來抽煙對你的危害已經根深蒂固了。有戒煙想法的煙民，在還沒有接到醫生的最後通牒以前，就將煙戒了，豈不是更好嗎?!

小鳥兒，早上好！

從校園搬到市中心來居住，起初很不習慣，且不說上下班坐一個多小時的公車，就是鬧市區的嘈雜與喧嘩、擁擠與紛繁，也使人的感官時有不堪重負之感。大概人是最能夠適應環境的動物了，過了一年多的新居生活，一切就漸漸習以為常了，只是沒有校園裏晨鳥的鳴叫，沒有在校園田徑場晨跑的條件，缺少鍛煉的我漸漸就有些發福起來了，好在所住的舊公寓沒有電梯，我又住在頂層六樓，每天必定要爬上爬下的，也就減少了無止境發福的擔憂，依然不節食不減肥，生活倒像池莉一篇小說的題目：冷也好熱也好活著就好。

不知何時，我突然發現，在清晨五點鐘的光景，總有兩隻小鳥停在我房間窗前的晾衣架上，「啾啾啾」地鳴叫，發出極其婉轉動人的歌聲，先以為是在夢境中，迷迷糊糊地覺得似乎置身於百鳥朝鳳的仙境裏，隨著兩隻小鳥一唱一和競爭般的鳴叫聲，我被吵醒了，心中就有些憤然，覺得它們擾了我的夢。抬眼朝窗外一望，只見兩隻灰褐色的小鳥兒正停在晾衣架上，撅起尾巴旁若無人興沖沖地鳴叫呢！那神采奕奕的眼睛上有一條淡黃色的眉，是兩隻畫眉鳥！它們鳴叫的姿態與人們養在鳥籠裏的完全不同，那種舒坦和愜意、那種無拘無束和自得其樂，只有置身大自然中的小鳥兒才有這種情境！我望著它們如歌手晨練般的認真姿態，我聽著它們悅耳動聽的歌聲，我倒不忍攆它們了，甚至怕驚動了它們，就悄悄地在窗內如欣賞歌手演唱般地定定地望著它倆，嘴裏竟然不由自主地輕輕地說：「小鳥兒，早上好！」妻子也醒來了，睜著詫異的眼睛也望著這對小鳥兒。此後的幾天，它們幾乎天天清晨這個時辰，在我們的窗前鳴叫，以致於每到此時我自然就醒了，妻子也是如此，她面對著這一對鳴唱著的小鳥兒自言自語地說：「奇怪，怎麼以前沒看到它們？這市中心哪裡飛來的小鳥兒呢？」

前幾年，外地的朋友來上海，總為上海拔地而起鱗次櫛比高樓大廈而驚歎，前幾天有外地朋友來，我帶他遊覽了外灘、南京路、陸家嘴等地後，又帶他到了延中大型公共綠地、太平橋綠地，甚至去了正在建設中的徐家匯綠地，朋友在驚訝之餘流露出極為讚歎的神情。我告訴他在這些市中心黃金地段建綠地，每平方米的成本高達一．二萬元，僅延中綠地就占地二十三萬平方米。朋友倒抽了一口涼氣，他為上海市政府投鉅資建綠地而擊節讚歎。我告訴朋友，上海市政府兩千年光投資在綠化上就用了人民幣四十多億元，上海的建綠的步伐，從要求每個街道有一塊五百平方米的綠地，到要求每個區有一塊四萬平方米的大型綠地，一直到延中、太平橋特大型綠地的建成，徐家匯綠地的動工，上海的環境正在發生著巨大的變化，明年城隍廟、四川路虬江路、鐵路上海站等市中心六處地塊也將拓地建造綠地，上海正努力建設成為國際化的綠色生態城市。聽到我的介紹，朋友流露出十分豔羨的表情，他感歎說：「上海真了不起！上海市政府真了不起！」

送走朋友後，我突然想到，每天出現在我家窗臺前鳴叫的小鳥兒，一定和近年來上海這些綠地的營造相關，一定和上海重視綠化、重視環境建設相關，動遷造綠，破牆透綠，城市有了呼吸的肺葉，鳥兒們有了棲息的環境，市民們有了休閒的場所，隨著生存環境的不斷得到改善，我們的生活水準與品位也在不斷地提高。

想到這兒，恍然間我似乎覺得這幾天早上好像沒有聽到那對小鳥兒的歌聲，好像沒有見到這對小鳥兒的蹤影，是否陪伴朋友遊上海累了睡過了頭？我倒為這對小鳥兒擔憂起來了，是給人捉了去吧？是在哪兒跌傷了吧？妻子卻笑我杞人憂天。我回答說，這種擔憂不是沒有道理的，有些人的環境意識還未形成，造綠，還得護綠！觀鳥，還得愛鳥！這樣城市的環境才能真正不斷地得到改善。我記起去歲到香港訪問，香港詩人藍海文到賓館找我聊詩，從中午一直聊到下午四點，他就匆匆與我道別，說要回去餵鳥。我問鳥是不是他餵養的，他笑笑說，不是，是自己飛來的，他每天下午都喂，它們每天這個時候都飛來。我想，隨著上海城市環境的日益改善，或許以後哪一天的早晨我也可以這樣餵鳥，在與它們熟識了以後，我甚至可以大聲地對它們說：「小鳥兒，早上好！」

烙上心帆的一堂課

在人的一生中，忘卻與記憶是相輔相承的，善於忘卻才能善於記憶，忘卻的魚網漏去了人生瑣事，記憶的心帆寫上了難以忘懷的過去。有著三十多年教齡的我，卻始終難以忘懷我在江西靖安縣高湖公社的插隊生活，難以忘懷在西頭完全小學當民辦教師的經歷，尤其難以忘懷那刻骨銘心烙上心帆的一堂課。

那是一九七五年暑假後新學期的第一天上午，小學五年級的語文課上，我並沒有給學生講解新課文，卻將抄寫著我自己寫詞譜曲的小黑板掛了出來，一句一句教學生唱起了一首歌：「巍巍鐵嶺峰高入雲端，滔滔西頭水放聲歌唱。捨己救人奮不顧身，英勇事蹟永遠難忘……」這是我為西頭小學畢業生黃玲寫的歌曲，黃玲為救他人而英勇獻身，使我深受感動，在即將開學的前幾天，我便寫了這首歌，寄託我的哀思，表達我的崇敬。

學生們跟著我一句一句地學唱，他們都認識黃玲，每個學生都十分認真，連平時調皮搗蛋的學生也一個個正襟危坐，咿咿呀呀地學唱著，我一句一句地教著，眼前卻晃動著在河灘上見到被打撈上岸黃玲的身影：她那雙大眼睛閉著，靜靜地躺在河灘上茅草的陰影裏，兩根油黑的小辮子耷拉在河灘上的鵝卵石上，一件藍底紅花的短布衫濕濕的裹在身上，勾勒出她尚未發育嬌小的身材，她

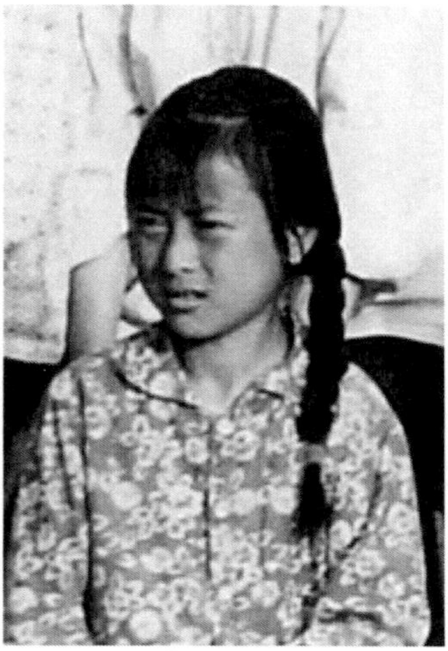

的臉色似乎與平時沒有什麼兩樣，顯得十分平靜，幾隻大螞蟻爬上她秀麗的臉龐，我趕緊用茅草葉子拂去了螞蟻。我多麼希望她能夠睜開她那雙大眼睛，露出可愛的笑臉，一骨碌爬起來說說笑笑呀！但是一切都已經不可能了！

這天下午，黃玲和村裏的兩個女孩一起去打豬草，她們仨背著環簍趟過河水，準備到對岸打豬草。她們中間有一個才讀一年級的小女孩，個子很矮，另外一個女孩與黃玲同班，個子比黃玲高出一個頭。山村裏的河水，有的地方很深，有的地方卻很淺，挽起褲腿就可涉水過河，她們三人便從淺灘處過河。誰知到河中心那矮小女孩背的環簍兜了水，河水一沖就將那女孩拽倒了，湍急的河水就將這女孩往下游沖去。黃玲見狀趕忙上前伸手去拉，剛抓住她的手，肩上的環簍也兜了水，她也被水沖倒了，湍急的河水將她們倆一起往下游沖去。同去打豬草的另一個高個子女孩嚇呆了，她並沒呼救，卻悄悄地跑回了家，躲進了房間偷偷哭泣。

那天，我與社員們在河邊的山上植樹，公社武裝部長也同我們一起勞動，當我們過橋準備到另一個山崗上植樹時，部長竟然發現河的上游飄來一件花衣裳，他以為是哪個洗衣婦不小心飄走了衣服，便下河將衣服撈起，撈起一看竟然是一個花季少女，卻已經沒有氣息了。黃玲的寡母當時也在植樹的隊伍裏，聽到是女兒淹死了，發瘋一般呼天搶地地奔上前來，抱著女兒的屍體狂呼亂叫，武裝部長趕緊讓社員們強行將她送回了家。當瞭解到另外有一女孩也被河水沖走，便派兩名會水的知青沿河打撈，我就是參加打撈屍體中的一個。我們順流而下，河水深的地方潛水，河水淺的地方用眼看用腳探，心中十分矛盾和忐忑，想早點找到屍體，又怕一腳踩到屍體，一直到太陽落山了，也沒有發現屍體。第二天，在下游五里多的河邊，被一放牛的牧童發現時，屍體已面目全非了。另一個打豬草的女孩道出了黃玲淹死的經過，這深深地打動了我，她是為救別人而獻身的呀！

我到西頭小學任教後，組織了一個文藝宣傳隊，黃玲是宣傳隊的骨幹演員，她活潑好動，唱歌跳舞都行，雖然個頭並不高，但她活潑的性格、甜蜜的笑容，她成為了宣傳隊的百靈鳥。我帶領的學校文藝宣傳隊還在公社文藝匯演中得了一次表演獎，黃玲在演出中充分發揮了她的特長。她乖巧聰慧，與寡母相依為命，雖然家境貧困，卻總是穿得乾淨得體。她走到哪裡，哪裡就可以聽見她銀鈴般的笑聲。

我還記得學期末拍攝畢業照的時候，在學校的操場上排起了隊伍，矮個的黃玲忙碌地指揮著同學們搬凳子，指揮著同學們排成隊，她的銀鈴般的聲音十分悅耳，然後她再請老師們入座，她自己便蹲在了第一排。

我還記得她去世前一天，學校的操場上放映電影。我坐在凳子上等待著電影的放映，背後一雙小手蒙住了我的眼睛，我正準備掰開這雙手，她卻用變調的聲音問：「楊老師，請你猜猜我是誰？」調皮活潑的舉動、熟悉的聲音，我便猜到了是她——黃玲。她嘻嘻一笑，將小手一伸，塞過來一把南瓜籽，說是她自己炒的。磕著瓜子，看著電影，在鄉村裏也是一種奢侈的享受了。誰料到第二天，這可愛的黃玲便為了救人而獻出了自己的生命。

我仍然一句一句地教著，學生們仍然一句一句地學著，雖然我寫的歌詞、我譜的曲調並不優美，但卻是我的心聲。

不知什麼時候窗外站了一些人，有老師，也有學生，他們都一起跟著我在學唱，唱的是他們都熟悉的一位捨已救人的女孩，窗外不知道誰發出了哭泣聲，引發了教室裏幾位女孩的抽泣，我的眼眶也濕潤了，眼淚流下了我的臉頰，我再也教不下去了。窗外已經站滿了人，看得見一雙雙淚眼。我突然意識到已經下課了，揮揮手示意學生們下課。我掏出手絹擦去眼淚，走出了教室，外面的山仍然是那樣綠，外面的天依然是那樣藍，外面的河水依然是那樣清澈，外面的國旗依然是那樣鮮豔……

已經過去近三十年了，雖然我已經記不得那首歌的曲調了，記不清那首歌的歌詞了，但是這一堂課卻永遠烙在我的心帆上，永遠不會褪去，我也常常會掏出那張畢業照，看著蹲在第一排黃玲的面容，回憶著三十年前的青春歲月……

唱〈畢業歌〉有感

近來參加了兩個畢業典禮，一是作為教師代表參加大學生畢業典禮，一是作為學生身份參加博士生畢業典禮，畢業典禮的莊重歡愉給我留下十分深刻的印象，領導、教師代表講話的語重心長，老生、新生代表發言的情深意長，都使畢業典禮洋溢著依依惜別的真情。典禮中都有一項議程——唱〈畢業歌〉，所唱的〈畢業歌〉都是電影《桃李劫》的主題歌，是一九三四年由田漢作詞、聶耳作曲的，影片以「九一八」事變後青年學生生活為題材，當時為激發青年學生的愛國熱情、鼓舞愛國青年走上抗日救亡道路，產生過十分巨大的作用和影響。由於歌曲是一群青年學生畢業前歡聚一堂時所唱，由於歌曲蘊涵的「天下興亡，匹夫有責」的愛國思想，使此歌為當時廣大青年學生所喜愛。然而，在我參加的兩個畢業典禮上，會唱此歌的卻不多，在博士生畢業典禮上尚有一些年齡較大的博士生能唱，在大學生的畢業典禮上會唱此歌的則寥寥無幾了。雖然歌曲高昂的音調、激越的旋律使我從心底升騰起一種畢業生的神聖與責任感，但是畢業歌的歌聲止息後，我卻產生了另一種感想。

畢業生高唱畢業歌應該是畢業典禮的一項重要的內容，它對於畢業生思考自己所承擔的歷史責任，激發畢業生踏上社會為祖國的強盛而奮鬥的愛國激情，都有著十分重要的意義。畢業歌應該在莊重的旋律中在意味深長的歌詞中，使畢業生產生情感的共鳴。然而，現在我們所唱的〈畢業歌〉

是一首革命歷史歌曲，歌曲中的內容都與我們的現實生活相去甚遠，諸如「聽吧，滿耳是大眾的嗟傷！看吧，一年年國土的淪喪！」諸如「我們是要選擇『戰』還是『降』？我們要做主人去拼死在疆場，……」這些產生於特定的歷史時期的歌詞，對於我們今天的青年學生顯然是十分隔膜的，顯然也是難以激起現在的畢業生情感共鳴的，這在今天的畢業典禮上唱來似乎也有點不倫不類，無怪乎許多畢業生不會唱這首〈畢業歌〉。

任何一首歌曲必然帶著它產生時期的特點，這不單表現在其歌詞內容上，而且也體現在它曲調的編排上，產生於一九三四年聶耳譜寫的曲調，以在國土淪喪民族危亡的時刻，號召青年學生走上抗日救亡前線為情感基調，全曲充滿了一種急切的呼號、焦急的吶喊、熱情的號召，雖然它在當時鼓舞了諸多的青年學生的抗日激情，但以今天的視角觀之，〈畢業歌〉高昂中略顯板滯、激越裏缺少變化，這大概也是現在的畢業生不會唱、或不喜歡唱的原因吧。

每一首歌的誕生都有它獨特的歷史背景，每一首歌的產生也都有它獨特的歷史作用，革命歷史歌曲更是這樣，它們曾經在我們民族的歷史上發揮過重要的作用，當然，我們今天唱起革命歷史歌曲對於我們不忘我們民族沉重而坎坷的歷史，激發我們今天的「四化」建設的熱情也不無激勵作用。但是，對於每每要在今天的學生畢業典禮上高唱的畢業歌曲，我認為還應該要有一首能夠有現在時代氣息、能夠激起今天的畢業生情感共鳴的歌曲，無論是它的詞，還是它的曲，都要令青年學生愛唱、想唱，不然，一九三四年誕生的〈畢業歌〉已經唱了六十多年，再唱下去，會唱的、願唱的只會越來越少。我呼籲我們的詞作家們、音樂家們動動腦筋吧！

大學生活瑣事瑣憶

人的一生中，大學的生活大概是最值得留戀的，歲月流逝，白駒過隙，但是大學生活的點點滴滴卻烙在我的心帆上，閒暇之時總會泛出，有時自己常常情不自禁地獨自暗笑，那是我們青春歲月的記憶，那是我們人生軌跡的烙印。

男宿舍裏的時裝「秀」

在大學期間，我們這一屆大概是搬家最為頻繁的了，先住大食堂，後搬小宿舍。記得在學校中部的宿舍住的時候，樓上住女生，樓下住男生，長長的樓道只有一邊有盥洗室。那時並沒有提倡「五講四美」，許多學生都是從農村來的，閒散慣了，常常將洗臉水、洗碗水從窗口倒下。住在底樓的男生，就常常聽到「唰」地一聲，樓上的女生又在倒水了，有時候水便濺在底樓窗臺上、濺在靠窗的書桌上、濺在靠窗的書本上。住在一樓的男生便有些生氣，有時便對著樓上大喊一聲，以示不滿與憤怒。有的男生便常常故意抬頭問樓上：「倒什麼水呀？」另一個男生便幫忙回答：「鮮橘水（洗腳水）！」樓下男生的宿舍裏便爆發出一陣哄堂大笑。有的男生將頭探出窗外，對著樓上喊，冷不防樓上又倒下一杯水來，嚇得那男生趕緊縮進頭來。

一天，從樓上掉下一隻女生晾曬的胸罩，正掉在一樓宿舍的窗臺上，為住在樓下宿舍裏的李浩川看到，他從窗臺上拎起這隻白色的胸罩，提起來細細地看了看，便將這隻胸罩在自己的胸口比試著。同宿舍的曾凡超乾脆將這胸罩戴在李浩川的胸口上，李浩川便煞有介事地扭動著身軀，嫋嫋婷婷地在宿舍裏走動了起來，「手之舞之，足之蹈之」，引起宿舍裏的男同學們哄堂大笑，咧開大嘴的曾凡超笑得最響。似乎在宿舍裏表演還不過癮，戴著胸罩的李「小姐」便在一樓的各男生宿舍周遊，從一個宿舍扭到另一個，笑聲也便在一個個宿舍先後響起，男同學們一個個被逗得捧腹大笑，有的用拳頭捶李「小姐」的背，有的用手指撥弄李「小姐」的胸罩，有的笑得眼淚也出來了，有的笑得直不起腰。

男生宿舍的這場「時裝秀」雖然並沒有載入中國時裝發展史中，但是卻烙入了我的大學生活的記憶中。

登塔比賽

我們住在大食堂裏的時候，房子背後有一個水塔，高高地聳立在校園裏，學校裏用的自來水大多是靠此水塔供應的。經過水塔，抬頭看看，總覺得在藍天烘托著的水塔顯得十分高大。

我們班上有幾位體育積極分子，李浩川便是其中的一位，常常可以在籃球場、排球場上見到他矯健的身影。那天晚飯後，大家在宿舍後面的水塔下聊天，不知是誰抬頭看看這尊高聳的水塔說，不知道這塔能否爬上去。李浩川看了看水塔，注意到一直延伸到塔頂的鐵梯，隨口便說：「有問題！」在一旁的江平津也說：「可以爬！」從老區來的江平津常常會帶些曬乾的柚子皮來，香香的、甜甜的，特別誘人。

也許因為李浩川太瞭解江平津了，他問江平津：「你真的能爬上去嗎？」江平津又望了望水塔，肯定地回答：「冇問題！你爬我也爬！」

李浩川對周圍的同學們說：「大家聽見了吧，我與江平津一起爬這水塔，我先爬，他後爬。」說完，李浩川便脫下外套，走到水塔下，爬上了水塔的鐵梯，手腳並用，嗖嗖地往上爬，大概因為常常運動的緣故，李浩川在鐵梯上顯得十分靈巧，如一隻猿猴一般，不一會兒，便爬上了水塔的頂端，回過身來向在水塔下的我們揮手致意呢！過了一會兒，李浩川又身手敏捷地爬下了塔。他對著水塔向江平津努努嘴說：「該你的了！」

江平津抬頭望了望水塔，遲疑了一會兒，終於向水塔走去。他爬上了水塔的鐵梯，手腳並用，顯得有些笨拙，平時少運動的他顯然缺乏李浩川的矯健敏捷。江平津顯然有些膽怯，爬幾格歇一歇，抬頭望望，又朝下看看。臉色變得有些白，手腳便有點哆嗦。李浩川卻在水塔下大聲吆喝著：「你爬呀！往上爬呀！」在李浩川的催促下，在水塔下同學們的助威聲中，江平津又一格一格地往上攀爬。越往上爬，江平津爬得越慢，爬到水塔一半的鐵梯上，他就停止了往上爬，雙手緊緊地抓住鐵梯，閉著眼睛在那兒直喘氣。

「你爬呀！你往上爬呀！」李浩川繼續在水塔下催促。

江平津卻擺出一種死豬不怕開水燙的姿態，任李浩川如何催促笑罵，他也無動於衷。水塔下的我們看出江平津的膽怯，他兩眼緊閉、臉色煞白、滿頭大汗，再繼續爬上去怕出問題，我們幾個就吆喝著讓江平津下來。

江平津沒有回答，仍然在原地站了一會兒，睜開眼，往下瞧了瞧。喘了口氣，他才一格一格慢慢地往下爬，說爬倒不如說是挪，比往上爬時好像更為艱難，在水塔下的我們都為他捏著一把汗，但是誰也沒有辦法幫助他，只有靠他自己爬下來。

剛剛在塔下奚落逗趣的李浩川也不出聲了，他也緊張地看著江平津慢慢地往下挪。江平津的雙腳踩在地上的時候，我們幾個都鬆了口氣。江平津雖然有點氣喘吁吁臉色煞白，卻裝出一種無所畏懼的姿態，故作輕鬆地說：「不想往上爬了，要爬上去也冇問題。」

李浩川卻說：「算了，你爬得比我好！」

江平津謙虛地說：「哪裡，哪裡！」

一場不言而喻的登塔比賽結束了，沒有獎狀，沒有獎品，只是大學生活一個小小的插曲。

巡邏與失竊

在大學學習的最初幾年，學校的治安情況很差，在窗外晾曬的衣服常常失竊，甚至住在底樓的女生，半夜裏遭伸進窗裏的手在頭上胸上亂摸。學校便組織學生晚上巡邏，以維護校園裏的治安。發幾個袖章，一個電筒，安排好巡邏的區域，並選定一個負責的同學，巡邏小組的活動便開始了，擔任巡邏任務的都是男生。

最初，晚上巡邏的同學都有點新奇，深更半夜在熟悉的校園裏巡邏，不免有點新鮮感，甚至想著逮住一兩個小偷之類的，就是不被嘉獎，也為學生生活增添一點樂趣。校園裏巡邏，最怕的是冬天，半夜裏爬出熱被窩，抖抖索索地穿起衣褲，冒著寒風在校園裏巡視，冷不防哪裡竄出一隻野貓，也會讓人驚叫起來，出一身冷汗。

那天晚上，輪到第八組男同學巡邏，章建華是其中的一位幹將。輪到他巡邏的時候，他動作利索地穿上衣褲，拿起電筒，走出宿舍，與另外一位男同學就開始在校園裏巡邏。個子高大的他，有點無所畏懼，章建華善言談，半夜巡邏倒給了他與同學交談的一個機會。他們在半夜的校園裏走著，用一隻電筒東照照西望望。夜巡的時間好像特別長，他們在校園裏轉了一圈又一圈，學生宿舍周圍，教學大樓附近，校園裏的池塘邊，圖書館的門廊前，他們都巡視到了，沒有發現什麼異樣的情況。因為是冬天，半夜的校園顯得格外寂靜，不同夏日的夜晚，總有男男女女在角落裏幽會聊天。

轉了幾圈，腿也有點酸了，口也有點幹了，看看手錶，他們巡邏的時間差不多了，他們便往自己的宿舍走去。

走到宿舍門口，章建華看到房門虛掩著，是自己走時忘了關？還是有人出門解手沒有關好？他推開門進了房間，不禁大吃一驚，已有小偷光顧了他們的房間，房間裏的衣褲、桌子上的東西都被翻動了。

章建華打開了電燈，叫醒了正在熟睡中的同學們，告訴大家趕快看看是否少了什麼東西。剛剛從夢境中被叫醒的同學便有些不滿，說：「你們不是在校園裏巡邏嗎？怎麼倒讓小偷光顧了自己的房間呢？」

雖然當時大家都沒有很多錢財，但是偷了一件毛衣、一件長褲，在這冬天裏倒還真是一件尷尬的事情。大家清點了失竊的衣物後，剛剛回到宿舍的章建華又拿起電筒出門了。宿舍裏的同學問他去哪裡，章建華無可奈何地回答：「去學校保衛部報案！」

半夜巡邏自己的宿舍被小偷光顧，就成了校園生活的一件趣事。現在提起，章建華仍然會無可奈何地笑笑、搖搖頭。

「洗腳了」與小籠包

班長吳克善是餘幹來的，原來大概當過農村的幹部，一來便被安排當了我們一百多學生的班長。吳克善雖然工作能力並不強，工作倒是盡心盡力的，尤其是每天早上叫起床、晚上叫睡覺特別認真負責。那時我們都住在大食堂裏，每天早晨吳班長便叫喚：「起床了！起床了！」晚上時間一到，他便吆喝：「睡覺了！睡覺了！」他的餘幹普通話聽起來總是在吆喝「洗腳了！洗腳了！」一聽到他的吆喝，大家便隨著他說「洗腳了！洗腳了！」哈哈笑著鑽進被窩息燈睡覺。有時見到吳克善也不叫他名字，就叫他「洗腳了」，他倒也並不生氣，笑笑，臉上的皺紋便如綻開的花一般。

班長吳克善的老家有湖，湖裏有魚，每年暑假過後，吳班長總會提著個大大的蛇皮袋，帶上一些魚幹之類的土產，大概是送給班主任老師之類的，宿舍裏便瀰漫著一種魚腥氣。那個年代，大多數人還不善於交際，當慣了鄉村幹部的吳班長早就對於這套熟門熟路了，他的班長也就當穩了幾年。我們也就常常能聽到他「洗腳了！洗腳了！」的吆喝聲。也記不起是什麼時候，他被解除了班長的職位，改任班級宣傳委員了，這其實並非他的特長，他既不能寫，又不能唱，但是他在我們的眼裏仍然是一位熱心負責的班幹部。

一九七八年的夏天特別炎熱，在等待分配的歲月裏，時間就變得有些難熬了。大家好像都滿腹心事，自己的前途未卜憂心忡忡；大家好像都無所事事，幹什麼事情都難以靜下心來。在這炎熱的夏夜裏，打撲克、聊天就成為那段時間基本的消遣。有時撲克一打就到半夜，聊天一聊就忘卻了時間。畢業班歷來管理比較鬆懈，吳克善也早已不吆喝「洗腳了！洗腳了！」那時年輕，一到半夜，便覺得饑腸轆轆，便想著找東西吃。不知道誰提出火車站附近一家店的小籠包子味道不錯，大家便一同沿著鐵道往那飲食店而去。那時人們的口味比較粗，只要能夠填飽肚子就可以了，那小籠包子便成為我們的美餐了。去了次數多了，飲食店的老闆便與我們熟了。

後來，也不知道是誰提出，乾脆請一個人代辦，用一隻大鍋子去買，去買的同學每人給他一隻，十個同學便給他十隻小籠包子，作為他的跑路報酬，吳克善便擔當了這個責任。因此，往往在牌桌上正緊張的時刻，就有人叫了：「吳克善！吳克善！去買小籠包子！」駕輕就熟的吳克善便端起一隻鍋子，他二兩你三兩地登記好，就在夜色裏往火車站而去。這邊還在打撲克聊天的同學們，便繼續打撲克聊天，一邊等候著吳克善買回小籠包子。

一般過半個多小時，吳克善便興沖沖地端著一鍋子小籠包子回來了，大家紛紛拿出飯盒、瓷盆，數著自己定的數目，並留出一個給吳克善，便有滋有味地吃了起來。等到大家都在吃了，吳克善才開始吃留在鍋子裏的小籠包子，這作為他的酬勞的小籠包子，他好像吃得比我們每個人都香，他將包子裏的湯水吸得「吱吱」地響。後來，幾乎每天不到半夜，便有人叫喚「小籠包」，吳克善便會應聲而到，甚至有人不叫他的名字，而叫他「小籠包」了。

從「洗腳了」，到「小籠包」，吳克善始終不動氣，笑嘻嘻的，臉上的皺紋便像綻開的花一般。

愛情經驗

胡菜英是三組的副組長，高高瘦瘦的，很樸實的一個農村姑娘；邱庭美是一組的組員，矮矮胖胖的，很機靈的一個小鎮青年。也不知道怎麼回事，他們倆居然好上了，居然後來成了家。他們的結合使人想起馮驥才的一個短篇小說《高女人和他的矮丈夫》。

他們的戀愛讓人感動的是邱庭美的病。大約在臨近畢業的前不久，邱庭美病了，到醫院裏一檢查，腦瘤！也不知道是良性還是惡性。醫生決定動手術，打開顱腦，切除腫瘤，這個手術非同小可。我想當時胡菜英要退卻要與邱庭美分手是完全有理由的，邱庭美大概也會諒解胡菜英的。但是樸實的胡菜英沒有二話，承擔起了照看邱庭美的責任，就像春天田野裏的油菜花那樣樸實卻充滿著魅力，置身那種雖然不招搖卻樸素的花叢中，你會被感染、會被激動，我那時是被我們的副組長感染與激動的。我曾經去醫院探望邱庭美，動過手術的邱庭美頭上紮著繃帶，臥在床上，默默無語的胡菜英輕手輕腳地給他餵飯餵菜。雖然動過手術，邱庭美一口一口吞咽著胡菜英餵的飯菜，臉上洋溢著一種幸福的色彩。

在我們班上邱庭美因為病而脫了不少功課，最後是大概以結業的方式離開學校的。畢業後，他們倆去了邱庭美的老家工作，正應了中國的一句老話：「嫁雞隨雞，嫁狗隨狗。」去年同學聚會，我因為要去美國領事館簽證，沒能赴會，他們夫婦倆都去了，見到照片上的他們，邱庭美瘦了許多，不再像過去那樣矮矮胖胖的了；胡菜英依然如故，高高瘦瘦的。性格的差異大概成為男女結合的一種基礎，胡菜英文靜樸實，邱庭美機靈詼諧，他們的性格就構成一種互補。記得當時班上有人對於他們倆的關係感到不理解，甚至覺得有些不可思議，他們倆一高一矮一胖一瘦一健康一病態。

有人甚至半開玩笑半當真地問邱庭美：「你與胡菜英的戀愛有什麼經驗？」邱庭美摸了摸自己圓圓的腦袋，慢條斯理詭譎地說：「要說經驗嘛，那……那……就是『抓兩點，貫徹一條』！」

問者過了半晌才領會，情不自禁地撫掌大笑，念叨著：「好！好！『抓兩點，貫徹一條』！高！高！實在是高！實在是高！」

電影票與電燈泡

我們班級大，人多事也多，人多信也多。周家俊承擔了為全班一百多號人取信送信的工作，當時沒有「伊妹兒」，資訊的傳遞、情感的表達只有書信，周家俊便成為全班最受歡迎的人物了，只要周家俊高高瘦瘦的身影出現，大家都會興奮起來，都迫不及待地詢問有沒有自己的信。

在高高瘦瘦周家俊的身後，好像永遠跟著矮矮的盧國榮，他跟隨著周家俊去信箱取信，他跟隨著周家俊去給同學們送信，他們倆一高一矮成為了形影不離的一對。我也不知道當時怎麼讓盧國榮當了班級體育委員，他既不能上運動場跑步，又不能上球場打球，但是他擔任班級體育委員的工作還是盡心盡職的，組織班級同學參加學校運動會，組織啦啦隊為參加者鼓勁。

一百多人的大班，青年男女在一起總有這樣那樣的事情，總會傳出誰與誰談戀愛了，誰看上了誰，誰與誰鬧矛盾了。三組的盧國榮看上了四組的蔡培勤，被人稱為「萬寶全書缺一隻角」的盧國榮，對於許多事情有著獨到的理解，他常常振振有辭地對同學說這說那，但是一旦自己面臨這樣感情的問題，雖然他比一般人要冷靜，但是此事也常常令他感到煩惱。蔡培勤長得白白淨淨苗苗條條，爽直而聰慧，盧國榮長得結結實實矮矮壯壯，睿智而老成。他不知道他提出此事，蔡培勤會如何表態，此事讓他煩惱讓他心焦。他將內心的想法告訴了周家俊，家俊是一個實在人，他認為心動不如行動，便慫恿盧國榮行動。盧國榮考慮再三，決定聽取周家俊的建議採取行動。

在我們班級裏，蔡培勤與陳培卿也是進進出出形影不離的一對，到食堂吃飯，上街購物，兩人總是攜手而行。

那天，盧國榮興沖沖地上街買了兩張電影票，是剛剛上演的新電影，他打算破釜沉舟孤注一擲，邀請蔡培勤去看一場電影，只要她接受了邀請，接下來的事情就可以按部就班地進行了。那天，盧國榮懷裏揣著兩張電影票，陪同周家俊取信回來。正是午飯時分，他們倆就在學校的籃球場邊等候蔡培勤的出現，他們知道蔡培勤已去食堂打飯了。過了不多久，果然蔡培勤出現了，捧著一隻打了飯菜的飯盒，與陳培卿一起回宿舍。

周家俊叫住了蔡培勤，蔡培勤以為自己有信，便停下了腳步，陳培卿在一旁問有沒有她的信，周家俊說沒有，並對蔡培勤說，盧國榮找她有話說，陳培卿便先走了。

體育委員盧國榮平時為班裏運動員鼓勁嗓門特別大，此時卻嗓音小了，面對等待著他說話的蔡培勤，他半晌才說：「我想請你去看電影。」

聽到盧國榮發出這樣的邀請，看著盧國榮奇怪的表情。蔡培勤頓時領悟了，她幾乎也是情不自禁地叫了起來：「兩張！兩張！」並伸出兩根白皙的手指。顯然，她是意思要兩張電影票，要去她必須與陳培卿一起去。

盧國榮木然了。周家俊在一旁聽到了蔡培勤的叫聲，見到了蔡培勤伸出的兩根手指，他心裏想：壞了，沒戲了！要是兩張電影票，陳培卿與蔡培勤一起去，那不是找了一隻「電燈泡」嗎？

我也不知道後來盧國榮是將兩張電影票都給了蔡培勤，還是一張也沒有給，或者是他與周家俊兩個人去看的電影。

參謀參謀

在我們班結成的伉儷中，彭遠海與應秀麗是非常幸福的一對。彭遠海睿智正直，應秀麗聰慧秀麗。彭遠海曾經當過上海一所中學的副校長，目前在區教育局任職；應秀麗是中學語文教師，兢兢業業工作，勤勤儉儉生活，每次見到他們，我都為他們而感到高興，為他們的幸福而感到欣慰。

彭遠海與應秀麗都在第七組，是一般的組員，在班級裏認認真真學習，老老實實為人，不顯山不露水，不張揚不炫耀。我也不知道他們什麼時候開始這種交往的，我始終感到他們的結合是一樁美事。當時班上許多同學最初的來往都是悄悄的，有點像做地下工作，或塞一張小紙條，約定一個約會的地點，或借談工作之名，行談戀愛之實，等等。彭遠海與應秀麗既非班幹部，又不是組長，我不知道他們最初是如何開始的，更不知道他們後來是如何發展的。我只知道應秀麗在與彭遠海交往後，想找同學參謀參謀，當局者迷，旁觀者清。她便將此事含含糊糊地告訴了蔡培勤，心直口快的蔡培勤脫口而出地說：「不行！不行！」不知道是她認為彭遠海配不上應秀麗，還是上海同學不應該與江西同學戀愛。

我想大概當時應秀麗聽到蔡培勤的話語，心都涼了一截。好在蔡培勤並不是應秀麗的家長，應秀麗只是請她參謀參謀，主意還得自己拿。

人是有感情的高級動物，在人與人的交往中，人格的魅力、感情的積累，隨著交往的日積月累，彭遠海與應秀麗感情日益深厚。在畢業後，他們倆決定去彭遠海的家鄉工作，當他們倆去報到時，彭遠海家鄉的教育局竟然說他們只要一個，彭遠海非常氣憤，無可奈何中彭遠海決定他自己去別的地方，讓應秀麗留下來，憤懣中的彭遠海對家鄉教育局的辦事員說，請你看著過不多久我就會回來的。果然，過了沒多久，彭遠海就回到了故鄉，在故鄉與應秀麗一起營造起他們的愛巢。後來，彭遠海與應秀麗夫婦倆又回到了應秀麗的故鄉上海。

性格的互補大概是幸福的基礎，彭遠海睿智執著，應秀麗聰慧美麗，他們倆的生活十分幸福。從他們的愛情故事中，我得出的是任何事情最終得自己拿主意，別人的參謀參謀只能作為參考，愛與不愛只有你自己心裏最清楚。

我真心地祝福彭遠海與應秀麗倆幸福！

挑夫與病夫

在我們班裏，蘇榮亮是一位護花使者，他熱情俠義，樂於助人，尤其善於幫助女同學。那時我們班常常開門辦學，曾經去過農場勞動，曾經去井岡山野營拉練，都要帶著被褥，如解放軍行軍一般，沒有受過正式訓練的我們，就常常弄得疲憊不堪，尤其是那些城市裏來的女生，走這麼長的路尚且歪歪扭扭，還要背自己的被褥，談何容易。蘇榮亮便挺身而出，一根扁擔挑著幾位女生的被褥，雖然滿頭大汗，卻樂也融融。等到了宿營地，他還常常為女同學整理床鋪，無微不至令人感動。在野營拉練的路途中，蘇榮亮成為了一道風景線，有人便打趣地叫他挑夫。

蘇榮亮有著一副俠肝義膽，在班上屬於消息靈通人士，與許多女生的來往使他獲得了班級裏的許多資訊，哪位男同學想哪個女同學，哪兩位女同學之間爭風吃醋，哪位女同學已有了男朋友，哪位男同學已找了對象，如此等等。蘇榮亮健談，尤其喜歡與女同學攀談，在稱兄道弟呼哥喚妹中，加深了同學間的感情與友誼。

在畢業分配的時候，學校動員畢業生援藏。曾凡超戀著葉勝萍，便報名去西藏。蘇榮亮對葉勝萍有好感，他對我說也想報名援藏。因為我與蘇榮亮關係不錯，我便直言不諱地對他說：「你就別攙和了，何必呢！」他大概聽了我的勸告，終於沒有報名，看著曾凡超、葉勝萍等戴著大紅花登上赴西藏的火車，蘇榮亮的心中很有失落感。後來知道葉勝萍臨走前已經結婚了，他也就釋然了。

在等待畢業分配的時候，蘇榮亮病了，學校醫務所檢查懷疑為肝炎，要他到傳染病醫院檢查，蘇榮亮病態懨懨地躺在床上，不願意去傳染病醫院。我見他病情沉重，便借了輛自行車，讓他坐在自行車後座上，推著他往傳染病醫院而去。騎車與推車不一樣，推車特別難，左一下，右一下，推得我渾身冒汗，總算推到了傳染病醫院。進了醫院，一檢查，醫生就不讓蘇榮亮走了，他就住下了。我便回學校為蘇榮亮拿必須的生活用品，牙刷、牙膏、毛巾、臉盆、熱水瓶等等。隔三差五地我還常常往傳染病醫院跑，有好心的同學便告誡我說，蘇榮亮的肝病會傳染的，你老往那邊跑，小心被感染。我卻覺得沒有什麼，人病了，總得有人關心吧。

漸漸地我發現沒有幾個人關心蘇榮亮的病情，甚至蘇榮亮在野營拉練當挑夫為她們挑行李的兩位女同學，也並沒有去探望蘇榮亮，平時蘇榮亮卻老往她們那裏跑，我心裏便有些想法，心想蘇榮亮平時老想著你們、幫著你們，到人家有困難了，你們的人影也不見了。我抽機會遇到她們，便對她們說，蘇榮亮住在傳染病醫院，你們應該抽時間去看看，大家同學一場、朋友一場，也應該關心一下吧。後來，她們也去醫院探視了蘇榮亮。

從挑夫到病夫，蘇榮亮大概也感受到了人間的冷暖，畢業後他便很少與同學交往，漸漸消弭了他的資訊。只是去年同學會，才有同學千方百計打聽到了他的資訊，同學們才見了久別的他。後來，我按照同學錄上的電話號碼給他打了個電話，笑談中的蘇榮亮好像老成了許多，也不知道他後來護著的是怎樣的一朵花。

二〇〇六年三月三十日於瞻雨樓

月亮湖畔的遐想

是誰剪裁了絢麗的朝霞鋪就了這片片紅色的屋頂？是誰擷來了明潔的月光抹就了這層層月色的粉牆？是列子御風遊乎八方草木皆生？是天女散花綴平林之樹姹紫嫣紅？在金秋的陽光裏，在桂花的芬芳中，我走進上海師範大學奉賢校區，一片片開闊清新的綠草地、一幢幢紅瓦粉牆的新樓房、一條條蜿蜒清澈的溪流、一叢叢絢麗多彩的花叢，眼前的美景令我耳目一新心曠神怡，校園的巨變令我驚訝，校園的新貌令我陶醉。

我在這杭州灣畔的美麗校園裏漫步，我在這奉賢校區的寧靜小路上巡禮。寬敞明亮的新教學大樓，開闊的空間、別致的設計，置身於以學為重的環境中，我深深感受到現代教育境界的魅力。舒適幽雅的學生公寓，合理的佈局、新穎的結構，置身於以人為本的空間裏，我真切感覺到現代學生公寓的愜意。最令我吃驚的是新辦公大樓的設計，一層層迴廊般的大樓居然橫跨在一汪清澈澄碧的湖水之上，潺潺的碧波在大樓基座的一邊流過，湖邊的綠草地上點綴著紅花一叢叢，置身碧波之上，你會有如身處會稽山陰之蘭亭，流觴曲水清流激湍映帶左右；放眼花草之間，你會有如身臨杭州九溪煙樹，溪水潺潺小徑曲屈百花生樹。登上辦公大樓的觀景台，校園的美景盡收眼底：那一片片墨綠色的草地如一張張毛茸茸的大地毯，鋪下了校園充滿著生命律動的底色；那一幢幢紅瓦粉牆的新樓如雨後蓬勃生長的春筍，充滿著蓬勃向上的生命旋律；那風雨操場上一條條紅色的塑膠跑道，如一根根琴弦撥動出校園洋溢著青春色彩的韻律；那屋宇樓舍間一座尖頂的紅色鐘樓，如一管巨筆將一腔情懷寫上藍天。校園的景致美不勝收：那一條條寬闊的大道，那一叢叢濃郁的綠蔭，月亮橋的一彎新月依然那樣幽雅，科技館的建築已呈現出雄偉英姿……

我來到校園裏的一個小小的湖邊，一彎碧澄的湖水如一眉新月靜靜地躺在綠草紅花叢中，學生們給她起了個富有詩意的名字——月亮湖，學生公寓的窗戶正對著這泓湖水。我在月亮湖邊漫步，不禁想起了校園的前天——那一個個簡陋的茅棚式的屋舍，在學校初創時期的困苦階段；不禁記起了校園的昨天——那低矮的辦公樓、那簡樸的教學樓，在兩校合併之初的艱難時候。今天，舊貌換新顏，一座現代化的校園在杭州灣畔迅速崛起；今天，日新而月異，一顆璀璨的明珠在東海之濱熠熠閃光。突破了完全依靠國家投資辦教育的模式，開拓了多元投資興辦教育的新路，新校園才能如此迅速地展現出美麗的身姿。清晨，在這月亮湖畔可以聽到琅琅的讀書聲，月下，在這月亮湖畔可以見到促膝而談的身影；春日，在這月亮湖邊有著花兒盛開粉蝶翻飛，金秋，在這月亮湖邊有著菊花搖曳金桂飄香……

美麗的校園，你是人才的積聚地，在這兒彙集起諸多才華橫溢的兒女；美麗的校園，你是知識的聚寶盆，在這兒學生們孜孜不倦地汲取知識的營養；美麗的校園，今日你彩旗飄揚慶祝校慶；美麗的校園，明日你日新月異將更加美麗。

故鄉的小巷

我常想念故鄉那條狹長幽靜的小巷，在那裏我蹣跚地度過了童年和少年時代。

想起故鄉的小巷，彷彿又聞到巷口那株高大的玉蘭樹花的幽幽馨香了，耳際似乎又響起小巷深處一聲聲別有韻味的叫賣聲。有賣醬油的，有賣酒釀的，有捏糖人的，有「篤篤篤」的竹梆聲，伴著「糖——粥」的叫賣聲，這些聲音在小巷裏悠悠地飄蕩。

記憶最深的還是那賣油氽臭豆腐乾的小攤了。小攤設在巷口的那株玉蘭樹下，擺攤的是個駝背的寧波老頭，一副挑子，一頭擱著一層層豆腐，一頭是滾熱的油鍋。他將一塊塊洗淨晾乾的臭豆腐哧溜一聲投下鍋去，一塊塊氽得焦黃焦黃，蘸點辣椒醬，又香又酥。

我們幾個小夥伴也常有調皮的時候，如學賣臭豆腐的寧波腔，放學時經過小巷口，我們幾個故意齊齊整整地排成一行，用力踏著腳，走在前面的總是班上的「皮大王」阿林，他還帶著我們幾個衝著駝背老頭的女兒玉蘭拿腔捏調地喊：「臭豆腐哦……」

也不知從什麼時候起，小巷裏的叫賣聲匿跡了，取而代之的是震得人心顫的鑼鼓聲。夜晚，當一切歸於平靜時，小巷如死一般靜寂。我常常想起先前小巷裏賣醬油的、賣酒釀的、賣糖粥的吆喝聲了，也想起賣臭豆腐乾的駝背老漢和他的女兒。轉眼離開故鄉十多年了，今年回鄉探親，一腳踏進小巷，馨香撲鼻，玉蘭花開得正盛，玉蘭樹下搭起了一個墨綠色的小涼棚，一個繫著白圍裙的姑娘正站在一個油鍋前忙碌著，一股油香沁人肺腑。「久違了，家鄉的臭豆腐！」我將錢遞了過去，她麻利地將焦黃的臭豆腐乾遞到我跟前。

恍然間，我覺得她的笑臉十分熟悉，我認出來了：「你是……玉蘭！不記得了？我們還同過桌呢！」

她想起來了，咯咯地笑了。

我問起她的爸爸，她黯然了。說文化大革命中有人說她爸爸搞單幹，被批鬥了幾次，死了。我又問起她這些年的經歷，她捋了捋一綹飄到眉前的秀髮說：「阿爹死後，我也下了農村。回城後，操起了阿爹的家什，在小巷口幹起了這一行。好在現在個體戶也不受歧視了，生意也不錯。」

「成了家麼？」話一出口，我才感到有些冒失了。

她臉一紅，說：「還沒，不過正準備呢！這兩年我參加了電視大學的學習，學完了再辦，屆時敬請光臨。」一說完，她又咯咯地笑了。

「你的那位在哪兒工作？」我刨根問底。

她兩眼詭譎地望著我，一笑說：「就是阿林。」

噢，阿林，正是那個領頭衝著玉蘭叫臭豆腐的小子，我不禁放聲大笑了。

啊，故鄉的小巷，我又聽到小巷裏迴盪著的一聲聲有韻味的叫賣聲了。夜雨中，我想起了詩人戴望舒的詩句：「撐著油紙傘，獨自彷徨在悠長、悠長又寂寥的雨巷。」今天，故鄉的小巷已沒有一絲寂寥和彷徨，倒充滿著陸遊筆下的「小樓一夜聽春雨，深巷明朝賣杏花」的春意，但比詩中更充滿生氣，充滿希望。

知青歲月

車站送別

我是一九七〇年四月離開上海到江西插隊的，仍記得那天離開上海時的情景。那時幾乎天天有知識青年上山下鄉的列車開出，發車是在上海北站。

車站裏人山人海，鑼鼓震天歌聲動地。喇叭裏一遍遍地播放著激情洋溢的歌：「到農村去，到邊疆去，到祖國最需要的地方去……」知識青年們都胸戴紅花上了列車，車下是送別的親人們：有依依不捨的母親，有白髮蒼蒼的老祖母，有一同長大的鄰居朋友。當時送我上車的是父親、母親和外婆。都是第一次出遠門，父母都有些不放心，左囑咐右叮嚀的。「知識青年到農村去，接受貧下中農的再教育」，這是毛主席的號召，當時誰敢說個「不」字。學校、里弄、單位都聯合起來做工作，讓家長們送孩子上山下鄉。居委會常常上門做工作，敲鑼打鼓地上門做宣傳。最絕的是辦家長學習班了，單位與學校聯合起來，將家長們召集起來，讀毛主席的指示，談學習毛主席指示的體會和感想，要每個家長都發言表態，不表態的不能離開，成了變相的拘留了，這一招確實厲害，有許多家長與孩子就是在那樣的情勢下報名上山下鄉的。

列車即將出發了，送行的與出發的都開始唏噓起來，坐在我對面位置的是一個戴著深度近視眼鏡的矮個青年，只見一位中年男子在車窗外對他義正詞嚴地說：「孩子，別哭，朝阿爸笑一笑！」

後來，他與我分在一個集體戶，也不知誰就記下了這一幕，看見他就沾他的便宜，說：「別哭，朝阿爸笑一笑！」

火車的門關上了，汽笛拉響了，頓時車上車下哭成一片。誰都不知道今後的命運，誰都料不到以後的人生。誰都是父母身上掉下的肉！十八、九歲遠離家庭和父母，能捨得嗎？然而，在那個不准說真話表真情的年代，人們只能面帶著苦笑送兒女上路，但當火車的汽笛拉響了的時候，人們都忍不住啼哭了起來，有的大概也把在那場駭人聽聞運動中受到的磨難與屈辱一起在那哭聲中宣洩了。一個白髮蒼蒼的老奶奶送孫子上路，大概她認為再也見不到她的孫子了，居然用勁拉住火車上車處的扶手，想不讓載著她孫子的車開走，她的家人們好不容易把她的手拉開。我默默地坐在靠窗的座位，望著月臺上送行的親人們，揮動著手，眼眶裏卻止不住溢出了眼淚。等待著我的是一個怎樣的人生呢？我去的地方是一個怎樣的地方呢？什麼時候才能回到我的故鄉呢？列車緩緩地駛出了車站，月臺上仍然傳來一片哭聲，很遠很遠，這哭聲仍在我的耳際迴響。我將開始我新的知青生活了。

人工呼吸

每年端午前後，我插隊的山區常常會由暴雨引發大水，我們住的況家祠堂門口的那條河就會變成一條深不可測的大河，常常可以看到從河的上游沖下木料、竹子，甚至是被沖毀的屋頂、豬棚，在水中掙扎的豬、狗等，既壯觀又悲慘。

那天，我們剛剛從山上的梯田裏耘禾下山，走到離我們住的況家祠堂不遠處，突然有人大叫：「救人啊！救人啊！」我們幾個快步跑上前，來到已成為一片汪洋的大河邊。這裏原先有一條小河溝，來來往往可以踏著幾塊石頭過去，現在卻因上游的水沖下來，小河溝已經與大河連成一片。

原來是我們房東況家的小兒子上山砍柴，走過已經與大河連成一片的小河溝時，失腳踏空跌進了河裏。河面上只見有一根扁擔、一副挑柴的竹夾、和一隻草帽在河水中打轉，他被淹已經約十分鐘了。

上游的水還在源源不斷地往下游湧來，水還繼續在往上漲，河中濁黃的水流湍急異常，我們幾個會水的知青顧不得脫衣服，奮不顧身地跳進水中潛入水底摸了起來。

不會水的知青小馬不知從哪兒扛來了一根毛竹，他將毛竹放入水中，讓我們幾個下水的知青可以扶住喘口氣。摸了許久還沒有找到，小梅就試著往河中間那一叢雜樹的根部去摸，果然況家的小兒子被纏在那雜樹的根部了，我們幾個七手八腳地將撈起的孩子放在岸上，一邊讓人去叫當地的赤腳醫生，一邊輪流為他做人工呼吸。

況家的小兒子在讀小學，剛滿十二歲。他已經沒有了一絲活氣，肚子扁扁的沒吃一點水，雙目緊閉手腳冰涼。我們在他的胸口一下一下地壓著，希望能夠救活他，但始終沒有一點兒動靜。

不知是誰提出用口對口吹氣的方法作人工呼吸，便有知青小梅掏出一塊手絹墊在況家兒子的口上，俯下身去口對口地作起人工呼吸來。過了一會兒，小梅累得喘不過氣來，讓我們幾個換著做人工呼吸。當我伏下身口對著況家小兒子冰冷的口呼氣時，心裏不禁有一絲異樣的感覺，似乎自己在吻著一塊冰涼的大理石，也好像嘴貼著被剝去皮的死蛇，我雖然一下一下作著人工呼吸，但卻一陣陣作嘔。好在赤腳醫生被叫來了，況家的父親、兄弟和老太太也趕來了，遠遠地就大哭大嚎起來。

醫生翻了一下況家小兒子的眼瞼，對我們說，別作人工呼吸了，沒用了，準備後事吧。況家的老太太卻硬拉著醫生給她的孫子打針，還一個勁地給赤腳醫生磕頭，嘴裏連聲說，救救我的孫子！救救我的孫子！她拉住醫生的衣袖不放。我們幾個知青對醫生說，你就給他打一針吧，雖然救不活，但也算盡力了。那醫生就給況家小兒子冰涼的屍體注射了一針。

況家小兒子終究沒有醒來，他被埋在況家祠堂後面的山上了。那天，半夜裏也不知什麼東西在後山上怪異地慘叫著，弄得我們幾個知青一晚上沒有睡著。我們幾個聊天聊了大半夜，從口對口的人工呼吸的感受談起，談到自己對死的感受，談到生命的脆弱與頑強，談到《聊齋》裏的鬼故事。後來，乾脆輪流講起鬼故事來，無論是從書上讀來的，還是從別人那兒聽來的，或者是現編現講的，一個個說得唾沫飛濺，一個個聽得毛骨悚然。到黎明時分，我們先後都睡著了。

早上，太陽有幾杆高了，隊長來敲我們門叫我們出工時，我們還一個個蒙頭呼呼大睡。

楊將軍的歷險

俗話說：「靠山吃山，靠水吃水。」大概在插隊山村半年後，我們集體戶的知青被隊裏派往山上扛木料。

那山離村裏大約五、六裏遠，一早上山，日頭下山回家。山裏人將上山伐木看作一樁十分慎重的事，他們認為山上住著一位山神，掌管著山上的一切事物，他們在上山之前每每都要拜山神，拜完神就攜上斧子匆匆上山，路人們一般都不能與他們打招呼，以免壞了他們祭神後的肅穆，倘有人在路上故意與上山者招呼，他們會馬上打道回府，這一天的工分就要那招呼者賠償了。上山的人們不能再指名道姓地呼喚，每個人都以將軍稱呼，姓張稱張將軍，姓王叫王將軍，因此我就被稱為楊將軍了。到了山上，許多事的說法也常常改變了，抽煙不能說抽煙，要說「打一銃」，大便也不能說大便，要說「搬山」，都顯示出了大將軍的氣魄。

來到了山上的一片杉木林裏，被伐倒了的原木橫七豎八地躺在山上，必須將枝枝椏椏砍去一根根地拖出。踩在鬆軟的落葉上，聆聽著不知哪兒傳來的一陣陣婉轉的鳥鳴，倒使人想起「深山不見人，鳥鳴山更幽」的詩句。

隊長吆喝大家開始工作，將原木扛到山坡下的一個趟口裏滑下山去。原木伐下沒多久，濕濕的很沉，老俵們都一人扛起一根就走，每人手裏都拿著一根短短的叉棍，與城裏叉晾衣杆的叉棍相似，即可以作拐杖用，以免在陡峭的山路上滑倒，也可以作為將原木擱在上面休息的工具。

隊長讓我們知青兩人合扛一根，我就與「四眼」劉將軍搭檔。我將身上的布腰帶緊了緊，自告奮勇地扛起了大的一頭，「四眼」就將小的一頭放上了肩。下山的路十分難行，我一腳深一腳淺歪歪斜斜地走著，還不時地要招呼後面的劉將軍。不一會兒，就感覺到肩上的分量越來越沉，額頭上就沁出汗珠來了。前面來到了山的拐角處，一邊靠山岩，一邊就是陡壁懸崖，踏上此處我就放慢了腳步，「四眼」也開始小心翼翼地往前挪動。原木是長長的一根，山的拐角拐得急，山路又是窄窄的僅能容下一雙腳，我正一步步往前走之時，卻覺得原木在我的肩頭猛然劇烈地跳動起來，差一點把我彈下懸崖，原來是筆直的原木與山的拐角不相合，後面的劉將軍無路可走了，他一聲不吭地就將原木撂下了，原木梢子在山路上的彈動，幾乎成為了致人於死地的殺手。

我的腦袋被震得嗡嗡嗡地作響，站在那兒一動也不敢動，直至原木的跳動停止，才小心地將原木放下了肩。面對著「四眼」尷尬的表情，我也只有無可奈何了。我不再與人合作了，獨自一人扛起了一根原木，隊長為我做了一個叉棍，我學著他們的樣，在山路上扛起原木下山。

水蛇的故事

山區多蛇，田埂上山道上常常可以見到蛇的蹤影，金環蛇、銀環蛇、竹葉青蛇、蝮蛇等都是毒性很強的蛇，被它們咬了一口常常會有致命的危險。

下農村以前，大多數知青都會買上幾片季得勝蛇藥，像焦碳似的黑黑的一片，中間是銀色的季得勝蛇藥幾個字，揣在懷裏以防萬一。到了山村後，也聽到不少山民被毒蛇咬了的事：有人新婚之夜蜜月初度，雲雨之間新郎的膝蓋靠在牆上，被盤在麻布帳子外乾打壘牆上的毒蛇咬了一口，新婚的新娘就成了寡婦。有人在菜園子裏摘菜，被盤在南瓜上的毒蛇咬了，一命嗚呼。

故而出門走路就特別小心，走山路就常常會帶一根竹竿打草驚蛇。也常常在門口土場上、屋後菜園裏打死過好幾條蛇。那時常常沒有下飯的菜，那蛇就往往被我剝去了皮，成了我們飯桌上的佳餚美味。第一次吃蛇，大家都遲遲不敢下箸，說怕是毒蛇，吃了是不是會中毒？後來經不住清蒸蛇肉香味的引誘，大家紛紛吃了起來，不一會兒就風捲殘雲般地一掃而光了。此後我們就見蛇就打，打來就吃，不管是不是毒蛇。一次我們打到一條一人多長的蛇，剖開肚子，裏面竟滾出了好幾個蛋來。那條蛇讓我們集體戶的知青們飽餐了一頓，我將那整張蛇皮剝下，反套在鋤頭把上，房東去拿鋤頭鋤地，乾了的蛇皮就像一條蛇臥在那兒，把房東嚇了一跳。我將乾了的蛇皮用蛋清粘在了一個圓竹筒上，做成了一把二胡，咿咿呀呀地拉了起來，倒也給寂寞的插隊生涯增添了幾分樂趣。

山區的水田裏有一些冷漿田，有如草原上的沼澤地，一腳踩下去泥漿有時深及腰部，水田上常飄著一層鐵銹色，到冷漿田裏栽禾耘禾是最苦的差事之一。一次，隊裏派我們幾個知青去冷漿田裏耘禾。我們幾個拿著細竹竿探索著，一步一步小心翼翼拔草耘禾。過於深的地方就遠遠地用竹竿撥去面上的草。踩在冷漿田裏，感覺到泥漿寒冷刺骨，就是三伏天你一踏進冷漿田，也會漸漸感到寒意。

我一邊專心致志地耘著禾，一邊考慮今天中午飯吃什麼菜。自留地裏的蔬菜已經摘完了，家裏寄來的鹹肉、醬菜也沒了。正在想著，突然我發現冷漿田裏翻動著一條黑黝黝的東西，在冷漿田的泥漿裏看不見它的頭，僅看到它扭動著的身體，黃鱔？這意識在我的腦中一閃，我想中午的菜有了，我伸手就向這條黑黝黝的東西抓去，突然我感到手背上一陣刺痛，我的手瞬間就鬆開了，只見一條蛇慌慌張張地在水田面上逃竄了。我不禁驚恐萬狀，捏著沁出血的手跳出水田，使勁地擠那兩隻牙印裏的血，並努力將手在清水裏洗。

見到我那種慌張的神情，老俵們笑了，說那是水蛇，沒毒，被咬的人是有福分的。我卻將信將疑，趕忙回到屋裏，取出季得勝蛇藥，將那只被咬的手塗滿了黑黑的蛇藥。那手被咬的時候稍稍有點疼，後來就不痛不癢了，也沒有腫。咬我的蛇無毒是肯定的了，但我卻被嚇得不輕。

晚上做了一個被毒蛇追咬的惡夢，大叫一聲從夢中醒來，掙出了一身汗。後來我的上大學、考研究生、做博士、當教授是否是當年被水蛇咬了的福分？那就不得而知了。那種被蛇咬的感覺和忐忑，卻始終深深地留在我的記憶深處，難以磨滅。

澇魚的故事

我插隊的地方可謂山清水秀，背靠著崇山峻嶺，一條清澈的河流傍著村子蜿蜒流過。那地方的人吃山的多，吃水的少。最多也只是將山上伐下的木竹紮成排從水上運出山去。偶爾能看見在碧綠深潭中拉網扳魚的，他坐在一隻小木划子裏用兩把手掌大的木槳划動小划子，拉動著魚網，他們大多是外地人。

當地人識水性的少，到河裏去謀生的當然也就不多了。因此村裏的人吃魚的機會不多，記得每年盛夏收割早稻之時，生產隊總要以集體的名義澇一次魚，以犒勞社員們收割的苦辛。

所謂澇魚就是用藥倒進河裏，把魚藥昏藥死後再撈起。村裏澇魚常常用名叫魚藤精的藥，大概這藥對人體的危害不大，藥魚的功效卻不小，常常在河的上游倒下一瓶魚藤精，下游的幾里水道上大大小小的魚都會被藥死，幾乎無一能夠倖免逃脫的，現在想來這是嚴重破壞自然生態的，當時卻根本沒有人這般去想。

村裏決定的澇魚時間、地點對外村的人都是保密的，隊委會決定了澇魚後，晚飯後才悄悄地告訴社員。澇魚的時間一般安排在晚上十點以後，那時出門的人少了，以免魚為別村的人撈去，而且還要選擇一個有月亮的日子，以免黑漆漆的看不見被澇翻的魚。

晚飯後得到澇魚的消息，村民們就都開始悄悄準備了，撈網、魚簍、背簍、火把等都早早地備好了，大人孩子都像要過年了一般地高興。月亮升起來了，隊長已到上游去倒魚藤精了，河灘邊已經站滿了人，男男女女老老少少，眼睛都盯住了河面看，注視著河面上銀色魚兒的泛起。山裏的河淺灘多深潭少，一般的河面都可以涉水而過。已經有性急的人下到河中，點燃了火把，照耀著夜色中的湍急的河水。

「看！有魚起來了！」不知哪個孩子眼尖，看見了翻了肚子的魚，人們紛紛爭先恐後地向河中心涉去，嘩嘩嘩的涉水聲響成一片。用撈網撈的，用背簍舀的，用手捉的，各逞其能各顯神通。我們幾個知青也興致勃勃地在河中間尋覓著魚。月光下的河面上，成了最為動人的風俗畫、風景畫：身手矯健的壯小夥子滿河裏上串下跳地，專往大魚而去；已婚的山村婦女身上薄薄的汗衫給水一浸，清晰地勾出了兩隻肥碩乳房的輪廓，她們滿不在乎地兢兢業業地撈著魚；一個上了歲數的老漢不知是愛惜衣服，還是圖涼快圖方便，乾脆脫得赤條條地跳進河裏，瞪著一對渾濁的老眼四下裏尋覓，有人悄悄地表示對他的不滿，他則哈哈一笑，理直氣壯地說：「怕個鳥，見過的，她們見得多了，沒見過的，她們不知道是個啥東西！」一個小男孩在老人身後指指點點，告訴他這有一條、那有一條。年輕的姑娘埋著頭在河面上尋覓，當她偶然抬起頭捋一捋汗濕了的頭髮時，撞入眼簾的卻是那個赤裸裸的老漢，她似乎猛地愣了一下，接著就轉過身往別處而去，嘴角卻抿出一絲令人不易發覺的笑。一條灰白的狗在河灘上看著主人脫下的衣服，卻發現了漂到河灘邊的一條魚，它衝著河中主人的方向吠了幾聲，張開嘴將魚叼到主人的衣服邊上，依舊忠誠地守著。

第二天，家家戶戶的廚房裏都飄出一陣煎魚的香味，有幾家的門口的晾衣杆上，還曬出了剖開了肚子一條條大大小小的魚兒，魚肚皮中間都以竹篾撐開著，將魚曬成乾以備以後有客人時用辣椒炒來待客。

我們集體戶的這些男知青們，當天晚上就將撈來的魚煎煮了一鍋，當夜宵吃了。用藥澇的魚到底不好吃，有一股藥味，雖不重，但仍影響魚的口味。第二天，還剩的魚就沒人願吃了，也沒有人去洗去曬，慢慢發臭了，就倒掉了。但那夏夜河中澇魚的情景總記在我的心裏，難以忘懷。

精神會餐

民以食為天，在山村插隊最大的問題是吃了。

好在這裏口糧馬馬虎虎可以對付，基本上可以吃飽。問題就是蔬菜常常吃了上頓沒下頓，更別說吃葷菜了。生產隊每年春耕、過年時節殺豬，平時根本聞不到一點兒肉腥，逢到殺豬的時候，每人一斤。提了肉回來，點起爐灶，我們幾個知青就圍著爐臺看著那肉在鍋子裏煮，等那肉冒出香氣來，就有人掀開鍋蓋嚐嚐，也不管是熟了與否。一人開了頭，其他的知青也就你一筷我一筷地嚐開了。還沒等肉全煮熟，鍋裏已經見了底，只留著一些湯湯水水了。

我們集體戶六個全是男知青，二十來歲，都是長身體的時候，能吃，卻也有些疏懶的，願意做的人時間長了也涼了心，不大願意再一味傻幹了。久而久之，自留地也就只見草瘋長不見菜上桌了，吃菜就更成問題了。有時臨到吃飯時，就到自留地裏撥開雜草，尋覓到幾隻已經紅透了的辣椒，切切碎，在鍋裏炕一下，灑些鹽，澆幾滴油，就算作下飯的菜了。有時乾脆厚著臉皮，端者飯碗去房東家「打秋風」。

農忙時節，我們常常累得腰酸背疼，收工回來，泥腳都不洗洗，就倒在床上呼呼地睡著了，一雙泥腳就蹺在帳子外。醒來後，再做飯吃飯。

閒暇之時，尤其是雨天不出工，白天歇夠了，晚上就睡不著，熄燈後大家就躺在蚊帳裏聊天，談東說西。大概因為當時吃成為一個主要問題，因此談吃的時候大概是最多的了，我將這稱為精神會餐。談的最多的又是上海的食品：從城隍廟的梨膏糖、五香豆，談到喬家柵的雙釀團、八寶飯；從鮮得來的排骨年糕，說到稻香村的鴨肫肝；從王家沙的小籠饅頭，談到滄浪亭的三鮮麵；從五味齋的糟田螺，說到五芳齋的四季糕團……一個個如數家珍談得津津有味，一個個眉飛色舞說得饞涎欲滴。

說到半夜，一個個都饑腸轆轆，越談越饞，越說越餓。說到最後，不知誰說，現在給我吃一付大餅油條就是最大的理想了，也心滿意足了。談吃也就激發了大家的鄉情鄉思，就有人說到這插隊不知什麼時候是盡頭，不知什麼時候可以回到上海。說到這裏，大家都沉默了起來，誰也不知道今後的命運與前途，這暗夜裏氣氛就從剛才談吃的歡欣中轉入了悲哀。良久，就有人說要是能夠讓我回上海，讓我沿著鐵路走回去也可以，甚至可以用舌頭舔著鐵軌回去。

大家都越來越沉默了，暗夜裏，在難以忍耐的饑腸轆轆中，我彷彿看到一個佝僂著的身影，一步一叩首般地臥下身去，伸出長長的舌頭去舔那冰涼的鐵軌，鐵軌一直伸向遙遠的前方，他就這樣一步一舔地向前走去，一直隱入日落後的暮色裏，孤身獨影，淒涼悲壯。

知青生活中吃菜總是成為首要的問題，我們的精神會餐就常常舉行著，這也調劑著我們物質匱乏精神空虛的生活。

打狗的故事

山村裏幾乎每家每戶都養著狗，狗通人性，常常會為主人做一些事情，尤其是在偏僻的山村，養一條看家狗是必須的，生人走近屋子，狗就會跳出來大叫。

我們的房東家也養了一條小狗，大概是一條草狗，兩個耳朵老耷拉著。我們蹲在後門的茅廁裏解大手的時候，它就會在後門口探頭探腦地，甚至蹲在茅廁門口候著，等你一起身它就匆匆進來，將你不當心拉在踏板上的屎舔得一乾二淨。由於我們的茅廁沒有門，因此在你解手時有這樣一條草狗兩眼直瞪瞪地盯住你，讓你總感到有些尷尬，甚至你不能順暢地行事。

由於房東養的是條母狗，這狗慢慢長大時，便有一些公狗常常上門尋伴，黑的、白的、花的，一來就圍著房東家的狗轉，伸長了鼻子在它的臀部聞著，並總是企圖騎上它的背。

知青小馬是一個對什麼事情都感興趣的人，那些公狗的經常前來也引起了他的注意。一天，他竟然發現了在後門口一條黑公狗騎在了房東家草狗的背上，他大聲地叫我們去看。山村裏將狗的交配稱為「狗起草」，那兩條狗正在後門口「起草」呢！見我們前去，那騎在母狗背上的黑狗就從背上跨了下來，與母狗臀部還相連著，牽著母狗往前蹭，母狗倒退著走，到底走不動，這牽牽扯扯的兩條狗就依然臀部相連著止了步。小馬不知從哪兒找了根細竹竿，舉起了從這兩條狗相連的臀部中間劈了下去，那黑狗就扯著母狗躲避著，躲避不及它昂起頭來對著小馬狂吠。小馬被嚇住了，沒有再動手。兩條狗終於分開了，那黑狗逃走了，遠遠地它還戀戀不捨地回望著這條母狗，母狗則低低地發出「咕嚕嚕」不滿的聲音，夾著尾巴回房東的屋裏去了。

人雲：「草狗狂吠，好狗不叫。」我們大隊支書家養著一條黑狗，膘肥體壯，一身黑毛油光鋥亮，沒有一絲雜毛，渾身烏黑，只有四隻蹄子是雪白的。走過支書家的門口，我們常常小心翼翼。那狗不叫，常常悄悄地跟在你的腿後，呼呼地喘氣，冷不防地咬你一口。有天晚上，小馬路過支書家門口，他大概正在想什麼事情，忘了支書家的黑狗，等到他聽到背後呼哧呼哧的喘氣聲，剛想抬腿跑，就聽到「嘶」地一聲，他的褲腿被那狗撕下了一長絡。他拼命地跑，跑到家裏，仍驚魂未定，回首一看，一個褲腿從大腿處到褲腳被撕去了一大絡，大腿處有一個牙印，皮破了，滲出血來。此後，小馬再也不敢從支書家門口走了，他情願繞道走，也不再受被狗追咬的驚嚇了。

有時晚上出門，我會與小馬開個玩笑，走在他的身後，趁他不注意的時候，模仿狗「呼哧呼哧」的喘息聲，他就會以為有狗在追咬，「哇」地大叫一聲，拔腿就跑，跑出去很遠，回頭望望並沒有狗追他，看著我們幾個笑成一團的模樣，他才知道受了騙。

知青生活中吃菜成了一件令人頭疼的事，一日三餐，都需有下飯的菜，而我們集體戶的男知青們願意挑著糞桶扛著鋤頭去自留地種菜的不多，久而久之自留地就荒蕪了。飯天天要吃，下飯的菜也頓頓要覓。每年春節回家探親，就從家裏帶來些鹹菜、醬瓜、臘肉之類的，吃完了再寫信讓家裏寄。

那時我們集體戶過的是「共產主義」生活，吃的東西都大家一起享用。那次，知青小馬家寄來了幾斤臘肉，小馬興高采烈地走了十幾里路去公社的郵電局領了回來，解了我們知青們沒菜吃的急。我們也不敢就此大吃一頓，只是割了一點兒下來燉蛋，餘下的都放進了碗櫥慢慢享用。

半夜裏，我聽到廚房裏有悉悉索索的聲音，早上起床一看，廚房的門被打開了，進門一看，碗櫥裏的臘肉不翼而飛了。

是誰偷了蠟肉？老俵們大都十分淳樸，不會幹出這樣的事，其他生產隊的知青也不會夜晚前來摸臘肉走。我們就將疑點放在房東的草狗身上。我們注意到那天那草狗肚子漲鼓鼓的，並且一個勁兒地在溝裏找水喝。

當天晚上，我們幾個就決定試驗一下，故意將吃剩的飯菜放在桌上，並如前一天晚上一般拴上門。在寢室裏我們幾個都豎起耳朵聽著廚房那兒的動靜。果然，沒多久就聽到廚房的門上發出聲音。匆匆趕去一看，那草狗竟然像人一般站立起來，用前爪去撥弄那門閂，那門居然被它弄開了。見到我們，它就匆匆溜走了。

找到了肇事者，我們幾個就籌畫如何對付它。人稱「君子報仇十年不晚」，我們卻想立竿見影。我們幾個準備好鋤頭、棍子，還找來了一個麻袋，準備結結實實地揍它一頓。那天，晚飯後我們依然留著剩飯剩菜在桌上，將門故意虛掩著，就等著狗進門。

那狗似乎有點兒警覺，在廚房的門口轉悠了幾次，卻總不進門，躲在寢室裏的我們都有些心焦，但仍然豎起耳朵關注著廚房裏的動靜。從廚房那兒傳出「吱呀」門被推開的聲音，那狗終於進門了，我們幾個拿著傢夥一擁而上。那狗正在吞吃桌上的飯菜，見我們進來，它想奪路而逃，竄身而起的時候正被套進了麻袋，我們將麻袋口紮緊了，用鋤頭棍棒狠狠地砸下去，那狗被打得奄奄一息。見那狗幾乎不動彈了，我們將麻袋打開，只見那狗的頭上、身上都流著血，它已經站立不起來了。也不知是誰提出我們就將這狗殺了吃吧，誰讓它把我們的肉吃掉的。我們就一起動起手來，剝皮、開膛、切塊，點起了灶火，煮起了狗肉，香氣四溢。半夜時分，狗肉煮熟了，我們每人一碗有滋有味地吃了起來，臘肉換成了狗肉，倒也合算。

第二天，房東老太在門口召喚著她的狗，房東老太召喚了許久，那狗還沒有出現，她自言自語地說：「咿，這死狗去了哪裡呢？」我們幾個躲在房間裏暗暗發笑，因為那死狗早已經在我們的肚子裏了。

後來，不少知青開始打狗吃狗，我們隊裏省城下放的知青傻大哥甚至發明了用炸藥炸狗的訣竅。他將一些碎碗片和豬油、炸藥攪拌在一起，丟在狗的跟前，那狗聞到豬油味就張嘴去咬，那炸藥與狗牙、碗片相磨擦，就炸了開來，將那狗頭炸得粉碎，再輕而易舉地剝狗皮燒狗肉。

如果說打狗欺主，那麼我們當年的做法，應該向那狗的主人深深地表示道歉的。

棺材的故事

水災後，我們從況家祠堂搬到了馬路邊的屋舍裏。我們住的屋子是乾打壘的土牆，三間屋中兩間住人，一間作廚房。我與小馬住一間，四眼與小袁住一間。

我們住的那間屋子的樑上擱著一隻棺材，這是房東家的。這裏喪葬還未實行火化，年紀梢大一些就開始準備壽材了。壽材一般是以杉木做的，好一些的是用柏木，但那是十分稀少的。木料請木匠斧斲刨光做成壽材後，就晾乾後上桐油，以後每年都要上一層。幾年下來，壽材內外油光光的，顯得有一種富貴相。

我們住的屋子的梁上就擱了這樣一隻多年的壽材。剛住進去，頭頂上就是這隻油光光的壽材，晚上躺在床上，抬眼就見到它，起初不禁有些害怕，時間長了也就習慣了。甚至還想這只壽材不知是房東的男主人用，還是女主人用。

有一年過年回家探親，臨走時床上的被子忘了收拾起來，以前我都是以報紙、塑膠布將被子包裹起來，以免沾灰和受潮。鎖門時候才想到，手裏大包小包的，不願意再去包裹棉被了。站在屋子裏，我靈機一動，就將被子稍稍捲起，爬上樑，掀開棺材蓋，裏面空空的，我就將棉被塞進了棺材，又把蓋子蓋上，這簡直就是一隻防潮防灰的大木箱。探親回來，從棺材裏取出棉被，被子上沒有一點潮氣、黴味，一進屋子，就可以舒舒坦坦地睡上一個好覺，旅途的疲勞一掃而光。

後來，這樑上的壽材就成了我們常用的一隻大箱子，毛線衣、絨衣、毯子、被子等不用時，我們都曬過太陽後統統往裏放。當然，這些都是瞞著房東的，不然我想他們大概是不會高興的。

一次，來了幾位別的生產隊的知青朋友，打牌、聊天直到很晚，只能將就在我們的鋪上擠擠了。小馬人胖，與他擠著睡的也是個胖子，小小的鋪板床顯然顯得窄了。躺在外首的客人一個勁地要小馬睡進去點兒，說不然他就要掉下去了。

小馬與他開玩笑說，你嫌擠可以睡到樓上去呀！其實我們住的乾打壘的陋室根本沒有樓，只有幾根樑橫在頭上。那客人迷糊了，問：「樓上哪能睡呢？」

小馬對著棺材一指說：「吶，這不是可以睡的嗎！」

這胖子客人大概也是被擠得實在不舒服了，他當真爬上了樑，將棺材裏裝著的衣服取出，身上裹了兩床毯子就爬進了棺材，他躺下去後，我替他將蓋子蓋上，稍稍留點兒縫。睡在下面的我們抬頭問他感覺如何，他十分舒暢地說：「舒服極了！愜意極了！」過了不一會兒，他居然就打起呼嚕來，弄得睡在下面的我們幾個倒睡不著了。

翌日早上，我們幾個起床後，睡在棺材裏的客人還沒一點兒動靜。我倒有點擔心，怕昨晚把棺材蓋子蓋嚴了，將他憋死在裏面了。匆匆爬上樑，掀開蓋子，見他仍然雙目緊閉。我叫了聲他的名字，他沒有反應。我伸手去推他，他突然抬起身大叫一聲，嚇得我差一點從樑上翻下身來。他卻哈哈大笑了。

問他昨天睡得怎樣，他說好極了，說昨晚他將閻羅面前的無常嚇了一大跳。他還說以後他結婚打傢俱一定要參考這壽材的造型，壽材底上是按照人身體的曲線設計的，躺上去，你會覺得腰呀、背呀都十分踏實，如果我們的床能夠參考這種設計躺上去也會十分舒適的。

他雖然這樣說，我們幾個卻都沒有上去睡一下試試的勇氣。也許對活人睡棺材心底裏總感到有些不吉利吧！

房東後來並沒有用到他們打了好多層桐油的這口壽材，況家的一個年輕的崽俚子突然病逝了，一時沒有地方去弄棺材，請木匠打又來不及了，又逢盛夏，因此，房東的這口壽材就拿了出來，借給了他的本家。當這口壽材從我們的陋室抬出去時，我們兩個倒真有些依依不捨呢！

天池夫婦

端午前後雨多，這兒的山區常常要發大水。那年一過芒種雨就淅淅瀝瀝地沒有停過腳，甚至越下越起勁。下大雨出不了工，我們幾個知青倒樂顛顛的，就在祠堂中央的桌上打起了撲克，老規矩輸了的做飯。

雨越下越大，不會水的知青小馬有點兒坐立不安，他撐著傘不時地出去一下，去況家祠堂前面看河裏的水是否漲上了岸。我們住的況家祠堂靠近一條大河，且又是處在低窪處，倘若河水漲上了岸，這裏是首先被淹的。我們早將不用的東西都放上了樓板，在那裏水一般是淹不到的。

我們幾個興致勃勃地打著撲克，小馬卻慌慌張張地跑進門，氣喘吁吁地說：「快走，河水漲上來了，再不走來不及了！」他自己先提了東西打著傘匆匆走了。我們幾個也收了撲克，提上個人的東西離開了況家祠堂，往高處馬路邊的屋舍走去。走之前，見房東況老太太正與兒子在整理東西，我們對他們說，快些走，不然就來不及了。他們點點頭。

路過河邊，果然河水已經漫上了岸，河裏濁浪翻滾，上游的原木、毛竹在河中順流而下，水中不時可見沖下淹死了的豬、牛、雞等，被衝垮了的房屋的梁、椽子等也在河中打著旋渦。等我們撤到馬路邊的生產隊隊部時，況家祠堂前的田就都完全被淹了，到況家祠堂的路不通了。

雨還在下著，水越漲越大。況家祠堂裏的況家被困住了，隔壁的天池老夫妻倆也沒有出來。大隊書記、生產隊長和我們幾個知青一起緊急籌畫如何將被困在水中的人們救出。我們決定用毛竹紮成竹排撐過去解救他們。扛毛竹的、剖竹篾的、紮竹排的，我們在雨裏手忙腳亂地忙乎著。不一會兒，竹排紮成了。生產隊長跳上竹排，我們兩個會水的知青也上了竹排，隊長將竹排往對面的況家祠堂撐去。風狂雨猛，雖然我們都戴著斗笠、穿著蓑衣，但不一會兒，我們的身上都被淋濕了。

大水已經將況家祠堂高高的門淹了，僅露出一尺多，人剛能夠鑽過去。隊長要我們都伏下身子，他以手扶著門框將竹排擠進了門。廳堂裏，桌子、板凳都浮在水中，有幾隻老鼠爬在浮起的桌上。我們大叫了一聲，況家的父子仨在樓板上呼應著。原來他們爬到樓板上去了。我們趕緊將他們弄下來，又伏下身子，擠出門去，再把他們都送上了公路，我們又將竹排向天池家撐去。

天池家的屋子是乾打壘的，不像況家祠堂是用磚砌的，而是以板子夾土硬捶打成的，這門顯然沒有況家祠堂高，早被淹進水裏了。我們在外面呼叫：天池公公！天池婆婆！從裏面傳出微弱的回答聲。乾打壘的土牆浸了水就變軟了，隊長用竹篙戳土牆，在牆上戳開一個大洞，我和另一個知青從洞裏爬進去。只見屋裏的床上架了張桌子，天池夫婦倆就爬在床上的桌子上，他們相擁著索索發抖，水仍然浸沒了他們的腳。我們倆將他們倆分別弄上了竹排，隊長把竹排撐到了對岸。我背著天池婆婆上了岸，她很輕，仍在我的背上哆嗦著。我將她背到生產隊隊部，剛把她放下地，就聽見遠處傳來「轟隆」一聲，原來是天池夫婦那座乾打壘的房子倒了。幸好出來了，不然的話，這老倆口就會被埋在裏面了。

過了幾天，大水退了。隊裏騰空了一間穀倉，無家可歸的天池夫婦就在這間小小穀倉裏安身。經過這場大水的驚嚇，天池公公的兩眼幾乎瞎了。他卻還不願歇著，在這間小穀倉的門口不停地搓繩、打草鞋，打成的草鞋在門口的牆上掛了一串串。早晨與傍晚，他仍然牽著隊裏的一隻大水牯去田埂上吃草。天池婆婆卻依然樂觀爽朗，還常常唱紅軍時期的革命歌曲，擔水種菜忙忙碌碌。只是她又多了樁事，早晨、傍晚她要牽著天池公公，天池公公則牽著那頭大水牯，去草多的地方。傍晚時分，她又要去把天池公公牽回家。常常在暮色裏，在最後的一縷晚霞的映襯下，可以見到一幅生動的剪影：走在最前面的是瘦小的天池婆婆，一根細竹竿牽著長鬚髯髯的天池公公，一根牛繩又牽著吃飽了嫩草的大水牯，那水牯不時抬起頭長哞一聲，給傍晚的山村憑添了些生趣。

離開山村許多年了，那場大水，那幕剪影卻深深地烙在我的心上，那麼清晰，那麼生動，永遠不會隱去。

炸魚的故事

我們住的況家祠堂背靠青山門對河流，在河下游的不遠處是一個深潭，山裏的河水極為清冽，站在山崖上朝深潭望去，碧綠如玉的潭水裏常常可見一尾尾魚兒自由自在地游來游去。

那個年代每年冬天都要興修水利，常用炸藥開山放炮。就有人想到用炸藥來炸魚，有時一炮就可以炸幾十斤魚。以玻璃瓶或鐵罐等容器填滿黃褐色的炸藥，再將筷子粗的雷管小心翼翼地插入炸藥中間，再剪一截導火索插進雷管，導火索不能太長，最好是一寸左右，點燃後拋入深潭，導火索冒出的火會讓魚以為是食物，就紛紛向它遊去，剛遊到跟前，炸藥爆炸了。如果導火索過長，魚游到面前，發覺不對，就會立即逃之夭夭。當然，導火索短，點炸藥的危險性就大，山村裏就有人因為炸魚而被炸傷炸死的，山上生產隊的一個獨臂隊長，聽說就是過年時為村民們有魚吃，用炸藥炸魚炸斷了一隻胳膊的。

況家祠堂附近那個深潭常常有人來炸魚，有時我們正在吃飯，聽到「轟隆」一聲響，知道是有人在炸魚了，我們幾個知青馬上就放下碗就往潭邊跑。等跑到潭邊，被炸浮的魚往往就已被撈起了，還有些被炸昏的魚常常就沉入了潭底。山裏人會水的少，會潛水的就更不多了，因此打掃戰場的往往就是我們了。

我們知青是有些天不怕地不怕的，跳下河裏就往潭底潛去。不會水的就在岸上看管衣服、接應撈上來的魚。集體戶中我的水性算是好的，潛水撈魚常常有著一種滿足感，這大概與釣到魚的感覺差不多。當你潛下水底見到躺在潭底大大小小的魚時，你會恨不得立時生出三頭六臂來，一股腦兒將這些魚全撈上岸。當然，最多也只能左手一條，右一條，嘴裏再咬一條。沉在潭底的魚往往都是大魚，有時我們一次就能撈上十幾斤魚。炸的魚不像用藥澇的魚有一股異味，同釣上來的魚一樣鮮美，那幾天我們常常就是餐餐吃魚了，有時還送些給房東與鄰居。況家祠堂附近這個深潭就似乎成為我們的魚庫了。

一次，聽見炸魚的炮聲我們就趕緊往潭邊跑去，河裏也有人在潛水撈魚，大概由於那天的太陽好，站在潭邊上居然看見了潭底一堆堆被炸翻了肚子銀白的魚，我甚至看見了一條大魚臥在潭底。我迫不及待地跳下深潭就衝那條大魚潛去。早在水裏撈魚的漢子也發現了那條大魚，也向那大魚游來。他剛伸出手來要抓那條大魚，我伸手將他的手順勢一撥，自己穩穩地將那條大魚抓在手裏，興沖沖地游到潭邊。原來是公社武裝部長帶著幾個民兵在炸魚，見到我們他也只能熱情地向我們打招呼，那剛才和我爭魚的那個民兵上了岸，也只能無奈地對我搖了搖頭。那條大魚後來我們稱了一下，居然有五斤半。

到了冬天農閒季節，我們知青被派去修電站，我學會了裝炸藥點炮，也偷偷地藏起了一些炸藥雷管，回到隊裏，我們也自己去深潭裏放炮炸魚了。第一次炸魚沒人敢點炮，裝好了炸藥幾個知青都往後縮，只好我來點了。那到底不像在工地上點炮，導火索留得長長的，點火時可以看到嗤嗤地冒火才離開，那一寸長的導火索點著了兩分鐘後就會炸。其他知青們都已退到安全的地方，我點燃了一支香煙，再用煙去點導火索，那時手大概有些顫抖，一點就往深潭裏拋去，許久也沒聽見炸響，等潛水下去撈起一看，根本沒有點著。第二次再點，就冷靜了些，等看見導火索冒火才扔下潭去。此後，每次炸魚點炮的任務就責無旁貸地落在我的身上。

記得我得到大學的入取通知書後，大隊會計弄了炸藥和雷管要我幫他去炸魚，況家祠堂附近的深潭最近被人炸過，已炸不到魚了，我就隨他去了河上游的潭裏。隨我們去的還有一個十幾歲的孩子。炮炸響後，浮在河面上的魚撈完後，他們倆都不會水，潛水撈魚的就我一個。這個地方很少有人來炸魚，潛下河底見那兒躺著不少的魚，我急急忙忙地撈起往岸上丟，他們倆前前後後地撿。深山裏背陰的深潭裏，雖然是暑天，潭底卻有一絲涼意。再次潛入水底時，我忽然想到在這個陌生的地方，萬一我被水底的岩石卡住，這兩個人都不會水，有誰能夠來解救我呢？雖然水底裏還有不少的魚，我卻不敢在水底多待了，對會計說魚沒了，便匆匆上了岸。炸魚的日子結束了，接著就開始了我的大學生活。

小陳老師的故事

那年夏天，我參加公社的工作組工作，在公社附近的一個生產隊蹲點。我插隊地方的大隊書記來我蹲點的地方找到我，說大隊的小學缺老師，要我回大隊當小學老師，我考慮再三，對書記說，我去當老師可以，不過如果我有機會走，你不能強留。書記同意了，握了一下我的手，我就跟著他回去了。

大隊小學的校長姓張，是公辦的，學校裏許多老師都是民辦的身份，我也是民辦老師。學校裏有個女老師姓陳，教體育的，中等個兒，眼睛大大的，皮膚黑黑的，嘴有些稍稍往前突，梳著兩根粗粗的辮子，性格開朗，喜歡運動，喜歡文藝，大家都叫她小陳老師。我到小學以後，與她一起組織起學生文藝宣傳隊，我編寫節目，她組織排演，我教學生唱歌，她教學生舞蹈，她常常會對學生板臉訓斥，學生都有些怕她，我不大罵學生，學生喜歡跟我說笑，我們倆常常一個紅臉、一個白臉地配合默契。宣傳隊參加公社的文藝匯演，還得了獎。

那時因為當老師，我就住在學校的一個閣樓上。小陳老師有空也常常來我的小閣樓裏坐坐，常常是同另外一個姓屠的女老師一起來，說說笑笑的。

到了端午節，正是星期天，我正在閣樓上批改學生作業，有人敲門，聲音有些怯怯的，我以為是哪個學生，大聲地說：「進來！」門被推開了，進來的是小陳老師，似乎她特意打扮了一下，已脫下了她常穿的運動服，換上了一身色彩豔麗的衣服，手裏提著粽子、鴨蛋等東西，微笑著說：「楊老師，今天過端午節，送些粽子給你嚐嚐。」我推辭了一下，就收下了。我請她坐，她似乎顯出有幾分不安的表情，好像想說什麼，又沒說。坐了一會兒，她就告辭了。

小學裏還有一個新來的女老師，是大隊長的大女兒，新近與一木匠結了婚，婆家在大山上，他們倆平時住在我的樓下，星期天才回家住。新婚燕爾，打情罵俏的聲音常常傳上我的閣樓裏，半夜時分，有時還常常傳上一陣陣哼哼唧唧的聲音，擾得我難以入眠。有時我也禁不住考慮起今後的人生了，也有教師向我打趣說要給我介紹對象的，甚至含蓄地道出小陳老師的名字。我卻想我決不可能在這山裏紮一輩子的。後來，我依然和小陳老師保持一種正常的同事關係，也曾經將從上海帶來的食品送些給她，算還了她送我粽子的情。

那年，公社有知青上大學的名額，我們大隊分到一名。我想要這個名額，但因為我來到小學後，工作得十分出色，大隊書記捨不得讓我走，想將這個名額給別的知青，甚至想乾脆放棄這個名額。那時，學校放農忙假，我正帶著許多學生下田割稻，心裏有些悶悶不樂。當時學校附近一個林站的許多家屬也來隊裏幫助割禾，其中有些是學生的家長。我就在休息喝水的時候，把這事與相知的學生家長說了。林站的職工家屬來自四面八方，眼光也比山裏人要遠些，她們紛紛為我抱不平，說楊老師在這兒勞動、工作都這樣好，不給他上大學給誰去。有人給我出主意，說：「你乾脆去當面找書記說說，看他的態度怎樣。」

收工後，我就來到大隊書記的家，對書記說：「當初您讓我回來當教師，我是與您有約法三章的，當時說定以後有機會走您是不會攔我的，當時您是一口允諾的。現在，我的機會來了，聽說您不想讓我走。」書記沉吟了一會兒，說：「小楊，這樣好不好，今年你就不走了，繼續在小學幹一年，明年一定讓你走。」我的眼淚也要流出來了，氣咻咻地說：「明年，明年，誰知道明年我們這兒會不會有名額。你說話應該算數，你也應該為我的前途想想！」我轉身就走了。後來，書記大概想通了，通過一系列的手續，我得到了上大學的機會。

臨別之前，學校開會歡送我。學校的老師們濟濟一堂，大隊書記也來了。桌上擺了幾瓶酒，還有一些花生、瓜子之類的食物。先是校長講話，張校長十分中肯地表揚了我在學校工作中做出的成績，懇切地表達依依不捨的感情。接下來請書記講話。書記說了一通有關我插隊六年來給他留下的良好的印象等，還對我的未來表示了祝願。話一講完，書記就給他自己面前的小杯子裏斟上了酒，又找了一個大茶缸，咚咚地倒滿了酒，他先將自己面前杯子裏的酒一口喝了，將杯子底朝天，伸出手來對我說：「楊老師，請！以後我們很難有機會在一起喝酒了，請！」

我望著滿滿的一大茶缸酒，心裏知道不勝酒力的我這一缸酒下去必醉無疑，但衝著書記的這番話，衝著在座的這麼多老師，我也得將這一大茶缸酒喝下去。我站起身，端起茶缸咚咚地一口氣喝完，就坐了下來，頭有點暈乎乎的，胃裏就翻騰起來。過一會兒，我忍不住地走到門外，在路邊的草地上嘔吐了起來，心裏想千萬不能躺倒，就抹乾淨嘴，又若無其事地回到會議室。

接下來是各位老師自由發言，老師們你一言我一語，紛紛肯定了我到學校工作後做出的成績，並表達了對我離開的惋惜之意。後來，坐在我身邊的小陳老師發言了，她說：「楊老師來學校以後，我們合作得很愉快，現在他要走了，會去結交一些新朋友了，就會忘記我們這些老朋友了。」她的話中有話。雖然我的頭還有點暈乎乎的，但我的思維還很清楚。我馬上站起來說：「謝謝大家的鼓勵，我去讀書後，會結交一些新的朋友，但是我永遠不會忘記這裏的老朋友的。」這時，我似乎見到小陳老師的眼眶中晃動著的淚花。

晚飯後，有人敲我的門，打開一看，是小陳老師，她掏出一本藍色封面的筆記本，遞在我的手裏，說：「楊老師，送本筆記本給你，留個紀念。」說完，她轉身就走了，我似乎聽到了她抑制不住的嗚咽聲。我打開筆記本，在扉頁上她恭恭敬敬地寫著：贈給楊老師上大學留念，小陳敬贈一九七五年十一月八日。筆記本的封面上是兩條扁扁的神仙魚翩翩遨游在水中，不知她選擇這個圖案是否有海闊任魚躍的祝福，我就不得而知了。望著她遠去的身影，我捧著筆記本思索良久。

到了大學後，我曾經禮節性地給她寫過一封信，後來沒有收到回信，我也沒再寫信了。後來我曾經回去過山村，問起小陳老師，說調走了，也成家了，我的心也就釋然了。

煙的故事

下放農村，知青們常常抽煙，有的就學會了，有了煙癮，有的只是玩玩，並沒有當回事。那時知青在一起吃大鍋飯，有吃的就常常大家一起吃。買了煙回來，常常就將一包煙橫向裏撕開，倒在一個盤子裏，大家一根接一根地抽，有時接連抽多了，會醉煙，人就暈忽忽地。

我們集體戶煙癮最大的是小梅和四眼，小梅後來去了林場，四眼就成了集體戶的煙鬼了。他依然今日有煙今日醉，哪管明日煙斷檔。沒煙抽時，他就會瞪著一雙迷糊的眼睛，在屋子裏外的旮旮旯旯裏尋覓煙屁股，將那些煙屁股拆開，再用紙捲成喇叭煙，再有滋有味地抽起來。後來，連煙屁股都搜不到了，煙癮發了，他就左轉右轉不知如何是好。

房東也抽煙，他們是自己種的煙葉，收下後就將煙葉一張一張平鋪在竹篾紮成的曬架上，將煙葉曬得金黃，然後捲成一卷卷，放在磨盤下壓結實了，再用刨煙的鉋子刨成細細的一絲一絲的，澆上點兒菜油，就放進水煙桶裏抽。用紙煤點著後，以嘴將紙煤上吹起火來，再點煙抽，水煙桶裏的水就會噗嚕嚕地響。房東老太、房東都是抽水煙筒的。在暮色裏，房東老太坐的廳堂裏，抽著水煙筒，聽著噗嚕嚕水煙筒裏發出的聲音，看著紙煤與煙的火一明一滅地，就好像回到了幾個世紀以前。

四眼的煙癮實在難熬了，他就會去向房東老太要水煙筒抽。抽水煙筒也有講究，首先吹紙煤要有技巧，那口氣要有一定的力度，氣吹出又要十分集中，「噗」地一下正好吹在紙煤頭上，那火才會燃起，才能以這火去點煙。一點著煙，就要將火吹熄，紙煤是以草紙卷成的，不然一根紙煤一會兒就燒完了。抽水煙筒用的勁要適度，不能抿緊了嘴使勁吸，那就會將水煙筒裏那充滿了尼古丁黑黑苦苦的水吸進嘴裏，只有用虛勁吸水煙筒，才能將那煙斗裏的煙吸進喉嚨。四眼最初的吸水煙筒是吸了好幾口煙筒裏的黑水的，他學了一陣，就學會了，但房東卻不再讓他吸了，甚至將水煙筒藏了起來。

走投無路的四眼就想到了磨盤下壓著的煙捲，磨盤放在廳堂裏，四眼就偷偷地將壓在磨盤下的煙捲偷出，拿到我們的房間裏用刀切下一些來，再將煙捲放回原處，將切下的煙屑用紙一捲，有滋有味地抽了起來。煙癮來時，又沒有錢去買煙，四眼又會如法炮製。一天，房東老太忽然發覺壓在磨盤下的煙捲短了許多，她就在廳堂裏罵罵咧咧地叫了起來，四眼就躲在房間裏不作聲，也不敢出門。老太太也就不再將煙捲壓在磨盤下了，四眼也就斷了煙的來路，無精打采了好幾天。

四眼的煙癮越來越大，他的錢很大一部分就花在抽煙上了。我雖然也抽過煙，卻始終沒有學會。

險灘事故

兩掛竹排順流而下，前面的竹排是我與老劉撐的，後面的竹排是小張與老陳撐的。山有山路，水有水道。撐排人都會識水道，知道排到哪兒應該下篙撐篙。老劉在這條水道上來來往往，摸透了這條河的脾性。我跟老劉撐了幾個月的排，也學會了不少。在這兒險灘不多的地方，老劉讓我在前面撐著，他在排邊上脫下了褲子，露出白皙的屁股解起大手來，引起了不少的魚跟著竹排，它們爭先恐後地吞食著美餐。

深山裏的自然風光美極了，河水十分清澈，樹木蔥郁，不時有一兩隻小鳥掠過，啾啾的鳥鳴聲婉轉清脆，在山水間迴盪，我抬頭昂首「哦荷」地叫了一聲，聲音在山水裏激起了回聲，許久還能聽到嫋嫋的餘音。

老劉解完了手，繫起了褲子。走上前來，拿起竹篙。他知道前面是急流險灘處，他讓我先左一篙、右一篙地撐起來。水的力量極大，在上水處你就得先將排撐到位，不然排一進險灘，你再去撐已經來不及了，就有排毀人亡的危險。前面接連有幾個急彎，稍不留心排就會被急流沖向石壁。身手矯健的老劉搶上幾篙，彎彎的竹篙被竹排擠得像拉開的一張弓，使竹排避開了石壁的撞擊。幾個彎子轉過，又到了一個深潭，潭水碧綠如玉，我們任竹排向下游漂去。老劉點上了一支煙，悠閒地抽了起來。

忽然後面傳來了呼叫聲，是後面的小張。聽著小張緊張的呼叫聲，老劉說，不好，後面出事了，他們的排大概撞了。老劉讓我將排靠岸，將排繫在岸邊的大樹幹上。我們倆就急急地往後趕去。

小張臉色慘白，說話也有點急急巴巴地。他說：「老劉，快，快，老李被竹杪子戳傷了。」

「人在哪兒呢？」老劉問。

「在後面的竹排上。」

「戳在哪兒了？」

「胸口上。」小張回答說，聲音都有些顫抖。

來到後面的竹排前，見老李仰躺在竹排上，已經不省人事，胸口有一個杯子大小的傷口，血從傷口裏汩汩地冒出來，還泛著血泡。老劉曾經在抗美援朝戰場上當過兵。見勢他十分冷靜地脫下自己的襯衣，揉成一團，往那個傷口裏塞去，這一方面是為了止血，另一方面是為了不讓空氣進入他的胸腔。見到老劉滿手是血，小張在一邊索索發抖。老劉讓小張剁下一個排鬥，讓我看住兩掛竹排，他和小張匆匆地將單個的排鬥向下游撐去。

原來，老李見我們前面的竹排上老劉讓我在前撐，他也悠閒地蹲在竹排上抽煙，要小張在前撐著排。但到了險灘處，等他站起身來，排已向石壁上撞去。他一邊大聲叫：「小張，撐起來！撐起來！」一邊將竹篙挨近竹排，想將排撐離石壁。但是由於他緊貼竹排下篙太猛，在水的巨大衝擊下，竹排以難以阻擋之勢向石壁撞去，他的竹篙彎成了一張彎弓，老李用力死死地握緊了竹篙，老李終究力不能勝，被這張彎弓彈下了竹排，落入了靠石壁一邊的水中，頭排撞到了石壁上，竹排一時被被打住了。前面的小張並沒有發現後面的情景，他緊張地撐著篙，努力把打住的竹排撐開。落入水中的老李正處在石壁與竹排的中間，他努力想往被打住了的竹排上爬。但小張在前面一撐，竹排又迅速地移動了。竹排第二個斗子前的竹杪紮排時經過斧剁就像利劍一般，刺入了老李的胸口。聽到後面老李的一聲慘叫，小張慌忙將竹排停下，用力將老李從竹杪中拽出，拖上竹排，見到老李滿身是血，他就臉色蒼白地跑來呼喚我們。

後來，老李被送到了省裏的一家大醫院，醫生說幸虧送得及時，再晚一點就沒命了。又說幸虧傷口處塞了件襯衣，空氣沒有進入胸腔，又使血沒有大量地流失，不然的話，也是沒救的。經過診斷，老李胸前斷了兩根肋骨，背上斷了一根，一側肺葉被刺穿，未傷及其它器官。老李在醫院裏住了一個多月後出院了，他的前胸與後背多了幾根不銹鋼的肋骨，他不能再幹撐排這一行了，他準備回故鄉去養魚。臨別前，他特意上山來向我們告別，我們正在山嶴裏的河灘上紮排。他雙膝跪地向老劉深深地一拜，感謝老劉對他的救命之恩，又對我們幾個拱手作揖，揮淚離開了我們，離開了留下了他的足跡和血汗的山山水水。我目送著他的身影漸漸隱入於濃密的杉樹林中，我的眼眶不禁也濕了。

龍洞驚魂

那年我在山村插隊時，曾經跟著一位身手矯健的老劉撐了幾個月的排。老劉是一位從戰場上下來的老兵，曾是抗美援朝戰場上的偵察連長。戰後他被派往北大荒農場，當了一個農場的副場長。在大躍進時期虛報畝產，交了公糧開春時沒了口糧。見這些從抗美援朝槍林彈雨戰場上下來老兵都餓得奄奄一息，他命令開了種子倉，將種子分吃了，因此犯了錯誤。後來他離開了農場，漂流到山區放排。

在跟著老劉放排的歲月裏，最難忘懷的是那次下龍洞時遇到的驚險了。龍洞並不是洞，而是放排水路上的一個險惡地段。在不到百米的水道上，水的落差居然達四、五十米，水道十分狹窄，水道兩邊石崖壁立，石壁上的石頭犬牙交錯，河水到此處一瀉千里，水聲震耳欲聾。人站在排上，帽子也會被水打飛。這險惡的水道被撐排人稱作龍洞。

那次，我們放的是木排，由五個單個的木排連接起來的，放排人稱為五個斗子。老劉在頭排上撐篙，我在二排上扳橇，即抓住頭排尾梢伸出的一根木棍，以幫助控制木排前進方向。排工必須齊心協力前後合作，才能使排不至於撞毀於波峰浪谷中。跟老劉放了一段時間的排，放排的基本功我已經掌握了。但是，今天是下龍洞，十分危險非同小可。還沒下洞之前，老劉告訴我，還沒進洞前，你必須扳穩了撬，頭排一進洞口你就往後排跑，動作要快。

遠遠地已經聽得到龍洞裏隆隆的水聲了，快要進洞了，我不禁有點兒緊張起來。老劉在前面叫：小楊，把撬扳起來！別緊張！望著前面頭排上老劉泰然自若的神色，我倒也坦然了。木排開始慢慢進洞口了，老劉將一柄竹篙抵在木排前紮排的篾竹上，兩手緊緊地扶住竹篙，以免木排下洞沉入水中時被沖下排。看著頭排漸漸下洞，我轉身就往排後跑。我剛剛跑到三排上，只聽前面「砰」地一聲巨響，頭排如一匹受驚的駿馬昂首向上一竄，二排就向頭排的肚子下沖去。說時遲那時快，站在頭排上的老劉乘頭排竄起之際，敏捷地騰空而起跳上了邊上的石崖。木排被夾在龍洞裏動彈不得。驚魂未定的我站在三排上，望著被死死地壓在頭排下的二排，心想幸好我跑得快，不然我就會被壓成肉餅了。

經過仔細觀察，原來是頭排上紮排的一根竹篾被夾在龍洞邊上的石頭縫裏了，排工們說一篾拽千斤。這根夾在石縫裏的竹篾拉住了頭排，就像御馬手拽緊了轡繩一般，導致了頭排的沖天而起。望著被夾在龍洞裏的木排，聽著龍洞裏隆隆的水聲，看著被死死地壓在頭排底下的二排，我不禁有點不寒而慄了。我們設法用斧頭將那根夾在石縫裏的竹篾砍斷，讓木排在龍洞裏一瀉而下，在龍洞下面，我們將木排整修了一番，又將木排繼續往下游撐去。回首望瞭望險惡的龍洞，聽著傳來的隆隆水聲，我不禁想：生與死，就在這一瞬之間。經過了死的威脅與考驗，才能更加知道生的價值與可貴。

神性人性

走進香港救恩堂的崇拜

初冬紫荊花盛開的時節，我來到位於香港西營盤第三街的崇真會救恩堂參加崇拜。這座一九三二年建成的教堂靜靜地佇立在陽光下，巴羅克風格的三層建築顯得十分端莊而肅穆，就如一位古稀老人，向人們講述著其曲折而坎坷的故事，而毗鄰的救恩學校大樓，卻如同一個茁壯成長的少年，在朝氣蓬勃中流露出幾分稚氣。

我站在救恩堂的大門口，打量著這座淺灰色的教堂：那層層疊疊的寬大臺階平添了救恩堂的端莊，那弧形的門廊在一左一右哨兵式立柱的襯托下，顯得格外深邃別致，那幾扇頎長尖頂的彩色玻璃窗櫺，諸多的豎線條與臺階的橫線條構成奇異的對比與和諧，這一扇扇窗櫺如充滿著睿智的眼睛張望著這個世界，教堂尖頂上的金色十字架和「救恩堂」幾個金字，都在初冬的陽光下熠熠閃光，高高矗立於教堂另一端尖尖的鐘樓，如一管巨筆直插天穹，將人間的虔誠寫上藍天。

沿著寬大的臺階，我步入了救恩堂的門廊，古色古香鋪著紅地毯的木樓梯，引導著我往三樓的教堂而去，樓梯壁上古樸壁燈的燈光洋溢著溫馨，窗玻璃上淺紫色的十字架圖案，透露著肅穆的氣氛。步入寬敞的教堂，我的眼前似乎一亮，尖頂的屋宇被諸多拱型的樑支撐著，顯得整個教堂更為開闊而柔和，四周窗戶上十字架形的紫色玻璃，與靠近祭壇窗櫺的巨大十字架圖案相和諧，將擺放著一排排座椅的教堂造成了一個開闊而神聖的空間。

教民們陸續進入了教堂，不一會兒寬大的教堂就坐滿了人。今天午堂的主持是王福義長老，在集體唱了〈主前肅靜〉的榮頌後，在吟頌了詩篇對於耶和華的讚頌後，教民們將一曲〈靠著耶穌得勝〉的崇拜詩歌唱得激越昂揚，歌聲在教堂拱形的樑、尖形的頂之間繚繞婉轉。接著，一群活潑的少年兒童走上台，唱起了〈無微不至偉大之神〉的頌歌：「創造蒼穹大地之神，他掌管著生與死，他是昨日今日之神，他要統領到永遠……」孩子稚氣的聲音單純中透著真誠。在香港中文大學崇基神學組主任盧龍光教授介紹了前來參加崇拜的教師和神學組的情況後，神學組神學生唱詩班唱起了〈贖罪的羔羊〉，男女聲輪唱重唱，唱得此起彼伏婉轉動聽：「贖罪的羔羊甘為卑微的我，贖罪的羔羊十字架受釘死亡，贖罪的羔羊，遍歷痛苦憂傷……」將頌詩的感恩與悲壯唱得婉轉曲折感人至深。

在讀經講道的過程中，我望著教堂尖尖的屋頂、拱形的梁、紫色的窗，我想宗教已經成為人們生活中不可缺少的一部分，基督教的聖經、頌詩、音樂、禮儀等，都有著諸多感動人心的成分，令人們的心靈獲得寧靜慰藉，讓在紛擾的現實生活中一顆焦躁不安的心，有所寄託和撫慰。

崇拜結束後，牧師們都站在樓梯口，與教民們親切地握手道別，整個教堂洋溢著家庭般的和睦氣氛。在救恩堂主任牧師姚偉健遞給我的《基督教香港崇真會救恩堂一五〇周年紀念特刊》中，我瞭解到了基督教香港崇真會自一八五二年瑞典傳教士韓山明（Rev. Theodore Hamberg）牧師來香港傳教的坎坷歷史，瞭解到從「四角樓」到「救恩堂」的歷史嬗變。一百五十年來，基督教香港崇真會為香港的發展做出了卓越的貢獻，七十餘年來，救恩堂為弘揚基督救恩世人做出了諸多業績。

走出救恩堂，在初冬的陽光下，我再次細細地瞻仰著這座歷經歲月風雲的教堂，雖然在基督教的歷史上，救恩堂是十分年輕的，我仍然暗暗地為救恩堂祝福，祝福她健康長壽，並祝福她如李炳光先生為基督教香港崇真會救恩堂一百五十週年所題：「救靈傳道　恩上加恩」。

「歌曲是要用心來唱的」

——紐約遊子吟合唱團排練觀感

走進遊子吟合唱團法拉盛的排練場地，你會被他們對於音樂的執著追求所震撼、所打動，在著名音樂家吳國鈞的精心指導下，這些熱愛合唱藝術的華人新老移民們引吭高歌，多聲部的輪唱合唱使歌聲既層次分明、又渾然一體，充分展現出合唱藝術的高雅魅力。

合唱團的成員們都有著良好的音樂素養，不少曾受過專業的音樂訓練，有的還獲得過各種音樂比賽的獎項，他們大多來自紐約市，遠的來自新澤西州、長島、康州、紐約上州，兩週一次的排練合唱風雨無阻，由成員們集資支付場地費等開支。「用歌聲凝聚海外遊子」成為合唱團建立的初衷，「互相學習，共同切磋，不斷提高」成為他們的追求。上海師範大學教授、紐約大學訪問教授楊劍龍博士觀摩了排練後，抑制不住內心的激動，賦詩〈贊遊子吟音樂沙龍〉曰：「闊別故土多少載，／鄉音未改鬢毛衰。／相聚高歌夢中曲，／別離低吟遊子愛。／木蘭詩篇揚名聲，／康定情歌抒情懷。／天籟之中覓心聲，／音樂沙龍春常在。」

創建於二〇〇五年一月的合唱團已由最初的七人，發展到六十餘人。合唱團本著寧缺勿濫聲部平衡的原則，在經過業務考核與領導班子討論後，決定新成員的入取與否。曾先後擔任紐約華夏藝術總會副會長、芝加哥黃河藝術團藝術顧問、新澤西州華夏合唱團指揮的吳先生對於藝術精益求精，他認真風趣的指導、恰倒好處的指點，讓大家在輕鬆愉快中有所受益，他強調合唱並不單是為了娛樂，而應為了追求藝術，通過合唱使大家在藝術上有所提高，他認為歌曲是要用心來唱的。排練從練聲曲開始，再唱〈青春舞曲〉、〈長城謠〉等歌曲，成員們一個個認認真真地唱著，多聲部的合唱在吳先生的指導下漸漸進入佳境，女聲部的低音渾厚、男聲部低音深沉，女聲部高音激越、男聲部高音洪亮，多聲部的配合成為了層次清晰融為一體的合唱，顯示出業餘合唱團的專業水準。二〇〇五年九月，遊子吟合唱團接受了參與大型情景交響音樂〈木蘭詩篇〉演出的任務，在短短四周時間裏，僅經過四天的排練，就在林肯藝術中心與著名歌唱家彭麗媛同台獻演，演出獲得了巨大的成功，美國中國音樂學協會委員喬什・奇克先生評價說：「〈木蘭詩篇〉的音樂氣勢恢弘，旋律非常優美，是一部非常優秀感人的作品。」真可謂不鳴則已，一鳴驚人。頗有聲譽的合唱團正在為四月的遊子吟專場演出而精心排練，我祝願遊子吟合唱團在藝術追求上進入更高的境界、獲得更大的成功。

撥動人靈魂的指揮家

——記遊子吟合唱團指揮吳國鈞先生

遊子吟合唱團參加大型情景交響音樂〈木蘭詩篇〉的演出，獲得了巨大的成功，許多人都在打聽合唱團的指導老師是誰，當聽到指導老師是大名鼎鼎的吳國鈞先生時，大家都不禁肅然起敬。

著名音樂家吳國鈞先生在美國華埠樂壇有很高的聲譽，他曾先後擔任紐約華夏藝術總會副會長、芝加哥黃河藝術團藝術顧問、新澤西州華夏合唱團指揮，目前擔任遊子吟合唱團的指導老師。年屆八十的吳國鈞先生畢業於上海音樂學院，長期從事音樂教育工作。他在一九五五年創辦的上海音樂學院附屬音樂小學擔任了三十七年校長，並兼任合唱團指揮，笛子演奏家韋來根、鋼琴家韋福根、鋼琴家徐淙淙、小提琴家譚瑋都曾是該校的學生，著名抒情花腔女高音黃英是由吳國鈞先生親自發現與培養的。吳先生曾任上海合唱指揮學會理事、上海童聲合唱研究會副會長。一九九二年吳國鈞先生移民紐約後，仍然執著於他的音樂事業，為華人合唱事業的發展盡心盡力，成為享譽華埠的著名音樂人士。二〇〇四年十一月二十日華夏合唱團還舉辦了「二〇〇四音樂會——慶祝吳國鈞教授從藝五十周年」。

音樂家黃英在回憶吳國鈞先生對於她的教導時說：「吳老師愛才惜才，他不但集體訓練抓得緊，還放棄休息時間因材施教。」在遊子吟合唱團的排練中，吳先生同樣如此，年屆八十的吳國鈞先生非常認真，既嚴謹又靈活，既生動又詼諧。他認真備課，認真教學一絲不苟，每次排練他幾乎都要出一身汗換一身衣服，甚至在冬天也是如此。他強調合唱並不單是為了娛樂，而應為了追求藝術，通過合唱使大家在藝術上有所提高，他強調歌唱的輕重緩急，他說，沒有輕聲，就沒有層次，就沒有對比；他提出，唱歌要有深度，沒有深度，雖然也能讓人愉快，但是不能說唱得很好；他認為，歌曲是要用心來唱的。在排練中，他注重以鼓勵為主，不隨意批評，充分激發大家的積極性，他提出唱歌必須投入激情，只有先感動自己，才能感動別人。吳國鈞先生是一位撥動人靈魂的指揮家，在他的指導下，每一位成員的心靈被撥動、激情被喚起，在他的指導下，遊子吟合唱團的水準有了很大的提高，在〈木蘭詩篇〉的演出中一鳴驚人，引起紐約樂壇的關注。在吳國鈞教授精心指導下，遊子吟合唱團將得到更大的發展，獲得更大的成功。雖然吳國鈞先生年事已高，但是他精神矍鑠風度翩翩，是音樂使他年輕，祝吳國鈞先生健康長壽。

北大荒文化之旅的真情故事

酷暑時節，參加二〇〇九北大荒文化之旅，參觀北大荒博物館陳列，觀摩知青藝術團演出，祭掃金訓華烈士墓，參觀知青別墅，參加璦琿知青博物館的開館典禮，出席知識青年上山下鄉論壇，頗讓我這個老知青激動了一回又一回，但讓我記憶最為深刻的卻是由黑河到漠河大巴上老知青們講述的真情故事。

從黑河市到漠河縣直線距離為四百五十九公里，公路距離七百五十三公里，那天一會兒雨一會兒晴，車隊不敢疾駛，居然走了整整十五個小時，直至晚上九點才抵達中國最北的漠河縣。

大巴在北大荒的土地上急馳，天格外藍，雲特別白，金黃的麥田一望無際，結夾的大豆墨綠無垠，老知青們望著這片熟悉的土地，回味著這幾天文化之旅行程的一幕一幕。不知是誰提議在車上表演節目，便有了車廂裏的文藝匯演，阮顯忠、方韌便成為男女主持，革命歌曲、樣板戲、流行歌曲便先後在車廂響起，或自告奮勇，或扭扭捏捏，或激情洋溢，或聲情並茂，車廂裏歌聲陣陣笑語喧嘩，最讓人捧腹的是「智鬥」的表演，女知青一人唱阿慶嫂、胡傳魁、刁德一三個角色，而另外兩個男知青卻在前面煞有介事極為誇張地擠眉弄眼舞手舞足，讓整個車廂笑成一團。

現任上海市教衛黨委紀委書記的阮顯忠，原在黑龍江遜克縣新鄂公社插隊，他說起他對這片黑土地的真情：「我的身上流淌著這片黑土地上鄉親們的熱血！」阮書記回憶起往事仍然激動萬分。「一九七三年五月十三日下午，我們在山溝裏修水庫，用炸藥將凍土炸開。當點燃了炸藥爆炸聲停止了後，我們幾個去察看現場，一個殘留的啞炮突然炸了，將我與鄂倫村隊長、另外兩名知青炸倒，我的傷勢最嚴重，當場昏死了過去。鄉親們用擔架抬、拖拉機拉、渡船擺渡，在第二天凌晨將我送到縣醫院。當時奄奄一息的我急需輸血，從新鄂趕來獻血的人中居然沒有與我相同的O型血，經縣廣播站的廣播，縣醫院門口排起了長長的獻血隊伍，鄂族支書孟鎖柱、鄂族女孩孟秋芳、滿族姑娘葉小松兩千毫升的血輸入了我的血管，我終於掙脫了死神的魔爪。那天我感覺走在神奇的森林裏，萬道金色的陽光穿過茂密的枝葉，落在厚厚的落葉上，姹紫嫣紅五彩繽紛，這是我從沒有見過的奇景，我想在這片神奇的土地上飛奔，卻在昏迷了五天五夜後醒來。此後我回上海治療養傷的十一個月裏，大隊不僅派了一名知青專門護理，還每天給我記八分工，我每月就有四十八元的收入，傷癒後我便立刻回到了這片黑土地，我永遠不會忘記鄉親們給予我熱血凝成的情誼。」望著阮顯忠真誠的表情，我想到他在瑷琿知青博物館的開館典禮上真情的發言。

當因火災而被毀容的蔣美華用沒有手指的兩隻手掌握著話筒時，坐在前排的龔心翰部長不由自主地說：這是活著的金訓華！蔣美華原下放在黑龍江山河農場，一九七〇年一月十三日，她因搶救大火中修配廠的設備而嚴重燒傷致殘，二十一歲的她被燒得面目全非。戴著假髮、墨鏡的蔣美華說起她傷殘後的遭遇：「我先後被做了二十多次手術，截指、植皮、整容，經受了很多痛苦，再造了鼻子、下巴，從最初生活完全不能自理，到後來完全可以自理，我從痛苦的人生經歷中走了出來。

一九七四年七月，我又回到了山河農場，在宣傳科從事通訊報導工作，我學會了做飯、打毛衣、縫紉、騎自行車，後來被推薦上大學，在復旦大學哲學系畢業後，被分配到上海機械製造工藝研究所工作。九〇年代初，由於我所在單位的改制，我下崗了，我自己到社會上去尋找工作，我到一家經營窗簾的商店要求工作，老闆娘看著我傷殘的雙手，懷疑我能否做出像樣的窗簾，我試做了幾件活，讓老闆娘大吃一驚，後來我就接窗簾的活兒回家做，每個月有兩千多元的收入。下崗以後，我推銷過保暖鞋，賣過小百貨，賣過鮮花，我總有一個信念，我雖然傷殘了，但是並不比別人差！」整個車廂靜靜的，聽著蔣美華樸實的話語，我不禁肅然起敬，她是生活的強者！

矮矮的王槐松原下放在黑龍江金沙農場，他握住話筒說：「我參觀璦琿知青博物館有些吃驚，他們把我與劉大娘擁抱的照片放得那麼大！我是一九六八年八月下放的，我拜從山東革命老區來的劉合池、張桂蘭夫婦為接受再教育的老師，劉大爺為知青燒水、劉大娘為知青縫補，我常常往他們家跑，老兩口把我當作他們的孩子一般，有好吃的總給我留著，我到團部工作以後，有空就回去看望他們。一九七一年初，團機關知青宿舍突然起火，我們都去搶救隔壁商店裏的國家財產，自己的被褥衣物都燒了。我們被安排到招待所住下，老夫婦倆讓連裏開拖拉機的司機給我捎來一床鵝毛褥子，是他們老兩口聽到廣播後，將積攢多年一百多隻鵝的鵝毛連夜做了一床褥子。此後，不管到哪裡，這床鵝毛褥子就始終陪伴著我。記得一九七五年冬，我帶我的女友去見老夫婦倆，他們像看到自己的兒媳婦一樣高興，在他們送我們倆等候客車時，劉大爺將自己的貂皮帽給我女友戴，自己凍了兩個小時，我每年都給老夫婦倆寄一些零花錢。一九九八年七月，我又回到離開了二十一年的金沙農場，見到了久別的劉大娘，我們倆緊緊地擁抱在一起，工會主席拍下了這張照片，現在這張照片被放大掛在了知青博物館裏。現在大爺、大娘先後去世了，我永遠不會忘記他們給我的愛！」有幾分悲哀的王槐松臉上洋溢著一種幸福滿足的表情。

金士英是金訓華烈士妹妹，原在黑龍江遜克縣插隊，後來任上海鳳凰自行車廠工會主席。黑黑的她握著話筒顯然有些激動：「我感謝大家到遜克為我哥哥金訓華掃墓，四十多年過去了，大家仍然記著他，讓我很感動。多年以來，我的心上總有一個解脫不了的包袱，有許多青年因為受到金訓華事蹟的影響而來到邊疆，將自己的青春獻給了黑土地。由於我哥哥金訓華的緣故，組織上對我特別關照，推薦上大學想到我，招工想到我，我都謝絕了，我當時想大家受金訓華的影響來到這裏，我不能半途而廢自己先離開，因此我一直堅守在這片黑土地上，直到後來大返城。返城後，我一直努力工作，踏踏實實認認真真，我從不要求組織上給予我額外的照顧，我拒絕媒體的採訪，做一個普普通通的人。現在我心上負疚的包袱可以除去了，大家對於金訓華的悼念讓我感動，謝謝人家！」金士英說得這樣樸實這樣真誠，如一塊璞玉般素樸無華。

北大荒文化之旅，這是一個怎樣的知青文化之旅呀！真誠、坦然、素樸、感人，車廂裏的知青們一個接一個介紹自己，說著自己的知青故事：有當醫院護士精心照料病人的故事，有任炊事員半夜給拖拉機司機送飯邂逅狼群的經歷，有為脫胎換骨自覺改造資本家女兒搶挑重擔的故事，有身懷六甲冒險坐進押送罪犯車廂回滬的傳奇……知青上山下鄉四十年後的今天，這些年近花甲的老知青們仍然忘不了這段難以忘懷的歲月，仍然揣著對於這片黑土地的真情，日月如梭，真情永在！

陳思和：白髮還爾真風度

組織「漢語靈性文學學術研討會」，新加坡青年書局總編原甸先生與會，陪伴原甸先生訪問了上海的幾家出版社後，原甸先生告訴我下午五點半與陳思和先生相約吃飯，我便將原甸先生送到了那裏。見到了陳思和先生，原先一頭烏髮的陳先生竟然滿頭飛雪——白髮蒼蒼了！我便覺得十分詫異，又不便詢問。陳先生留我一起吃飯，我婉言謝絕了，因為要去學校接待與會的代表們。

新加坡青年書局最近再版了我的博士論文《中國現代作家與基督教文化》，該書由陳思和先生作序，一九九八年由上海教育出版社出版。我與原甸先生素未謀面，他在新加坡看到了該著，主動與我聯繫要再版此著，我便欣然同意。原甸先生提出要將陳思和先生的序言刪去，讓我另撰一自序，我一口拒絕了，說如果刪去陳先生的序，我就不願意再版此著了。原甸先生便同意保留陳序，讓我再寫一自序。再版的該著封面上為藍天白雲下一株金黃的向日葵，列入了青年書局的「再出發文化叢書」。此次在上海與原甸先生、陳思和先生聚首，也是一種緣分，只是陳先生突然滿頭染霜，讓我有些狐疑，便聯想到卓文君聞司馬相如有二心時作的〈白頭吟〉中「皚如山上雪，皎若雲間月」之詩句，雖然詩句是以高山白雪、雲間皎月喻愛情的純真、品格的高潔，以此形容陳先生的滿頭白髮倒也合適。

「漢語靈性文學學術研討會」的翌日，我便去了位於保定的河北大學，參加中國現代文學研究會第十屆理事會，當天晚飯時便看到了陳思和先生，他很少參加中國現代文學研究會的會議，他說這是他第二次參加，說是為了向大家展現一個白髮陳思和的形象。陳先生淡然一笑地說，他最近幾乎什麼會議都參加，就是為了讓大家見到白髮的他。朋友們見到白髮的陳思和大多一愣，有的左看右看似乎不認識他了，有的左思右想總覺得哪裡不對，有的甚至認為他是染了新的髮型。陳先生解釋說，他很早後腦勺就有白髮，他染髮已經多年了，用的都是日本進口的染髮劑，在染髮的時候塗抹上染髮劑時，往往會有反應。隨著年齡的增長，他決定不再染髮，就以一個白髮的形象出現在大家面前，因此最近他只要有會就去開，就是為了讓大家看到他的新形象。

人生易老天難老，白駒過隙歲月如逝，承認自己步入老境是需要有一種勇氣的，以白髮的形象出現在公眾面前更是需要勇氣的，倘若某階層的領導人開會，不再人人染成青絲而一概蒼蒼白髮，倒不失為一種景觀，我想最重要是保持一種年輕的心態。陳思和先生是我的朋友，雖然我比他還癡長幾歲，我卻為他的這種勇氣而贊佩，愛美之心人皆有之，而「真」卻是更為重要的！現代社會假貨充斥著市場，「假作真時真亦假」，以至於改革開放後人民的生活水準提高了、生活品質卻下降了。在理事會期間，心有旁騖，撰寫打油詩一首：

致思和兄

謙謙君子陳思和，

筆耕執教苦作樂。
白髮還爾真風度，
雪染青峰亦是歌。

二〇〇八年十月十四日
於保定

撰此短文，一為讚賞陳思和先生呈現一個白髮真我的舉動，一是代替陳先生的解釋，免去他面對朋友的一再說明。此處還想到了一個成語——白頭如新，原來指交友彼此不能瞭解，時間雖久，仍跟剛認識一樣。在此將成語翻出新意，白髮的陳思和先生，呈現出一個嶄新的形象，白頭如新，青春永駐！

將此文呈思和兄一閱，竟收到回復，附錄於此：

劍龍兄：

讀完大作噴飯大笑。不知將發表在何方？我略刪幾句關於吃飯的閒文，以及用染髮劑的反應，再回呈詩一首，聊作回答。兄如覺得有些意思，不妨將我的詩也放進去，作為文人間唱和佳事。敬請指正：

從此青春長別去，敢聽白髮唱黃雞。殘花已報秋風早，蟬樹何貪夏日西。
心事常牽詩與酒，頭顱早悔大王旗。曾經不識愁滋味，笑對鏡人誦岳詞。
岳詞為滿江紅莫等閒白了少年頭云云，均是少年不識愁滋味的感歎也。

思和敬拜
二〇〇八年十月二十三日

在神學組感受神性和人性

是人的真誠，邀請我到這裏接受神的恩典；是神的恩典，接受我在這裏感受人的真誠？

清泉潺潺，神學樓裏的話語從陌生到熟悉；歲月匆匆，未圓湖中的荷花從盛開到凋零。神學組是個大家庭，從夏到秋我感受神的恩典；神學組是個大家庭，從裏到外我體驗人的真誠。神學組，在神性的恩光中播撒神學知識的種子；神學樓，在人性的關愛中體現基督博愛的精神。沒有人性，神性就少了依託；沒有神性，人性就少了光彩。在退修營的活動中，我遇見了幾位老友；在神學組的聚會中，我結識了諸多新朋。在和睦的聚談中，我聽到了每個人坦誠心聲；在歡愉的聚餐中，我見到了每個人真誠的感恩。我已經結識了大家庭中的張張笑臉，我已經成為了神學組大家庭中的一員。

我將我住的房間命名為聽泉居，窗外的潺潺泉水時刻伴我讀書、伴我入夢；我將我的這段歲月稱作退修期，校園的習習清風總是催我反省、令我思索。我常常在未圓湖畔觀魚賞花，在獨自漫步中思考人生難以圓滿的問題；我多次在小教堂裏聽道唱詩，在神聖莊重裏沐浴基督拯救世界的恩惠。在課堂裏，我給學生講授文學與宗教的課程；在生活中，我為自己設定了宗教與社會的論題。在崇基圖書館，我借閱了諸多書籍孜孜不倦地閱讀，就像我又在攻讀一個博士學位；在崇基眾志堂，我領略了眾多美餐津津有味地品嚐，就如我剛從沙漠走出餓腸轆轆。熟悉了，我熟悉了這裏的一朵朵花、一棵棵樹；記住了，我記住了這裏的一張張臉、一條條路。我珍惜在神學組的晨曦月夜，我珍重在神學樓的短暫歲月。

被遺忘的總是人生旅程上的落葉塵埃，經過風雨的吹拂，就早已塵埃落地無影無蹤；被銘記的總是生命歷程中的佳葩璞玉，經過歲月的淘洗，卻依然香氣撲鼻光彩熠熠。我會記住神學組的大家庭，我會記住大家庭中諸多的親朋。

在神學組的大家庭中感受神性和人性，這是我在這兒最為深切的體驗和感受。世間沒有不散的宴席，人間總有依依的別離，我先在此向神學組、神學樓道別，感謝在大家庭中感受到的人性的真誠，感謝在神學組領略到的神性的恩典，阿門！

後記

我曾經與香港的朋友談論散文，文章後來發表在《文匯報》上，我們都認為散文應該是真實的，寫真事、抒真情、有真意，這也是我寫散文的追求。

我的文學創作其實是緣於我大學畢業在寫作教研室期間，光說不練是假把式，因此在教學之餘總寫一些詩歌、散文之類的東西，在人生見聞中發一點感慨、抒一點感受，無論多少、深淺，就慢慢積累了起來，編輯成這樣一本集子。

人漸入老境，大概會更加珍惜人生走過的痕跡，更加懷念過去的歲月，將這些零落的文字編輯起來，也就或多或少呈現出這樣一種心態。

我將這部散文集命名為《歲月與真情》，大概是因為從中大概可以見出我的人生與心情。由於讀圖時代的來臨，我的散文寫得漸漸少了，拍攝的照片漸漸多了，我將照片存在移動硬碟裏，改變了以往將歲月情感用文字記錄下來的習慣，偶爾有時還寫下一點，現在看來，在忙碌的工作中，寫散文也是一種奢侈了。

初冬時分，天色陰沉沉的，上海世博會的忙碌已經過去，昨天上海靜安區教師公寓火災，燒死了五十三人，今天我的心緒也有些如同這天氣，十分沉鬱。

絮絮地寫下如上這些，作為此散文集的後記。

二〇一〇年十一月十六日
於上海師範大學文苑樓

語言文學類　PG0545

歲月與真情

作　　者 / 楊劍龍
主　　編 / 蔡登山
責任編輯 / 鄭伊庭
圖文排版 / 蔡瑋中
封面設計 / 陳佩蓉

發 行 人 / 宋政坤
法律顧問 / 毛國樑　律師
印製出版 / 秀威資訊科技股份有限公司
114台北市內湖區瑞光路76巷65號1樓
電話：+886-2-2796-3638　傳真：+886-2-2796-1377
http://www.showwe.com.tw
劃撥帳號 / 19563868　戶名：秀威資訊科技股份有限公司
讀者服務信箱：service@showwe.com.tw
展售門市 / 國家書店（松江門市）
104台北市中山區松江路209號1樓
電話：+886-2-2518-0207　傳真：+886-2-2518-0778
網路訂購 / 秀威網路書店：http://www.bodbooks.com.tw
國家網路書店：http://www.govbooks.com.tw
圖書經銷 / 紅螞蟻圖書有限公司
114台北市內湖區舊宗路二段121巷28、32號4樓
電話：+886-2-2795-3656　傳真：+886-2-2795-4100

2011年7月BOD一版
定價：360元
版權所有　翻印必究
本書如有缺頁、破損或裝訂錯誤，請寄回更換

Copyright©2011 by Showwe Information Co., Ltd.
Printed in Taiwan
All Rights Reserved

國家圖書館出版品預行編目

歲月與真情 / 楊劍龍著. -- 一版. -- 臺北市 : 秀威資訊科技, 2011. 07

面； 公分. --（語言文學類 ; PG0545）

BOD版

ISBN 978-986-221-770-2（平裝）

855　　100010058

讀者回函卡

感謝您購買本書，為提升服務品質，請填妥以下資料，將讀者回函卡直接寄回或傳真本公司，收到您的寶貴意見後，我們會收藏記錄及檢討，謝謝！

如您需要了解本公司最新出版書目、購書優惠或企劃活動，歡迎您上網查詢或下載相關資料：http:// www.showwe.com.tw

您購買的書名：________________

出生日期：________年________月________日

學歷：□高中(含)以下　□大專　□研究所(含)以上

職業：□製造業　□金融業　□資訊業　□軍警　□傳播業　□自由業

□服務業　□公務員　□教職　□學生　□家管　□其它_____

購書地點：□網路書店　□實體書店　□書展　□郵購　□贈閱　□其他

您從何得知本書的消息？

□網路書店　□實體書店　□網路搜尋　□電子報　□書訊　□雜誌

□傳播媒體　□親友推薦　□網站推薦　□部落格　□其他__________

您對本書的評價：(請填代號　1.非常滿意　2.滿意　3.尚可　4.再改進)

封面設計____　版面編排____　內容____　文／譯筆____　價格____

讀完書後您覺得：

□很有收穫　□有收穫　□收穫不多　□沒收穫

對我們的建議：________________

____

____

____

請貼
郵票

11466
台北市內湖區瑞光路 76 巷 65 號 1 樓
秀威資訊科技股份有限公司 收
BOD 數位出版事業部

....

（請沿線對折寄回，謝謝！）

姓　　名：＿＿＿＿＿＿＿＿＿＿＿　年齡：＿＿＿＿　性別：□女　□男

郵遞區號：□□□□□

地　　址：＿＿＿＿＿＿＿＿＿＿＿＿＿＿＿＿＿＿＿＿＿＿＿＿＿

聯絡電話：(日)＿＿＿＿＿＿＿＿＿＿＿＿(夜)＿＿＿＿＿＿＿＿＿＿＿＿

E-mail：＿＿＿＿＿＿＿＿＿＿＿＿＿＿＿＿＿＿＿＿＿＿＿＿＿